「キミュスの卵の
さらに面白い使い方がありますので、
それをお伝えしようかと思います」
メレンゲを使った
ふわふわホットケーキ！
異世界料理道
VOLUME 29
Cooking with
wild game.

「こちらは、『三種の肉の香味焼き』です」

蓋が外されると、
これまででもっとも鮮烈な香りがたちのぼった。

「見た目も、とても豪華ですね！

どんな味をしているのか、想像もつきません！」

「すごい……
これがヴァルカスの作る肉料理なのですね……」

「アイ＝ファ。俺の故郷では、約束をするのに
こういう習わしがあるんだ。
お前も指を出してくれないか？」
「うむ？」と小首を傾げながら、
アイ＝ファが小指を出してくる。
そのしなやかな指先に、
俺は自分の小指を
からめてみせた。

異世界料理道 VOLUME 29

Cooking with wild game.

Presented by

EDA

口絵・本文イラスト　こちも

MENU

第一章　宿場町の勉強会
006

第二章　新たな行路
059

第三章　銀星堂への招待
110

第四章　生誕の日
180

箸休め　～勉強会の後日談～
255

群像演舞

城の少女と森辺の少女
267

来し方と行く末
307

登場人物紹介

～森辺の民～

津留見明日太／アスタ

日本生まれの見習い料理人。火災の事故で生命を落としたと記憶しているが、不可思議な力で異世界に導かれる。

アイ＝ファ

森辺の集落でただ一人の女狩人。一見は沈着だが、その内に熱い気性を隠している。アスタをファの家の家人として受け入れる。

ジザ＝ルウ

ルウ本家の長兄。厳格な性格で、森辺の掟を何よりも重んじている。ファの家の行いを厳しい目で見定めようとしている。

ダルム＝ルウ

ルウ本家の次兄。ぶっきらぼうで粗暴な面もあるが、情には厚い。アスタたちとも、じょじょに打ち解ける。

ルド＝ルウ

ルウ本家の末弟。やんちゃな性格。体格は小柄だが、狩人としては人並み以上の力を有している。ルウの血族の勇者の一人。

ヴィナ＝ルウ

ルウ本家の長姉。類い稀なる美貌と色香の持ち主。東の民シュミラルに婿入りを願われる。

レイナ＝ルウ

ルウ本家の次姉。卓越した料理の腕を持ち、シーラ＝ルウとともにルウ家の屋台の責任者をつとめている。

リミ＝ルウ

ルウ本家の末妹。無邪気な性格。アイ＝ファとターラのことが大好き。菓子作りを得意にする。

シーラ＝ルウ

ルウの分家の長姉。シン＝ルウの姉。ひかえめな性格で、卓越した料理の腕を持つ。ダルム＝ルウの伴侶となる。

シュミラル

シムの商団《銀の壺》の元団長。ヴィナ＝ルウへの婿入りを願い、リリン家の氏なき家人となる。

ヤミル＝レイ

かつてのスン本家の長姉。現在はレイ本家の家人。妖艶な美貌と明晰な頭脳の持ち主。

ツヴァイ＝ルティム

かつてのスン本家の末妹。現在はルティム本家の家人。偏屈な気性だが、家族への情は厚い。卓越した計算能力を持つ。

トゥール＝ディン

出自はスンの分家。内向的な性格だが、アスタの仕事を懸命に手伝っている。菓子作りにおいて才能を開花させる。

ユン＝スドラ

森辺の小さき氏族、スドラ家の家人。誠実で善良な性格。アスタに強い憧憬の念を覚えている。

～町の民～

ユーミ

宿場町の宿屋《西風亭》の娘。気さくで陽気な、十七歳の少女。森辺の民を忌避していた父親とアスタの架け橋となる。

ヤン

ダレイム伯爵家の料理長。現在は宿場町で新しい食材を流通させるために尽力している。

ククルエル=ギ=アドゥムフタン

シムの商団《黒の風切り羽》の団長。壮年の男性で、物腰は柔和だが鋭い目つきをしている。森辺に新たな道を切り開く提案をした人物。

ヴァルカス

城下町の料理店《銀星堂》の店主。いつも茫洋としているが、鋭い味覚を持ち、美味なる料理の追及に多大な情熱を傾けている。

レマ=ゲイト

宿場町の宿屋《アロウのつぼみ亭》の主人。肥え太った壮年の女性で、傲岸な気性。森辺の民に対して強い反発心を持っていた。

ジーゼ

宿場町の宿屋《ラムリアのとぐろ亭》の主人。東との混血である老女で、柔和な気性。森辺の民やギバ料理に好意的な関心を寄せている。

シリィ=ロウ

城下町の料理人ヴァルカスの弟子の一人。気位が高く、アスタやトゥール=ディンに強い対抗意識を抱いている。

ロイ

城下町の若き料理人。レイナ=ルウやマイムたちの料理に衝撃を受け、ヴァルカスに弟子入りを願う。

マイム

ミケルの娘。父の意志を継いで、調理の鍛錬に励んでいる。アスタの料理に感銘を受け、ギバ料理の研究に着手する。

アリシュナ=ジ=マフラルーダ

占星師の少女。東の民。沈着でマイペースな気性。現在はジェノス侯爵家の客分として城下町に逗留している。

メルフリード

ジェノス侯爵家の第一子息。森辺の民との調停役。冷徹な気性で、法や掟を何より重んじる。

オディフィア

メルフリードとエウリフィアの娘。人形のように無表情で、感情を表さない。トゥール=ディンの菓子をこよなく好んでいる。

エウリフィア

メルフリードの伴侶。容姿は端麗で物腰はたおやかだが、口に衣着せない明朗な気性をしている。

トルスト

トゥラン伯爵家の当主となったリフレイアの後見人。没落した家を立て直すために奔走し、いつもくたびれた顔をしている。

ポルアース

ダレイム伯爵家の第二子息。森辺の民の良き協力者。ジェノスを美食の町にするべく画策している。

メリム

ポルアースの伴侶。幼げな容姿をした貴婦人。物腰はやわらかく、のんびりとした性格。

～群像演舞～

ライエルファム=スドラ

スドラ家の家長。短身痩躯で、子猿のような風貌。非常に理知的で信義に厚く、早い時期からファの家に行いに賛同を示す。

リィ=スドラ

ライエルファム=スドラの伴侶。以前はアスタの屋台を手伝っていたが、懐妊したためにユン=スドラに仕事を引き継ぐ。

チム=スドラ

スドラ家の家人。若年で、小柄な体格。誠実な気性。護衛役の仕事を通じて、アスタと縁を深める。フォウの家から伴侶を迎える。

第一章★★★宿場町の勉強会

1

　黄の月の十六日――その日、ジェノスの城下町においては、森辺の族長と貴族による臨時の会談が行われることになった。

　かつてスン家が族長筋を担《にな》っていた時代から、この会談というものは定期的に行われていた。ただし、その当時はトゥラン伯爵家《はくしゃくけ》のサイクレウスと森辺の族長ザッツ＝スンが密談を行う場と成り果てて、それがさまざまな運命を歪《ゆが》ませることになっていたのだ。

　それが現在では、貴族の側もメルフリードとポルアースを調停官に任命し、森辺の民と正しい絆《きずな》を結べるように取り計らっていた。また、定期会談が三ヶ月に一度では用が足りないと見なし、隔月《かくげつ》で執《と》り行うように改正されている。なおかつ、緊急《きんきゅう》の案件が舞《ま》い込《こ》んだ際にはすぐさま臨時会談を行えるように、きちんと制度が整えられており――このたびもその制度が活用されて、族長たちは突発的《とっぱつてき》に城下町に招集されたわけであった。

　今回議題にあげられる案件は、主に二件。すなわちそれは、間もなく帰還《きかん》する《黒の風切り羽》と、宿場町におけるギバ肉の売買についてであった。

《黒の風切り羽》というのは、東の王国シムの商団である。団員の数は三十二名にも及《およ》び、ジェノスを訪《おとず》れるシムの商団としても最大の規模であるという。彼《かれ》らは七年も前からサイクレウスと交流があり、生きたギャマを始めとするさまざまな商品をジェノスにもたらしていたのだった。

そんな彼らの提言により、ジェノスの領主マルスタインは森辺に新たな行路を切り開いた。片道で二ヶ月もかかるというジェノスとシムの間で、より円滑《えんかつ》に商売を進めるための大胆《だいたん》な試みである。しかし、雨季の間に完成されたその行路は、まだ実験的にしか使用されていない。その道を使ってモルガの森の向こう側にまで出向いたのは、その先に新たな宿場町を構築しようと画策するジェノスの関係者のみだった。

何せそれは、危険なモルガの森を通過する道なのである。さらに、モルガの森を通過した後も、しばらくは人跡《じんせき》も稀《まれ》なる不毛の荒野《こうや》を突《つ》き進《すす》まなくてはならないのだ。《黒の風切り羽》の団長ククルエルが言うには、数日も進めばシムと北方の都市アブーフをつなぐ街道《かいどう》と合流できるという話であったが、それも実際に足を踏《ふ》み入れなければ確認《かくにん》のしようもない事柄《ことがら》であった。

旅の備えを怠《おこた》れば、どのような被害《ひがい》が出るかもわからない。無計画に使用を許して、それでのっぴきならない事態でも生じてしまえば、けっきょく誰《だれ》も近づかない無用の長物と化してしまうだろう。その愚《ぐ》を避《さ》けるために、マルスタインはまず言いだしっぺの《黒の風切り羽》にモニター役を担わせようと考えていたのだった。

そもそもこの大陸において、長旅というものは非常に危険な行為《こうい》と見なされている。盗賊団《とうぞく》に、野獣《やじゆう》に、自然の災害と、この世界は危険に満ちあふれているのだ。町と町をつなぐ街道を行き来するには、腕《うで》に覚えのある護衛役や案内人を同行させるのが常であるのだった。

そんな中、東の民だけは護衛もつけずに大陸中を駆《か》け巡《めぐ》っている。それは彼らが名うてのトトス乗りであると同時に、危険な毒物の使い手でもあり——早い話が、盗賊団や野獣よりも、東の民のほうがよっぽど脅威的《きょういてき》な存在なわけである。

ただし、商人として活動している東の民は、平和主義たる草原の民であった。《銀の壺《つぼ》》のシュミラルやラダジッド、《黒の風切り羽》のククルエル、それに商人ではないものの彼らと故郷を同じくする占星師のアリシュナなどを見れば、彼らがどれほど温和で争いを好まない人間であるかは瞭然《りょうぜん》であろう。どんな無法者でも野獣でも容易《たやす》く眠《ねむ》らせることのできる危険な技術を体得しつつ、彼らは決して自衛以外で暴力を行使するような人柄《ひとがら》ではなかったのだった。

これは最近、シュミラルに聞いた話であるが、シムというのはおおよそ四つの区域に分けられるらしい。北方の山岳《さんがく》地帯、中央の草原地帯、東方の海浜《かいひん》地帯、そして王都ラオを含《ふく》む南方の商業都市である。それがさらに七つの藩《はん》に分けられて、それぞれ統治されているのだそうだ。

それで、商団として世界を巡っているのは、その内の草原地帯——『ジ』と『ギ』の民のみであるという。南方の商業都市というのは交易の場であるが、故郷を離《はな》れて商《あきな》いに勤《いそ》しむのは、おおよそ草原の民であるとのことであった。

この草原の民というのは、争いを好まない。平和な中央の区域で生まれ育ったために、ジャガルとの戦にも加わらず、遊牧民族のごとき暮らしを営んでいるらしい。その中の一部の人間が、商団としてセルヴァやマヒュドラを訪れているのである。

《黒の風切り羽》も御多分にもれず、草原地帯の出身であった。団長のククルエルは、たしか『ギ』の民であるはずだ。そんな彼らは現在、西の王国セルヴァの王都アルグラッドにまで足をのばしている。そうして彼らがジェノスにまで帰還してきたら、森辺の新たな行路を使って故郷に帰ってもらい、その身をもって安全性を示してもらおうという、つまりはそういう計略であるのだった。

予定よりもずいぶん遅《おく》れていたが、彼らは間もなくジェノスに戻《もど》ってくる。そうしたら、ひと月も待たずに森辺の行路を使用することになるので、その前にもろもろの問題点を片付けておこうというのが、このたびの会談の主旨《しゅし》であった。

そして議題のもう一件、ギバ肉の売買についてである。ファの家として関わりが深いのは、もちろんそちらの案件であった。こちらもさまざまな問題が生じていたが、最終的には肉の市場への参加を認めてもらうことができたのだ。

そこで発生した新たな条件は、『宿場町で売るのと同量のギバ肉を城下町にも売る』というものであった。これは、貴族によるギバ肉の買い占《し》めを阻止《そし》するために提示された条件である。現状、ジェノスにおいてはギバの腸詰肉《ちょうづめ》と燻製肉《くんせい》しか販売《はんばい》を認められていないため、そこで生《せい》鮮肉《せんにく》の販売まで始めてしまうと、貴族たちが銅貨を積んで買い占めてしまい、宿場町まで流通しなくなってしまうのではないかと危惧《きぐ》されたわけであった。

サイクレウスによって民からの信頼《しんらい》を傷つけられてしまったマルスタインはそれを憂慮《ゆうりょ》して、現在はその立て直しに取り組んでいる。そんな中、かつてのサイクレウスと同じように食材の買い占めに走ってしまう貴族が出てくるとこれまでの苦労が台無しになってしまうため、俺《おれ》たち以上に神経を使っている様子であるのだった。

それで提示された条件が、前述のものである。宿場町でも城下町でも同じ量のギバ肉を販売することにすれば、どちらの側からも不満の声はあがるまい、という考えだ。

もとより俺たちの側に、不満を述べる要素はない。心配があるとすれば、「いったいどれだけの量が売れるのだろうか？」というぐらいのものだ。残る問題は、内々のものばかりであり――最大の問題は、安定供給の確立であっただろう。そちらのほうは、森辺の集落でファとルウが中心となって、協議を重ねるしかなかった。

しかしそれも黄の月の上旬《じょうじゅん》から下準備を進めていたので、城下町からの許可を得られるのとほぼ同時期に、いちおうは取りまとめることができた。さしあたってはフォウとダイの両家を責任者として、ファとルウの支援《しえん》のもとに話を進めてもらうという結論に落ち着いていた。

ちなみにフォウとダイが選ばれたのは、それぞれファとルウから家が近かったためである。氏族の規模で言えばガズやラッツのほうが上回っているのだが、この際はファおよびルウと近在の住まいであるという利便性が重んじられることになったのだ。

またそれは、単に宿場町の市場で肉を売るというだけの話ではない。そのための肉を事前に確保して、長期的に滞《とどこお》りなく商売を進めるというきわめて重大な仕事であるのだ。なおかつ、市場で売る肉というのはそれなりの分量にのぼるため、フォウとダイそれぞれの血族だけで確保することは難しい。よって彼らには、余所《よそ》の氏族からギバ肉を買いつけるすべも身につけてもらわなければならなかったのだった。

余所の氏族から肉を買い、それを保管し、出荷《しゅっか》する。言ってみればそれだけの話であるが、商売と言えばギバの毛皮や角や牙《きば》を売ることしか知らなかった人々にとって、それはきわめて難儀《なんぎ》な話であっただろう。

一例をあげてみると、「肉の加工」という仕事がある。森辺の集落の内部において、ギバの肉は一頭まるごとか半身の枝肉で売買されていたが、町の人々にはもっと小分けにしたものを準備せねばならないのだ。

ファとルウの家は現在、四つの宿屋に生鮮肉を売っている。その際には町で購入《こうにゅう》した計量器を使って、適切な分量に切り分けていた。フォウとダイの人々には、まずそこから学んでもらう必要があった。

もちろん町でも、肉の分量などは丼勘定《どんぶりかんじょう》である。「およそ一食分でいくら」という、きわめて曖昧《あいまい》な目安しか存在しない。しかし、売るたびに分量が大きく変動していては、信用を得ることもできないだろう。よって、ギバ肉はどの部位でもブロック状に切り分けて、重さをしっかりと計測する必要があった。他の氏族からギバの枝肉を買いつけて、重さを量りながらブロック状に切り分けて、定められた量を木箱に詰《つ》める。それが市場で生鮮肉を販売するための、一歩目であった。

そして、その仕事に対する報酬《ほうしゅう》の面についても、小さからぬ問題が生じていた。仕入れ値と卸《おろ》し値の差額でどれだけの利益が生じるか、現段階ではまったく不明なのである。それは、氏族の間で取り引きされるギバ肉の価格が個体のだいたいの大きさで三段階にしか分けられていないという、その曖昧さゆえであった。

もちろん、こちらが損をすることはないという目算は立っている。ファやルウでも宿屋に肉を売れば売るほど赤字になっていくなどという事態は許容できなかったので、仕入れ値のほうが安くあがるように設定は為《な》されているのだ。ただこのたびはその規模が格段に大きくなってしまうので、色々な不確定要素が生じることになる。また、どれだけの利益が生じるかもわからないままでは、フォウやダイの人々も不安でならなかったことであろう。

そこで、彼らへの報酬は定額で支払《しはら》われることになった。それ以上の利益が生じたときは、何かの際の保険として貯蓄《ちょちく》し、万が一にも赤字になってしまえばファとルウが自腹で補填《ほてん》する、というシステムである。

報酬の額は、さしあたって一日に赤銅貨二十四枚と定められた。それでは見合わない労力が必要となると判断されたときは、すぐにでも上乗せするという条件で、まずは少額に設定されることになった。

ちなみに赤銅貨二十四枚という数字は、一般的《いっぱんてき》なギバの角と牙と毛皮を一頭ぶん売りはらったときと同額のものである。報酬の設定もなかなか参考になるものがなかったので、ルウ家の提案でその額に定められたのだった。

もちろんそれは、肉の売買をした日にのみ支払われるという類いのものではない。この仕事を受け持っている期間の日数分すべてに支払われる報酬である。まずは最初の十日間、赤銅貨二百四十枚という報酬でこの仕事を受け持ってもらい、労力に見合わないと判断された場合は報酬を上乗せする。さらに、家の仕事が立ち行かないとされたときは、別の氏族に担当を変わってもらう。そういった段取りで、試験的に肉の売買に取り組むことが決定されたのだった。

また、いきなりフル回転で始動するのは危険だと判断し、肉の市場への参加は十日に一回と定められた。市場そのものは二、三日置きの頻度《ひんど》で開かれているので、慣れてきたら随時《ずいじ》対応していこうという話に落ち着いた。

その際に準備する肉の量は、およそ四百五十キロていどに設定された。宿場町で使われている木箱におよそ十五キロていどが梱包《こんぽう》できるので、それを三十箱準備する計算である。この内の半分を城下町に、もう半分を宿場町に卸すのだ。ギバの頭数で言えば、十数頭分の肉となる。それを十日の間に仕入れて、分量を量り、保管する。まずはそれが、最初の仕事であった。

「最初の内は、きっと色々と迷惑《めいわく》をかけちまうだろうけどさ。それでもなんとかやりとげてみせるよ」

フォウの家長たるバードゥ＝フォウの伴侶《はんりょ》は、笑顔《えがお》でそのように言ってくれていた。もちろんこの仕事には、眷族《けんぞく》たるランとスドラも総出で取りかかるのだろう。最初の内は、どうしたってファの家の下ごしらえの仕事にまで手は回らなそうであったので、そこはガズやラッツを頼《たよ》らせてもらうことになっていた。

「いよいよ面白《おもしろ》いことになってきたな！　家長会議までにどのような結果が出るのか、俺も楽しみにしているぞ！」

そのように言ってくれたのは、リッドの家長ラッド＝リッドであった。親筋のザザはファの家の行いに否定的な立場であったが、リッドとディンの人々はみんな家長会議でそれがくつがえされることを期待してくれているのだ。

ともあれ――そんな具合に、森辺では今日もひそやかに変転がもたらされていた。肉の市場に参戦するのは、これから十日ほど後のこと、黄の月の下旬《げじゅん》となるだろう。それまでに、俺たちは力を合わせてこの大仕事をやりとげる所存であった。

そしてそれ以外にも、俺たちはさまざまな仕事を抱《かか》えている。まず最初にやってきたのは、城下町における会談の翌日、黄の月の十七日――その日に俺たちは、《タントの恵《めぐ》み亭《てい》》にて開催《かいさい》される、菓子《かし》の作り方の勉強会に参加する予定になっていた。


「えへへー。今日は楽しみだね！」

宿場町の街道を歩きながら笑顔でそのように発言したのは、リミ＝ルウであった。屋台の商売を無事に終えて、《タントの恵み亭》に向かっているさなかのことである。

先日、宿屋の寄り合いに参席させていただいた俺たちは、そこで数々のギバ料理と菓子をお披露目《ひろめ》することになった。そこから話が発展して、森辺のかまど番および城下町の料理人ヤンが、宿屋の関係者に美味《おい》しい菓子の作り方を手ほどきすることになったわけであった。

「楽しみって言っても、今日の俺たちは教える側だからね。試食品を作っても、それはみんな宿屋のご主人がたに食べていただかないといけないわけだしさ」

俺がそんな風に水を差す発言をしてしまっても、リミ＝ルウの笑顔に変化はなかった。

「でも、リミたちもヤンって人からは色々なことを教えてもらえるんでしょ？　あの人のお菓子はとっても美味しかったから、やっぱり楽しみだよ！」

「ああ、それは確かにね。リミ＝ルウとトゥール＝ディンにとっては、実りの多い一日になりそうだ」

本日の勉強会に参加するメンバーは、わずか四名である。厨《くりや》の広さに限りがあるので、なるべく少人数にしてほしいというお達しがあったのだ。その顔ぶれは、俺、トゥール＝ディン、リミ＝ルウ、そしてシーラ＝ルウというものであった。

つい一昨日にダルム＝ルウとの婚儀《こんぎ》を終えたばかりのシーラ＝ルウは、リミ＝ルウの隣《となり》を静かな面持《おもも》ちで歩いている。以前と変わらぬままの、清楚《せいそ》でつつましやかなたたずまいである。ただしその黒褐色《こっかっしょく》の髪《かみ》は首の後ろで短く切りそろえられて、身に纏《まと》っているのも胸《むな》もとから膝《ひざ》までを覆《おお》う一枚布の装束《しょうぞく》だ。まるでずっと以前からそういういでたちであったかのように、シーラ＝ルウには婚儀を終えた女衆の装束がよく似合っていた。

「菓子作りの手ほどきであれば、ルウ家からはリミ＝ルウひとりで十分ですのに、無理を言って申し訳ありません」

「いえいえ。試食品を作るのにも人手は必要ですから。何も気になさる必要はありませんよ」

「そうだよー！」と、リミ＝ルウも元気にシーラ＝ルウを振《ふ》り返る。

「ダルム兄もけっこう甘《あま》いお菓子が好きだから、これからはシーラ＝ルウが頑張《がんば》って作ってあげてね！」

「はい」と、シーラ＝ルウは微笑《ほほえ》んだ。以前であればそれだけで真っ赤になっていそうなシーラ＝ルウであるが、今はちょっとだけ恥《は》ずかしそうに口もとをほころばせるぐらいである。婚儀を挙げたその夜から、シーラ＝ルウはこれまで以上の沈着《ちんちゃく》さを体得していたのだった。

そうして《タントの恵み亭》に到着《とうちゃく》した俺たちは、ギルルと荷車を裏の倉庫で預かってもらってから、厨のほうに案内してもらった。《タントの恵み亭》は宿場町でもっとも大きな宿屋であるので、厨もそれ相応に大きな造りをしている。が、本日その場所には許容量いっぱいの人々が詰めかけていた。ざっと見積もって、二十名ぐらいはいただろう。本当はほとんどの宿屋の関係者が今日の勉強会には参加したがっていたが、何とかこの人数に絞《しぼ》ったのだそうだ。

「あ、みんな、お疲《つか》れ様《さま》！　待ってたよー！」

そんな風に声をかけてくれたのは、《西風亭《せいふうてい》》のユーミであった。彼女《かのじょ》は屋台のほうにも顔を出してくれていたので、数時間ぶりの再会だ。また、婚儀を挙げたシーラ＝ルウへのお祝いもそのときに済ませていたので、今は普段《ふだん》通りの無邪気《むじゃき》な笑顔であった。

そんなユーミのかたわらにはテリア＝マスが控《ひか》えており、ネイルやナウディスも本日の参加権を勝ち取ったのだと聞き及んでいる。それらの人々と挨拶《あいさつ》を交《か》わしながら奥《おく》のほうに進んでいくと、《タントの恵み亭》の主人たるタパスと客分料理人のヤンが待ち受けていた。

「おお、森辺の皆様方《みなさまがた》。どうもご足労でありましたな。さ、どうぞこちらに」

宿屋の商会長たるタパスはにこやかに笑いながら、俺たちをヤンのかたわらに招いてくれた。ヤンは目もとで微笑みながら、俺たちに頭を下げてくる。その背後には、彼の調理助手たるシェイラとニコラも控えていた。

「ヤン、本日はよろしくお願いいたします。……あの、アリシュナにお届けする料理を持参しましたので、勉強会が終わったらお渡《わた》ししますね」

「はい。承《うけたまわ》りました」

「毎日のようにこんな雑用を押《お》しつけてしまって、申し訳ありません」

「いえ。彼女はジェノス侯爵《こうしゃく》の大事な客人であるのですから、何も気遣《きづか》いは不要です」

俺はいまだに屋台で『ギバ・カレー』を出す日は、こうしてヤン経由でアリシュナに料理を届けてもらっていたのである。ヤンもポルアースもその一件に関しては寛容《かんよう》であったものの、実際に届け役を担わされているのはシェイラであると聞いている。ということで、俺はそちらにも頭を下げておくことにした。

「滅相《めっそう》もありません。以前にも申しました通り、ダレイム伯爵邸《はくしゃくてい》に戻る道すがらでありますので、どうかお気になさらないでください」

そのように述べてから、シェイラはそっと顔を寄せてきた。

「ところで……本日、アイ＝ファ様はご一緒《いっしょ》ではなかったのでしょうか？」

「ああ、はい。今日は日の高い内に戻れるはずですので、そういうときには護衛役がつかないことのほうが多いです」

「そうですか」と、シェイラはとても残念そうに目を伏《ふ》せた。彼女は何やら、アイ＝ファにずいぶんとご執心《しゅうしん》のようなのである。そのかたわらに控えたニコラがぶすっとした顔で立ち尽《つ》くしていると、目ざといリミ＝ルウが笑顔で挨拶をした。

「こんにちは！　お茶会のときにも会ったよね。リミのこと、覚えてる？」

「え？　ああ、まあ……覚えてる、けど……」

幼いリミ＝ルウにどんな言葉づかいをするべきか迷うように、ニコラはもごもごとした口調で言った。おっとりとしているシェイラとは対照的に、いつも不機嫌《ふきげん》そうな面持ちをした娘《むすめ》さんであるのだ。

ちなみに彼女が参じた茶会というのは前々回の話であるので、もう数ヶ月も昔の話となる。その後も彼女はダレイム伯爵家の侍女《じじょ》としてちょくちょく宿場町にも姿を見せていたが、シェイラほど愛想《あいそ》がよろしくないため、こうしてきちんと挨拶をするのはずいぶんひさびさであるはずであった。

「今日もあなたがお手伝いだったんだね！　リミも頑張るから、よろしくお願いします！」

「よ、よろしく……って、侍女のあたしなんかに挨拶とか必要なくない？」

「だって、ひさしぶりに会えたから！」

リミ＝ルウがにこーっと笑《え》みを広げると、ニコラはたいそう居心地《いごこち》が悪そうにそっぽを向いてしまった。しかし、そちらの側にはトゥール＝ディンがいたので、今度はぺこりと頭を下げられてしまう。

「あなたはお茶会のときにお会いした、ニコラであったのですね。気づくのが遅れてしまい、申し訳ありませんでした。今日はどうぞよろしくお願いいたします」

「いや、だから……もう、何なのさ、あんたたちは！」

「どうかしましたか？」とヤンがそちらを振り返ると、ニコラは「いえ、別に」としかめ面《つら》で口をつぐんでしまった。

そのとき、入り口のあたりから喧噪《けんそう》の気配が伝えられてきた。「何だ？」「押すなよ！」という声が飛び交い、やがて人垣《ひとがき》の中からひとつの人影《ひとかげ》がにゅっと出現する。肉厚の体格にふてぶてしい面がまえをした壮年《そうねん》の女性、《アロウのつぼみ亭》の主人、レマ＝ゲイトである。ずっとにこやかであったタパスの顔が、その姿を視認《しにん》するなり、げんなりとした表情を浮《う》かべた。

「レマ＝ゲイト、割《わ》り込《こ》みというのはあまり感心できませんな」

「ふん！　むさ苦しい男どもがこんなに群《む》らがっていたら、なんにも見えやしないよ。文句があるなら、台座でも準備しておきな！」

レマ＝ゲイトも、相変わらずのご様子であった。

すると、人垣の中からひそやかな笑い声が聞こえてくる。

「それだけあなたも、甘いお菓子というものに興味がおありなのですね。お気持ちはわかりますよ、レマ＝ゲイト」

それは灰褐色《はいかつしょく》の髪と浅黒い肌《はだ》を持つ長身痩躯《そうく》の老女、《ラムリアのとぐろ亭》の主人、ジーゼであった。こちらは西の民の男性の平均よりも背が高いので、他のご主人がたの肩《かた》ごしに笑顔が確認できるのだ。とげのある視線をそちらに一瞬《いっしゅん》だけ向けてから、レマ＝ゲイトはまた「ふん！」と盛大《せいだい》に鼻を鳴らした。

どうやらこれで、役者はそろったようである。仕切り役のタパスは気を取り直した様子で、「それでは甘い菓子の作り方の手ほどきを始めていただきましょう」と声をあげた。

2

「この《タントの恵み亭》で数日置きに厨を預からせていただいている、ヤンと申します。僭《せん》越《えつ》ながら、まずはわたしから菓子作りに関しての初歩的な手ほどきをさせていただきます」

ヤンの落ち着いた声が、厨に響《ひび》きわたる。彼はこれまでにも目新しい食材の扱《あつか》い方《かた》というものをたびたび手ほどきしてきたのだという話であったので、実に手馴《てな》れたものであった。

「あまり時間がありませんので、要点から語らせていただきます。まず、甘い菓子を作るにあたっては、ポイタンのみでなくフワノも使用することをおすすめいたします。言うまでもなく、ポイタンだけを使えば食材の費用を安くおさえることがかないますが、その反面、生地《きじ》の段階では粘《ねば》り気《け》の足りないポイタンのみですと、取り扱いが非常に難しくなってしまうのです。

……アスタ殿《どの》も、同じようにお考えですね？」

「はい。以前にお披露目したホットケーキというお菓子でしたらポイタンのみでも何とかなりますが、仕上がりの差を考えてもフワノを混ぜたほうが理想的だと思います」

「そのほっとけーきというのは、ポイタンの生地に砂糖とカロンの乳、それにキミュスの卵を混ぜて、乳脂《にゅうし》で焼くというものでしたね？」

「はい、その通りです」

「なるほど。そうして生地を鉄板などで焼くという作り方であれば、粘り気の少ないポイタンでも菓子をこしらえることが可能なのでしょう。……逆に言えば、それ以外の作り方は難しいということになります」

ヤンはうなずき、またご主人がたのほうに向きなおった。

「また、城下町における菓子は、その多くが鉄窯《てつがま》、石窯という調理器具を用いて作製されます。しかし、宿場町でそのような設備を見かけたことはありませんので、なおさら作り方には制限が生じてしまうかと思われます。それならば、やはりポイタンにはフワノも混ぜ込んで調理するべきでしょう」

「具体的には、どのように調理するべきなのでしょうかな？」

聞き覚えのある声が、人垣の中から聞こえてくる。おそらくこれは、《南の大樹亭《たいじゅてい》》のナウディスの声だ。砂糖の原産国であるジャガルにおいては普通《ふつう》に甘い菓子というものが流通しているため、ナウディスはこのたびの案件に対して非常に意欲的であるのだった。

「言葉で説明するよりも、実際に作ってみせましょう。シェイラ、ニコラ、それぞれのかまどに火の準備をお願いいたします」

調理助手の二人に指示を出しつつ、ヤンは目の前の作業台に手をのばす。そこにはすでに菓子作りのための食材が並べられていた。

「まず、宿場町でもよく食べられている、団子です。これを、フワノとポイタンとカロンの乳、そして砂糖のみでこしらえてみましょう」

ヤンの手が、てきぱきと食材を取り分けていく。人垣の後ろのほうにいる人々は、何とかその姿を目にしようと苦心している様子であった。

「分量は、ポイタンが七に対して、フワノが三です。これ以上フワノを少なくすると、手でこねることは難しくなります。そして砂糖の量は、ポイタンとフワノの合計の半分となりますね」

「そんなに砂糖をぶちこむのかい？　そいつはずいぶんと銅貨がかさみそうだね」

レマ＝ゲイトがぼやいたが、ヤンは気にした様子もなく作業を進めていく。

「仰《おっしゃ》る通り、砂糖というのはジャガルから取り寄せているために、決して安くはありません。ですが、宿場町でも取り引きが許されるようになって以来、砂糖は以前よりも大量に買いつけるようになってきていますので、もっと安値で仕入れることができるように協議が為されています」

そのあたりの交渉《こうしょう》は、ポルアースやトルストが受け持っているのだろう。フワノによる収益がガタ落ちしたトゥランにおいても、他の食材の流通が活性化してきたために、もうずいぶんと財政は安定してきているのだと聞いていた。

「生地は、カロンの乳で練ります。ここでキミュスの卵や果実なども入れればいっそう菓子らしく仕上げることができますが、今は土台になる生地の味を正しく知っていただくために、あえて使わずにおきます」

ヤンの手が、ピンポン玉ぐらいの小さな団子をこしらえた。

それに鉄串《てつぐし》をぶすりと刺《さ》して、ニコラの任されていたかまどに向きなおる。

「これを、かまどの火で炙《あぶ》り焼きにします。直接火をあてるとすぐに焦《こ》げてしまいますので、時間を惜《お》しまずにじっくりと焼きあげてください」

これは確かに、フワノが主食とされていた時代でも、宿場町ではあまり見かけない調理法であった。そもそもこれまではフワノやポイタンを単体で食べるという食習慣がなかったので、手っ取り早く鉄板で焼きあげるのが主流になっていたのだろう。団子をこしらえる際も、薄《うす》く焼きあげた生地で具材を包むか、あるいは丸めた団子をスープの中に沈《しず》めて熱を通す、というのが基本的な食べ方であったのだ。

「……そういえば、アスタ殿の屋台でもギバの肉饅頭《にくまんじゅう》を売っていましたね？」

と、視線はかまどのほうに向けたまま、またヤンが呼びかけてくる。

「あれは蒸し焼きにされていたかと思いますが、生地にはフワノとポイタンの両方を使っているのでしょうか？」

「いえ、あれはフワノしか使っていません。フワノとポイタンを混ぜて使うことを思いつく前に開発した料理ですので」

「なるほど。何にせよ、蒸し籠《かご》というのはそれほど値の張る器具でもありませんし、宿場町でも売られるようになれば菓子作りの幅《はば》を広げられそうですね」

そのように述べてから、ヤンは鉄串を持ち上げた。フワノとポイタンの団子はひと回り大きくなって、ふっくらと焼きあがっている。表面にうっすら焦《こ》げ目《め》がついているのが、何とも美味しそうであった。

「これだけ熱を通せば、まずは十分でありましょう。同じ作り方をしたものをこちらに準備しておりますので、どうぞ味見をお願いいたします」

ニコラが大皿にかぶせられていた布を取り払《はら》うと、そこには団子が山積みにされていた。何だかテレビの料理番組みたいだな、と俺はひとり愉快《ゆかい》な心地《ここち》にさせられる。

ともあれ、その場にいる全員がフワノとポイタンの団子を試食することになった。そこで真っ先に声をあげたのは、またレマ＝ゲイトである。

「何だい、あれだけ砂糖を入れたってのに、大して甘くもないんだね」

「はい。この生地だけで菓子らしい甘さを作るには、フワノとポイタンの合計と同じ重さの砂糖が必要となるでしょう。それよりは、果実などを使って味を作ったほうが、安く仕上げられるはずです」

ヤンが素晴《すば》らしいのは、城下町の料理人でありながら庶民《しょみん》感覚というものもきっちりわきまえているところであった。そもそもヤンはサイクレウスに食材を買い占められていた時代、「希少な食材に頼らずとも美味なる料理は作れるはず」という信念で仕事に取り組んでいた御仁《ごじん》なのである。その頃《ころ》は城下町でもサイクレウスに縁《えん》のある料理人でなければ砂糖すら自由に扱うことはできなかったので、自然にそういう信念が芽生えることになったのだろう。

「わたしであれば、生地の中に果実を練《ね》り込むか、あるいは果実を煮込《にこ》んだ汁《しる》を周囲にまぶすか、あるいは甘い香りのする香草《こうそう》を使います。理想を言えば、味を壊《こわ》さないように細心の注意を払いながら、それらのすべてをほどこしたいところでありますね」

「ふむ。うちでも砂糖を混ぜたポイタンを鉄板で焼いたりもしてみたんだが、そいつとはずいぶん仕上がりが違《ちが》うみたいだな」

ご主人がたの一人がそのような感想を述べると、ヤンは「そのために団子として焼きあげてみせたのです」と応じた。

「薄く焼きあげた生地で果実などを包み込めば、それも立派な団子です。しかし、薄い生地と丸めた生地では、まず食感からして大きく異なります。これにキミュスの卵やギーゴなどを加えれば、さらにふっくらと仕上がって噛《か》み心地も変わってきますので、色々とお試《ため》しいただきたいところです」

ご主人がたは、そこかしこで「うーむ」とうなり声をあげていた。もちろん失望のあらわれではなく、このプレーンな生地にさまざまな可能性を感じて驚嘆《きょうたん》しているのだろう。これにヤンの言うような味つけをほどこせば、それだけで商品たりえるかもしれなかった。

「続いては、揚《あ》げ焼きの菓子についてです。シェイラ、準備はいかがですか？」

「はい。こちらの鍋《なべ》は十分に温まったと思います」

シェイラの受け持ったかまどでは、レテンの油が温められていたのだ。ヤンはひとつうなずいて、再び食材に手をのばした。

「さきほどと同じ分量で仕上げた生地を、今度は平たい形にして、揚げ焼きにします。レテンの油が扱えるようになってまだ日の浅い宿場町ですが、これを機に揚げ焼きの技術を身につけてみてはいかがでしょうか」

「揚げ焼きって、アスタの屋台でもそんな料理が売られてたよね！」

と、ユーミの声が後ろのほうから響いてくる。そちらに向かって、俺は「そうですね」と答えてみせた。

「俺はギバの肉を揚げ焼きにして売っていました。熱した油に具材を浸《ひた》して、熱を通すのです」

「あれは美味しかったよねー！　……でも、なんであたしにまでそんな喋《しゃべ》り方なの？」

「それはいちおう、他のみなさんにもお聞かせしている内容ですので」

ご主人がたの何名かが、楽しそうに笑ってくれていた。ヤンもうっすらと笑いつつ、成形した生地を頭上に掲《かか》げる。形は楕円形《だえんけい》で、厚みは五ミリていどしかなさそうだ。

「生地は、これぐらい薄く仕上げます。もっと厚く仕上げても熱を通すことはできますが、このほうが揚げ焼きの特性をお伝えすることができるかと思われます」

ヤンがその生地をレテンの油に投じると、パチパチという小気味のいい音色が響きわたる。

それを聞きながら、リミ＝ルウは期待に瞳《ひとみ》を輝《かがや》かせていた。

「アスタも前に、油で揚げるお菓子を作ってたよね！　あんなに薄くしたら、どういう味になるんだろう？」

「どうだろうね。なかなか面白い食感になりそうだけど」

生地が薄いだけあって、すぐにその菓子は仕上がった。ぺらぺらの楕円形をした生地が、こんがりキツネ色に焼きあがっている。

「これでしばらく時間を置いて、余分な油が落ちるのを待てば、完成です。こちらも味見をしていただきましょう」

別の大皿に、やはり完成品が大量に準備されていた。それを口にしたリミ＝ルウが、「おいしー！」と満足そうな声をあげる。

「あー、これって、前にお茶会で食べさせてもらったお菓子と似てるかも！」

「そうですね。あれは鉄窯を使いましたが、生地が薄いので食感は似ているかと思われます」

俺も期待してかじってみると、確かにパイ生地のような心地好《ここちよ》い食感が伝わってきた。パリパリ、サクサクとした噛み心地で、特に油っぽさも感じたりはしない。そして、砂糖のほのかな甘さとカロン乳の豊かな風味が、その食感にもマッチしていた。

これはやはりさきほどの団子よりも大きな驚《おどろ》きをもたらしたようで、ご主人がたも大きくざわついている。レマ＝ゲイトも念入りに咀嚼《そしやく》しつつ、文句の声をあげようとはしなかった。

「もうずいぶん昔の話になりますが、城下町においてはフワノの生地を乳脂で揚げるという菓子が流行しておりました。しかし、乳脂を使いすぎると味はくどくなりがちですし、レテンの油よりも費用はかさんでしまうことでしょう」

ヤンは淡々《たんたん》とした口調で、説明を続けていく。これまで菓子作りというものに縁のなかった人々のために、簡単で、かつ実用的なテーマを選んで手ほどきをしているのだろう。内容そのものはごく初歩的なものであったとしても、それを理路整然と簡潔に解説するには、やはり講師の側の力量が問われるはずだ。そういう意味で、菓子作りの名手であるヤンほどこの役に相応《ふさわ》しい人物はなかなかいないように思われてならなかった。

「何にせよ、宿場町においては揚げ焼きそのものが珍《めずら》しい技術でありますため、人々の関心をひきやすいことでしょう。生地の間に果実をはさみ込んだりすれば、そちらのやわらかい食感と相まって、またさらなる味わいを追求することもかなうかと思われます」

さらにヤンは、その果実の取り扱いについても懇切丁寧《こんせつていねい》に説明し始めた。酸味のきついアロウやシールは砂糖漬《さとうづ》けにするか、あるいは砂糖と一緒に煮込むことによって菓子の材料とすることができる。もともと甘いラマムの実であれば、そのまま使ったり、煮込んだりするだけでも十分だ。その工程に必要な食材の分量と、火の加減、煮込む時間などが、粛々《しゅくしゅく》と説明されていった。

「さらにわたしは、キミュスの肉を砂糖や蜜《みつ》に漬《つ》けたものを菓子に使ったりもしています」

「へえ、肉なんかを菓子に使うこともできるのですねぇ」

ジーゼが感心したように言うと、ヤンは「はい」とうなずいた。

「カロンの足肉では風味が強すぎるので菓子には適しませんが、キミュスの肉ならば問題はありません。ただし、糸のように細く裂《さ》いて、肉ともわからぬように仕上げたほうが、菓子には相応しいかと思われます」

「なるほどねぇ。確かに、どれもこれも自分では思いつかないようなやり方ばかりです。とても勉強になりますよぉ」

「そのように言っていただければ、幸いです。……では、ここからは森辺の皆様方にお願いできますでしょうか」

「はい。自分たちはこの場で試食する分までこしらえることになりますので、少々お時間をいただくことになるかと思いますが、どうぞ最後までおつきあいください」

というわけで、いよいよ俺たちの出番であった。ヤンとシェイラとニコラは後方に退き、その代わりに森辺の四名が人々の前に立つ。

「まずは、キミュスの卵の扱いに関してですね。キミュスの卵をただ生地に混ぜ込むだけでも非常に有効かと思われますが、さらに面白い使い方がありますので、それをお伝えしようかと思います」

それは俺がつい最近開発したばかりの、白身をメレンゲとして活用する方法であった。余った黄身は、先んじて生地に練り込んでしまえばいい。それからホイップした白身を生地にあわせると、独特のやわらかい食感が得られるのだ。

「せっかくですので、フワノとポイタンと砂糖はさきほどヤンの作ってくださったものと同じ分量にしてみましょう。それを普通に、鉄板で焼いてみます」

四人がかりで卵を泡立《あわだ》てている間に、ヤンたちが他の食材の準備をしてくれていた。あとは四つのかまどに火を入れて、総がかりで焼きあげていく。二十名ばかりもいる宿屋のご主人がた全員に、それで何とかひと切れずつの試食品を行き渡らせることができた。

それを口にした人々は、ヤンの揚げ焼きを食したときと同じぐらいの驚きをもたらされたようである。こっそり観察したところ、レマ＝ゲイトも驚嘆に目を見張っていた。

「以前に寄り合いでお出ししたホットケーキと比べていただくと、違いがより実感できるかと思われます。基本的には、あのときと同じ食材しか使っておりませんので」

お次は、味つけに関してであった。果実の取り扱いに関してはヤンのほうが上手であったので、俺は砂糖に照準を合わせている。

「ジャガルから買いつけている調味料に、パナムの蜜というものがありますよね。あれはお菓子作りにも非常に役立ちますが、砂糖よりもなお高価な食材です。それで自分は、砂糖に手を加えて蜜の代わりにすることが多いです」

いわゆる、カラメルソースの作製法である。何も難しいことはなく、水で溶《と》いた砂糖を煮詰《につ》めて、茶色く色づいたところでさらに熱湯を加えれば、それで完成だ。

「これが以前にお出しした、ホットケーキにかけられていた蜜の正体です。最後に加えるお湯の量を調節すれば、もっと粘り気のある状態を保てますので、手づかみで食べる軽食でも上手《うま》く活用することができるのではないでしょうか」

さらに俺は、焼きあげた生地に水で溶いた砂糖を塗《ぬ》り、それを乾燥《かんそう》させるという食べ方もお披露目してみせた。

「この食べ方ですと砂糖の甘さを直接感じられるので、生地に混ぜる砂糖をいっそう節約できるかと思います。さきほどヤンがお披露目した揚げ焼きの菓子などにも非常に合う気がいたしますね」

さらにさらに、俺は生クリームの作り方も伝授してみせた。たいていの宿屋にはすでに乳脂の作り方が伝わっているので、説明は簡単だ。生クリームをさらに攪拌《かくはん》して脂肪分《しぼうぶん》を分離《ぶんり》させることで、乳脂はできあがるのである。

「これをさきほどの卵と同じように木串で泡立てると、こんな風にふんわりとした形状になります。あらかじめ砂糖を加えてもいいですし、甘い果実と組み合わせるのも有効だと思います。見た目もなかなか物珍《ものめずら》しいので、お客さまにも喜んでいただけるのではないでしょうか」

ひとつひとつを実践《じっせん》して、さらに試食までしてもらっているので、ここまででもけっこうな時間がかかっていた。しかしこれで、残るお題はひとつである。

「あとはですね、フワノやポイタンを使わずに、キミュスの卵だけでこしらえたお菓子というものもお披露目しようかと思います」

「キミュスの卵だけで？　そんな貧乏《びんぼう》たらしいもんで、評判が呼べるもんかね」

ひさびさに、レマ＝ゲイトが挑《いど》むように意見を述べてきた。

手だけはきっちり動かしながら、俺はそちらに笑いかけてみせる。

「キミュスの卵に悪い印象がついているのは、貧しい人間が肉の代わりに食べるという習わしのせいなのですよね？　でも、それとは異なる食べ方をするならば、これも立派な食材だと思います。ましてや、ジェノスではいくらでも卵が手に入るのですから、これを使わないのは非常にもったいないと思えてしまうのです」

まず俺は簡単なところで、砂糖を使った甘い卵焼きというものをお披露目してみせた。それを口にしたタパスは、「ほう」と目を丸くする。

「キミュスの卵などを口にしたのはずいぶんひさかたぶりのことですが、甘い味つけもなかなか合うものなのですな」

「はい。俺の故郷でも、砂糖で甘くするか塩でしょっぱくするかは、人それぞれという感じでしたね」

その間に、トゥール＝ディンたちが蒸し籠の準備をしてくれていた。これもけっこうな手間であるが、俺は『茶碗《ちゃわん》蒸《む》し風プリン』もお出しする心づもりであったのだ。

「以前にお出しした『チャッチ餅《もち》』というのは、まずチャッチを粉にするところが非常な手間となります。本日それをお伝えする時間は取れそうになかったので、その代わりにこの物珍しいお菓子の作り方をお伝えさせていただこうかと思います」

この人数分をこしらえるのが手間であるが、作製方法そのものはシンプルだ。溶いた卵にカロン乳と砂糖を混ぜて、蓋《ふた》つきの器ごと蒸し籠で温めるばかりである。そして食材の分量に関しては、リミ＝ルウが極《きわ》めてくれている。俺が以前に城下町で出したものよりも、格段に味は向上しているはずであった。

「時間がないのでおひとり様にひと口ずつぐらいしか行き渡りませんが、いかがなものでしょう？」

器から大きめの木匙《きさじ》で皿に取り分けて、ご主人がたに回していく。最初はうろんげな顔をしていた人々も、味を確かめた後は驚嘆と納得《なっとく》の表情であった。

「驚きましたねぇ。キミュスの卵が、こんな不思議な出来栄《ば》えに仕上がっちまうなんて……なんだか、魔法《まほう》みたいですよぉ」

ジーゼなどは、そのように言ってくれていた。レマ＝ゲイトも、驚愕《きょうがく》の表情である。ある意味では、このメニューが本日で一番の驚きをもたらしたのかもしれなかった。

「自分からお伝えしたかったのは、以上です。ヤンの手ほどきしてくださった生地や果実の取り扱いと組み合わせれば、お菓子作りの幅がかなり広がったのではないでしょうか」

「いや、広がりすぎて、どこから手をつければいいかわからないぐらいだよ。まったく、まいっちまったなあ」

身近なところにいたご主人がたの一人は、そのように述べながら頭をかいていた。そして、その隣にいたご主人が「おい」と俺に呼びかけてくる。

「その、蒸し籠っていうのか？　そいつはどこに行ったら手に入るんだ？」

「これは自分も、ヤンのつてで買わせていただいたのです」

俺の視線を受けて、ヤンはゆったりと首肯《しゅこう》した。

「売られているのは城下町ですが、注文をされる方はわたしが取りつぎましょう。さきほども申し上げました通り、それほど値の張るものではありませんので」

その場で、数名のご主人がたが名乗りをあげた。それだけ『茶碗蒸し風プリン』がお気に召《め》したのだろう。あるいは、俺の屋台で『ギバまん』を食べた経験があるのかもしれない。お菓子に限らず、蒸し籠というのは料理の作製にも非常に有用であるはずだった。

「では、今日のところは、これにて終了《しゅうりょう》ですな。また時期を見て手ほどきの会を開きたいと思っておりますので、ご連絡《れんらく》をお待ちください」

タパスの宣言で、半数ぐらいのご主人がたは厨を出ていった。が、もう半数は厨に居残っている。その視線は、のきなみ俺に向けられているようだった。

「なあ、菓子もいいけど、ギバ肉のほうはどうなったんだよ？　まだ肉の市には店を出さないのか？」

「あ、ちょうど昨日、城下町から正式に許可をいただくことができました。黄の月の終わり頃には参加できるかと思います」

「終わり頃って、いつ頃《ごろ》だ？」と、ご主人がたが押し寄せてくる。

「ええと、今のところは十日後ぐらいとしか……肉の市は、前日にならないと正式な日取りがわからないようですので」

「どれだけの肉を準備するんだ？　やっぱり朝一番に向かわないと手に入らないのか？」

「予定では、十五箱ていどです。部位によって量は異なりますが」

「十五箱？　それじゃあ、五軒《けん》の宿屋しか買えないじゃないか！」

それはどうやら、三箱以上から業者価格になるという計算に基づいているようだった。

「いえ、ですが、どれほどの売れ行きになるかも見込《みこ》みが立っていませんので……」

「そりゃあいきなり五箱も十箱も買うやつはいないだろうが、わざわざ割高で買うやつはいないだろうよ。それじゃあやっぱり、五軒の宿屋しか買えないってことだ」

「そうですね。売れ残らなければ、こちらとしてもありがたいのですが」

「……この場にこれだけの人間が居残ってるのに、売れ残るなんてことがありえると思うのか？」

確かにその場には、十名以上の人々が居残っている。これはそれぞれ別の宿屋の関係者なのであろうから、全員がギバ肉を求めていたら売り切れも必至ということになるのだった。

「十五箱なんて、欲がないにもほどがあるよ。それともまさか、城下町の連中に買い占《し》められてるんじゃないだろうな？」

「ああ、はい。貴族の買い占めを禁じるために、城下町でも宿場町でも同じ量を売るという取り決めになったのです。もし城下町で売れ残るようなら、その分は宿場町に回してもいいとは言われていますが……」

「俺《おれ》たちよりも銅貨に困ってない貴族どもが、ギバ肉を買わないわけはないだろう。石塀《いしべい》の中では、こっち以上の取り合いだろうな」

そのあたりのことはポルアースらに一任していたので、俺としては何とも言えなかった。そこでこっそり俺に接近してきていたユーミが、くいくいと袖《そで》を引っ張ってくる。

「ね、アスタ。あたしたちには、それと別口でギバ肉を売ってくれるんだよね？」

「ああ、うん。これまで取り引きのあった四つの宿屋は勘定《かんじょう》に入れなくていい、という条件にしてもらえたよ」

「本当に、うちも大丈夫《だいじょうぶ》なの？　ギバの料理を買いつけてないのは、その中でうちだけなんだよね？」

「大丈夫だよ。そこのところは、しっかり確認《かくにん》しておいたからね」

「よかったー！」と、ユーミは安堵《あんど》の息をつく。それを見守っていたご主人がたは、みんな子供のようにすねたお顔になってしまっていた。

「ちぇっ。お前さんがたは、肉の市場に出向かなくても毎回ギバ肉を手に入れられるのか。うまいことやりやがったな」

「へっへーん！　あたしはアスタが屋台の商売を始めて、すぐに仲良くなったんだからね！　これぐらいの役得は当然でしょ！」

相手が年配のご主人でも、まったく物怖《ものお》じしないユーミである。人々は肩をすくめたり苦笑《くしょう》をしたりしながら、ようやく帰り支度《じたく》を始めた。

「それじゃあ、日取りがわかったら教えてくれよな。また屋台のほうにも顔を出すからよ」

「あと、菓子についてもありがとうな。さっそく自分の宿で色々と試してみるよ」

「はい。みなさん、お疲れ様でした」

ご主人がたは、ぞろぞろと厨を去っていく。すると、脇《わき》のほうでヤンと語らっていたタパスが笑顔でこちらに近づいてきた。

「森辺の皆様方、本日はお疲れ様でありました。こちらがポルアース様からお預かりしていた、褒賞《ほうしょう》の銅貨であります」

「あ、どうもありがとうございます」

このたびは城下町からの正式な依頼《いらい》であったので、手間賃が発生するのである。場所を提供したタパスにも、同じように褒賞が支払《しはら》われているはずであった。

「アスタ殿、お疲れ様でした。……アスタ殿は本当に惜しみなく、さまざまな技術を伝えてくださいましたね。わたしにとっても、非常に有益な時間となりました」

ヤンは、そのように言ってくれていた。

「こちらこそ、ヤンの手ほどきはとても参考になりました。これでまた彼女たちは、美味しいお菓子をこしらえてくれることでしょう」

リミ＝ルウたちも、それぞれヤンに頭を下げている。それに応じるヤンも、満足そうな笑顔であった。

「オディフィア姫《ひめ》のお茶会には、数ヶ月に一度は参加されるというお話でしたね。わたしも同じ日に招かれるように祈《いの》っております」

「うん！　リミもまた、あなたのお菓子を食べたいです！　今日はありがとうございました！」

そうして俺たちも、《タントの恵み亭》を後にすることになった。たっぷり二時間ぐらいは厨にこもっていたのだろう。それなりの疲労《ひろう》感と、それを上回る充足《じゅうそく》した気持ちが胸に満ちていた。

「おや、森辺のみなさんがた。どうもお疲れ様でしたねぇ」

と、街道《かいどう》に足を踏《ふ》み出すなり、また声をかけられる。振り返ると、ジーゼが笑顔《えがお》でこちらを見ていた。

「ちょうどよかったですよぉ。こちらの方々が、みなさんがたをお待ちしていたそうです」

「え？　俺たちをですか？」

ジーザのかたわらには、ひと目でシムの生まれと知れる長身の人影がいくつも立ち並んでいた。その内の一人が、礼をしてからマントのフードをはねのける。

「おひさしぶりです。ファの家のアスタ――でありましたね？　わたしのことを見覚えておいでてでしょうか？」

それは、いかにも東の民らしい風貌《ふうぼう》をした壮年の男性であった。切れ長の目に、高い鼻。薄い唇《くちびる》に、面長《おもなが》の顔。長い黒髪《くろかみ》は後ろでひとつにくくっており、肌は森辺の民よりもはっきりと黒い。ただ、光の強いその眼差《まなざ》しには、確かに見覚えがあった。

「あ……もしかしたら、《黒の風切り羽》のククルエルですか？」

「はい。ククルエル＝ギ＝アドゥムフタンです。ご壮健《そうけん》のようで何よりです」

東の民としては非常になめらかな言葉づかいで、ククルエルはそう言った。

「今日の内にお会いできて、何よりでした。ぶしつけですが、少しお時間をいただくことはできますか？」

「え？　俺に何かご用事ですか？」

「森辺の民であれば、どなたでもかまわなかったのですが。わたしが縁を結べたのはあなたとルド＝ルウのみでしたので。……森辺に切り開かれた行路について、いくつかおうかがいしたいことがあるのです」

とても沈着な口調で、ククルエルはそう言った。

俺にはさっぱりわけがわからなかったが、とりあえずその申し出をはねのける理由はないように思われた。

3

数分後、俺たちは《ラムリアのとぐろ亭《てい》》に腰《こし》を落ち着けていた。立ち話も何なので、ということで、たまたまその場に居合わせたジーゼに招待されることになったのだ。

《ラムリアのとぐろ亭》は、主街道から一本脇道《わきみち》にそれた場所にあった。建物は古そうであったが大きさはなかなかのもので、《キミュスの尻尾亭《しつぽてい》》と同じぐらいの規模はありそうだ。

そしてジーゼに案内された食堂は、鼻腔《びこう》をくすぐるお香《こう》のような香りに満たされていた。何か特別な処置をしているわけではなく、厨から流れてくる香草の香りが調度に染《し》み込《こ》んだものなのだろう。いくつもの香りが混ざり合い、なかなか馴染《なじ》みのない感じに仕上がっていたが、不快なことはまったくなかった。

さらに、壁《かべ》には刺繍《ししゆう》の美しいタペストリーが掛《か》けられて、奇妙《きみよう》な形をした壺《つぼ》や、ギヤマと思《おぼ》しき獣《けもの》の骨なども飾《かざ》られている。木造りの卓《たく》には小さな皿が置かれて、そこに干《ひ》からびた花びらがいくつも重ねられているのが、何とも不思議な風情《ふぜい》であった。

「とても素晴らしい宿ですね。宿場町にこのような宿が存在するとは知りませんでした」

食堂の座席に落ち着きながら、ククルエルがそのように述べたてると、ジーゼは嬉《うれ》しそうに微笑んだ。

「東のお方にそう言っていただけるのが、あたしにとっては一番の喜びですよぉ。お近づきのしるしにお茶をお出ししますので、少々お待ちくださいねぇ」

「あなたとの出会いを、シムとセルヴァに感謝いたします」

ジーゼが厨《くりや》に引っ込んでいくと、ククルエルはあらためて俺たちに向きなおってきた。彼《かれ》の同胞《どうほう》は宿の前で別れたので、この場には俺たち四名と彼しかいない。

「屋台を出している森辺の民は《キミュスの尻尾亭》という宿屋と懇意《こんい》にしていると聞きましたので、そちらで集会のお話をうかがいました。それで、あなたがたをお待ちしているところに、さきほどの方が出てこられたので、お話をうかがっていたのです」

「ああ、そうだったのですか。でも、俺たちにいったいどういったご用件なのです？」

基本的に、俺はこのククルエルという人物に好感を抱《いだ》いている。沈着でありながら鋭《するど》い眼差しを有しているこの御仁《ごじん》はどことなくリャダ＝ルウと通ずる雰囲気《ふんいき》があったので、俺にはとても好ましく思えたのだ。ただ、遠い昔にはシュミラルの面影《おもかげ》を重ねていたサンジュラに裏切られた経験があるので、俺はほんの数パーセントだけ警戒心《けいかいしん》を抱いたりもしてしまっていた。

「さきほども申し上げた通り、森辺に切り開かれた行路について、お話をうかがいたいのです。

城下町で貴族の方々にお話をうかがう前に、実情を知る森辺の民のお話を聞きたいと考えました」

「あ、まだ城下町には入っていなかったのですか？」

「はい。さきほどジェノスに到着《とうちゃく》したばかりですので」

ならば、長旅の疲《つか》れを癒《いや》す間もなく、森辺の民を捜《さが》していたということになる。そうまでして、いったい何の話を聞きたいというのだろうか。

「まず、最初にうかがいたいのは……森辺を切り開く際にはマヒュドラの民だけが労苦を背負わされたと聞いたのですが、それは真実でしょうか？」

「はい。彼らが雨季の間に道を切り開いていました」

「……西の民は手を出さず、マヒュドラの民だけで？」

「ええ。もちろん、指示を出していたのはジェノスの誰《だれ》かなのでしょうが、肉体労働を受け持っていたのは彼らだけです」

ククルエルは表情を動かさないまま、小さく息をついた。

「……ギバの棲息《せいそく》するモルガの森で工事を行うには多大な危険がともなったはずですが、何か被害《ひがい》などは出なかったのでしょうか？」

「一度、飢《う》えたギバが現場に姿を現して、大変な騒《さわ》ぎになってしまいましたね。かなり大勢の方々が傷つくことになりましたが、幸い死者は出なかったようです」

「…………」

「あ、大きな怪我《けが》を負ったのは見張り役の衛兵の方々ばかりで、マヒュドラの人たちは比較的《ひかくてき》軽い怪我で済んだようですよ。そのギバも、マヒュドラの男衆の手によって退治されることになったのです」

どうも彼は北の民の安否を気にかけている様子であったので、俺はそんな風につけ加えてみせた。

「そうですか。森辺に道を切り開いてはどうかと提案した身としては、忸怩《じくじ》たる思いです」

「ええ、まあ、モルガの森というのは、それだけ危険な場所ですからね」

「ですが、銅貨で雇《やと》われた人間には相応の責任というものが生じます。どれほどの労苦を負っても報《むく》われることのない北の民が災厄《さいやく》に見舞《みま》われたということに、わたしは心を痛めています」

東の民であるのだから、ククルエルは表情を動かさない。しかしその黒い瞳には、確かに無念の光が宿されているように感じられた。

「あなたがたは西の民なのですから、何も気になさる必要はありません。わたしはただ東の民としての心情を語っているだけですので、どうかお聞き流しください」

「……東の方々にとっては、西の民も北の民も同じ友国の人間なのですもんね。自分は東と南の方々と同じようにおつきあいがありますので、それと置き換《か》えればお気持ちは理解できるように思います」

そして俺は、北の民であるシフォン＝チェルたちとも縁を結んでいる身であるので、余計に複雑な立場でもあった。

「道を切り開く工事にマヒュドラの民をあてがうという話は、事前に聞いておりました。しかし、銅貨で西の民を雇うことなく、すべての仕事をマヒュドラの民に負わせるとまでは考えていなかったので……いささかならず、わたしは驚かされることになってしまいました」

「ええ。ちょうど雨季の間は彼らの手が空くので、ジェノスの人たちにとっても都合がよかったようです。実際、彼らの力だけで工事は完了《かんりょう》してしまいましたからね」

「でも、悪いことばかりじゃなかったと思うよ。そのおかげで、マヒュドラの人たちは美味《おい》しい料理を食べられるようになったんだしね」

リミ＝ルウがこらえかねたように発言すると、ククルエルはけげんそうにそちらを振《ふ》り返った。

「美味しい料理……とは、いったいどういう意味でしょう？　森辺の民が、ギバの肉を与《あた》えたということですか？」

「いいえ。彼らに与えられていた食材を使って、俺たちが献立《こんだて》の改善に取り組むことになったんです。美味なる料理を口にしたほうがより力を出せるということで、ジェノスの貴族の方々にも了承《りょうしょう》をもらうことができました。……ただ、これはあまりおおっぴらにできない話ですので、いちおう内密ということでお願いいたします」

「そうですか」と、ククルエルはまた息をついた。

「あなたがたは、北の民を憎《にく》んではいないのですね。それだけでも、わたしには嬉しく思えます」

「このジェノスに、北の民を憎んでいる人間はほとんどいないようですよ。なにせジェノスは、マヒュドラとの国境からこれだけ離《はな》れている土地なのですからね」

「ああ、わたしたち草原の民がジャガルの民を憎んでいないのと同じことですね。そして、憎んでいなくとも敵対国の人間として扱わなくてはならない。そのお気持ちは、とても共感することができます」

厳しい眼差しで、ククルエルはそう言った。

「セルヴァの地で顔をあわせるジャガルの民は、みな短絡的《たんらくてき》で直情的です。それはシムの民には備わっていない気質ですが……友国たるマヒュドラの民にも通ずる気質でありますため、わたしには好ましく思えます」

「マヒュドラとジャガルの民は、気質が似ているのですか？」

「はい。もともと彼らは近しい血筋だったのではないでしょうか？　背丈《せたけ》はずいぶん異なっていますが、その肌《はだ》の白さや頑丈《がんじょう》そうな体躯《たいく》などは、とてもよく似ています。もしかしたら、四大王国が築かれるまでは、同じ一族であったのかもしれません」

そう言って、ククルエルは何かを見透《みす》かすかのように目を細めた。

「現在のジャガルの領土は、もともとシムの領土であったという伝承が残されています。それはもしかして、シムがジャガルの領土を奪《うば》うためにこしらえた虚偽《きょぎ》の伝承であるのかもしれませんが……ジャガルの民は、強い日差しから白い肌を守るために、毎日パナムの樹液を肌に塗る必要があるのだと聞きます。それを思うと、彼らはもっと日差しのやわらかい北方の生まれであったのかもしれません」

「そんな伝承が残されているのですか。俺は初めて聞きました」

「いずれにせよ、四大王国が築かれたのは何百年も昔の話ですので、真偽《しんぎ》はわかりません。そして、それだけの歳月《さいげつ》を過ごしてきたのならば、ジャガルの民にとっても現在の地はかけがえのない故郷であると感じられるはずです」

ククルエルは首を振り、また俺に向きなおってきた。

「話が横道にそれてしまいました。それで、森辺の新しい道は無事に完成されたのですね」

「はい。まだ旅人や商団の方々には使用を許されていませんが」

「我々が最初にその役を担《にな》うことになるのでしょう。それはジェノスを発《た》つ前から、言い渡《わた》されておりました」

その点に関しては、ククルエルも異存はない様子であった。屈強《くっきょう》の旅人である彼らには、恐《おそ》れるほどのものでもないのかもしれない。

そこに、お盆《ぼん》を掲げたジーゼが戻《もど》ってきた。

「お待たせしてしまいましたねぇ。お茶だけでは何ですので、よろしかったらこちらもおつまみください」

「あ、ありがとうございます。何から何まですみません」

「いいえ。本日は森辺のみなさんがたのおかげで色々なことを知ることができたので、そのお礼ですよぉ」

穏《おだ》やかに微笑《ほほえ》みながら、ジーゼが器を並べていく。それで、ずっと静かにしていたシーラ＝ルウとトゥール＝ディンも身を乗り出すことになった。

「とても不思議な香りがしますね。これはシムの料理なのですか？」

「料理なんていう立派なものではありませんよぉ。ちょっとしたお茶請《ちゃう》けですねぇ」

真ん中に置かれた大きな木皿には香草と豆の炒《いた》め物、小さめの皿には何かの佃煮《つくだに》のようなものが盛られていた。

「さ、どうぞ。こちらはギギの茶で、こちらはナフアの茶ですので、お好きなほうをお飲みくださいねぇ」

ギギの茶は、俺もお試しでこしらえたことがある。コーヒーと似た香りを持つ、不思議な茶だ。ナフアというのも、聞き覚えはある。たしか、強い苦みと青臭《あおくさ》さを持つシムの香草であるはずだった。

「リミ＝ルウは飲めるかな？　ひと口だけ試してごらんよ」

リミ＝ルウはまだ十歳《さい》未満であるので、飲み残しを余所《よそ》の家の人間に渡すことも許されている。ということで、リミ＝ルウは俺が注いであげたナフアの茶をちびちびとなめることになった。

「うん、大丈夫！　あんまり苦くない！」

俺も試してみたところ、風味の強い緑茶のような味わいであった。チャッチャやゾゾの茶と比べても、そんなに飲みにくいものではないようだ。

「こちらの宿では、ギギやナフアの茶を扱《あつか》っておられるのですか。宿場町では、珍しいように思えます」

ククルエルがそう評すると、ジーゼは「そうかもしれませんねぇ」と微笑んだ。

「この宿場町でも色々な香草を買いつけることができるようになりましたが、なかなか他の宿では取り扱い方もわからないのでしょう。その点、あたしは母から学んだことも多いですし、東のお客様からお話をうかがうこともできますので、助かっておりますよぉ」

「なるほど」と、ククルエルはギギの茶を口にした。彼にしてみれば、いずれも故郷の味であるのだ。

いっぽうシーラ＝ルウたちは、最初からお茶請けのほうに関心を向けている。赤黒い香草と大豆のような豆の炒め物からは、とてもスパイシーな香りが漂《ただよ》っていた。

「ひょっとしたら、これはタウの実ですか？」

「ええ。この香草にはタウの実が一番合うように思えたので、使ってみたのですよぉ」

大豆に似たタウの実を香草と一緒《いっしょ》に炒めるというのは、なかなか俺には思いつかない発想である。自分用の木皿にそれを取り分けて、一粒《つぶ》かじってみると、鮮烈《せんれつ》な辛《から》さが鼻に抜《ぬ》けていった。

しかし、それほど舌には残らない辛さであるようだ。ぱっと弾《はじ》けて、ぱっと消える、なかなか面白《おもしろ》い風味であった。そしてタウの実は、水で煮《に》たりはしていないらしく、カリッとした食感が残されている。お茶請けというよりは、酒のつまみを思わせるひと品であった。

「美味しいですね。これはイラの葉を使っているのですか？」

「イラの葉と、色々ですねぇ。肉を漬けるのに使った香草のだしがらを、タウの実にあえて炒めたものなんですよぉ」

言われてみると、何かしら肉の風味も感じられるような気がした。飽《あ》きのこない、奥《おく》ゆきのある味だ。

「こっちのも、ちょっとしょっぱいけど美味しいね！　これは何かのお肉なの？」

もうひとつの料理をつまんでいたリミ＝ルウが問いかけると、「それはマルですよぉ」という答えが返ってきた。マルというのは、オキアミに似た甲殻類《こうかくるい》だ。食用の魚が存在しないジェノスにおいては、希少な水産の食材である。

「マルの塩漬《しおづ》けから塩を抜いて、香草や砂糖やタウ油に漬け込んだんですねぇ。砂糖もタウ油もジャガルの食材ですけれど、東のお客様には喜んでもらえておりますよぉ」

「ええ。美味だと思います。それに、シムで出されてもおかしくない味だと思います」

同じものを食したククルエルは、そのように評していた。

「シムにも砂糖に代わる蜜や、タウではない豆と、それを発酵《はっこう》させた食材は存在します。それらはジェノスでも手に入りにくいので、あなたはジャガルの食材を使ってその味を再現しておられるのですね」

「再現なんて、そんなたいそうなものではないですよぉ。ただ、東のお客様に喜んでいただきたいのでねぇ」

やはりジーゼは、宿場町では珍しいぐらいの腕前《うでまえ》を有しているようである。シーラ＝ルウとトゥール＝ディンも、何かしらを感じている様子で二種の料理を口に運んでいた。

「素晴《すば》らしい手並みだと思います。宿場町で、これほど故郷の味を思い起こされることになるとは思いませんでした」

「喜んでいただけたら、何よりですよぉ。どうぞごゆっくりしていってくださいねぇ」

そうしてジーゼが厨のほうに消えていくと、シーラ＝ルウが俺のほうに顔を寄せてきた。

「アスタ。わたしは何だか、ヴァルカスのことを思い出してしまいました。べつだん、これらの料理がヴァルカスの作るものと似ているようには思えないのですが……」

「それはきっと、ヴァルカスも香草の使い方が巧《たく》みだからではないでしょうか。シムの香草をここまで見事に使いこなせる人は、なかなか他にいなかったでしょうからね」

そういえば、ヴァルカスとはもう数ヶ月ばかりも顔をあわせていない。彼は城下町で元気に過ごしているのだろうか。――と、俺がそんなことを考えていると、ククルエルがまた呼びかけてきた。

「うかうかしていると日が暮れてしまいそうですので、話を続けさせていただきます。それで、森辺に切り開かれた行路なのですが――」

その後は、べつだん変わった質問が飛び出すこともなかった。どのような手順で道が作られたか、距離《きょり》や道幅《みちはば》はどれほどのものか、ギバに対してはどれぐらいの警戒《けいかい》が必要か――といった、基本的な質問ばかりである。

「では、荷車に乗っていれば、そうそうギバに襲《おそ》われることはない、ということですね？」

「はい。ギバは騒がしさを嫌《きら》いますから、飢えなどで気が立っていない限りは人間に近づくこともないのです。集落に築かれた道を通っていても、ギバに出くわしたことは一度もありませんからね。……ただ、新しく築かれた道の場合は、そこが人間の縄張りであるとギバが認《にん》知《ち》するのに、少々時間がかかるはずだというお話でした」

「なるほど……」

「あと、ギバは自分の頭より高く跳《と》ぶことができないのです。道の左右には余った木材が並べられていたので、それだけでもかなりギバの侵入《しんにゅう》を防ぐことができそうですね」

ただしそれも、飢えたギバであれば力ずくで押《お》しのけてしまうことだろう。それも伝えることを忘れなかった。

「あ、それと肝心《かんじん》な話を忘れていました。ギバというのは夜明けから中天まで眠《ねむ》りこけているものなのです。ごくまれに早起きのギバがうろつくこともあるようですが、中天の前に通るのが何よりの安全策だと思われます」

「すると、夜は危険なのでしょうか？」

「はい。飢えたギバは夜の内に人里まで下りて、田畑を荒《あ》らすことが多いのですよ。きっと人間が寝静《ねしず》まるのを待って、ダレイムの田畑を目指すのでしょうね」

俺にしてみれば、どれも当然の話ばかりである。ククルエルは指先を奇妙な形に組み合わせながら、「ありがとうございます」と頭を下げてきた。

「とても参考になりました。これで心置きなく、城下町に向かうことができます」

「そうですか。……でも、これぐらいの話はすべてあちらにも伝わっているはずですよ」

「しかし、貴族の方々がそれを正しく私たちに伝えるという保証はありません」

「……失礼ですが、あなたは城下町の方々を信用なさっていないのですか？」

ククルエルは、「いえ」と首を横に振った。

「この件において、貴族の方々が私たちをあざむく理由はないかと思われます。ですが、貴族の方々の言葉を疑いなく信じてしまうのは、非常に危険な行いであるとも考えています」

「ああ……そういえば、あなたがたは古くからサイクレウスと取り引きをされていたのですよね」

「はい。あのお方には、何度かあざむかれたことがあります。こちらが損をかぶることになったのも、一度や二度ではありませんでした」

それならば、貴族に対して懐疑的《かいぎてき》になってしまうのも致《いた》し方《かた》のないところであった。

「ですが、あのお方を処断したジェノス侯爵《こうしゃく》は非常に公正であると感じられました。その後、我々との取り引きを引き継《つ》いだトルストやポルアースという方々も、信用に値する人物であると考えています。……むろん、心から信用するには、もうしばらくの時間が必要となりますが」

「ええ。こればかりは、自分の目で確かめるしかないでしょうからね」

俺はようやくククルエルの行動に得心がいったので、笑顔を返してみせることにした。

「あなたがたが無事にシムへと戻られて、あの行路が安全に使えるという証《あかし》が立てられるのを楽しみにしています。俺にとっても、シムからのお客様が増えるのは喜ばしいことですからね」

「はい。上手《うま》くいけば、シムからジェノスに訪《おとず》れる人間は倍ほども増えるかもしれません。ジェノスほど豊かな町は他にもなかなかないのですから、これまでよりも安全な行路を確保できれば、シムでも喜ぶ人間は多いでしょう」

それでどうやら、この問答も終わりの様子であった。

ちょうどお茶もおつまみも綺麗《きれい》になくなった頃合《ころあ》いである。

「それでは、そろそろ帰らせていただきますね。俺たちも、晩餐《ばんさん》の準備がありますので」

「貴重なお時間をいただき、ありがとうございました。……こちらは、お礼の品となります」

「あ、いえ、そんなことをしていただいては――」

「ご遠慮《えんりょ》は無用です。心ばかりの品ですので」

それは、奇妙な形をした石であった。とても自然にできあがった形状とは思えない。石を削《けず》ってこしらえた工芸品なのだろう。ころんと丸っこい形をしており、直径は三センチほど。中し訳ていどに、頭や手足が隆起《りゅうき》しているように見えなくもない。

「あ、これってあれじゃない？　えーと……ぎゅろりけ・むぅわ！」

リミ＝ルウがいきなり素《す》っ頓狂《とんきょう》な言葉を発したので、俺は何事かと思ってしまった。しかしククルエルは、わずかに目を見開くことで驚《おどろ》きをあらわにしている。

「ギュロリケ・ムゥワをご存じでしたか。あれはシムにしか住まない特別な獣であるはずですが」

「うん！　お祭りに来てた旅芸人の人たちが見せてくれたの！」

それでようやく、俺にも理解できた。それは、《ギャムレイの一座》の天幕にいたワニガメのごとき獣を模した工芸品であったのである。

「ギュロリケ・ムゥワの大亀《おおがめ》は、健康と長寿《ちょうじゅ》を司《つかさど》る獣です。この石にはそれを願う念が宿っておりますので、よろしければお持ち帰りください」

それは人数分準備されていたので、リミ＝ルウは「わーい！」と大喜びすることになった。シーラ＝ルウも、懐《なつ》かしそうに目を細めながら、黒くて艶《つや》やかな甲羅《こうら》を撫《な》でている。もしかしたら、ダルム＝ルウとペアを組んで天幕の中を巡《めぐ》っていた思い出を反芻《はんすう》しているのかもしれなかった。

「本来であれば、私どもが買いつけてきた食材をお分けしたいところなのですが、ジェノスに持ち込んだ食材はいったん城下町に預ける取り決めになっておりますので」

「あ、それは自分たちもわきまえております。王都では、何か珍《めずら》しい食材が手に入りましたか？」

「王都では、普段《ふだん》と同じものを買いつけて参りました。それ以外では……途中《とちゅう》でバルドという地区に立ち寄り、なかなか他では見ない品を買いつけることがかないましたね。そちらに立ち寄ったため、ジェノスに戻るのがいささか遅《おそ》くなってしまったのです」

「バルドですか。それは聞かない名前ですね」

「西の王国の中央部、巨大《きょだい》な内海を擁《よう》する区域です。王都アルグラッドとジェノスに並ぶ、とても豊かな町となります」

そこでククルエルは、本日で一番穏やかな感じに目を細めた。

「出立前、屋台の前で言葉を交《か》わしたことを覚えておいでですか？　わたしとアスタは、《銀の壺》という商団について語り合いました」

「ああ、確かに話しましたね。その《銀の壺》が、何か？」

「はい。十名ていどの小さな商団でありながら、ジェノス、アブーフ、マヒュドラ、アルグラッドと、大陸中を軽《かろ》やかに駆《か》け巡るという彼らの話が忘れられず、私も普段より遠くへと足をのばしたくなってしまったのです。バルドの町に立ち寄って、その成果は得られたと考えています」

「そうだったのですか。どのような食材がお披露目《ひろめ》されるのか、俺も楽しみにしていますね」

「はい。あなたのもとにもそれが届くことを祈っています。……そういえば、《銀の壺》は無事にジェノスに戻られたのでしょうか？　残念ながら、道中で行き逢《あ》うことはなかったのですが」

「はい。予定よりも半月ほど遅くなりましたが、無事に戻られて、シムへとお帰りになられましたよ。……あ、かつて団長であったお方は、森辺に居残られておりますが」

「森辺に？」と、ククルエルはいぶかしそうな目つきをした。これはべつだん秘密ごとではないので、俺は素直《すなお》に打ち明けてみせる。

「はい。そのお方は、シムからセルヴァへと神を乗り換えて、森辺の家人になられたのです。俺にとっては、大事な友人です」

ククルエルは、わずかに身体《からだ》をのけぞらせた。顔は無表情のままであるが、大いに驚かされたのだろう。

「東の民が、森辺の民に……？　それはどういうことでしょう？　そのお方は、どうしてそのような真似《まね》に及《およ》んだのですか？」

「彼は、森辺に婿入《むこい》りしたいと願っているのです。ただ、商団の仕事もこれまで通り続ける予定になっておりますよ」

ククルエルの目が、ぐんぐん真剣《しんけん》な光を帯びていく。やはり故郷のシムを捨てたことが気に食わないのだろうかと俺が心配しかけたとき、ククルエルはやおら身を乗り出してきた。

「非常に興味深いです。その人物と、言葉を交わすことはかないますか？」

「え？　何故《なぜ》ですか？」

「純然たる好奇心《こうきしん》です。そこまで自由な魂《たましい》を持っている人間というものに、私はとても興味をひかれます」

「そ、そうですか……彼が神を乗り越《こ》えたことに、何かご不満などはありませんか？」

「ありません。東の民は同胞であり、西の民は友人です。自分の家族であれば、さすがに思いなおすように説得するところではありますが、見も知らぬ人間が神を乗り換えて、私が悪い気持ちを持つ理由はありません」

ククルエルは、沈着《ちんちゃく》な中に確かな熱意を感じさせる口調でそのように言葉を重ねた。

「おそらく我々は、明日にでも行路の下見で森辺に招かれることでしょう。その際に、その人物を紹介《しょうかい》していただけませんか？」

「そうですね。彼にも狩人《かりうど》としての仕事がありますので、中天より早い時間であれば都合はつくかもしれません」

「その人物は、狩人としても働いているのですか。いっそう興味深く思います」

これだけ熱烈《ねつれつ》な好奇心を有しているからこそ、東の草原の民というのは苦難も恐れず大陸中を駆け巡る生活に身を置くことになったのだろうか。なんとなく、俺自身もシュミラルとククルエルが会話をするさまを見届けたくなってきてしまった。

「それでは、今日の内に族長たちにも確認しておきます。もしも下見の日取りが明日であれば、俺もちょうど仕事が休みですのでご一緒させてください」

「アスタもご一緒であれば、なおのこと嬉しく思います」

俺はうなずき、ククルエルの提案を了承することになった。

それでようやく、彼との長い問答は終わりを迎《むか》えることになったのだった。

第二章★★★ 新たな行路

1

宿場町で勉強会を行い、ククルエルとの再会を果たした日の、翌日——黄の月の十八日である。前日に宣言していた通り、ククルエルたちが行路の下見に訪れることになった。

森辺の集落にその旨《むね》が伝えられたのは、前日の夕暮れ時となる。それで族長のダリ＝サウティがわざわざファの家にまで使者を飛ばしてくれたため、俺とアイ＝ファも見学に駆けつけることができた。

「まったく、朝から慌《あわ》ただしいことだな。べつだんお前が同行せずとも、その者をシュミラルに面会させる了承は取りつけることができたのであろうが？」

ギルルの手綱《たづな》を操《あやつ》りながら、アイ＝ファはそのように述べていた。

「うん。だけど、俺個人もククルエルというお人に興味がわいたんだよ。あのお人がシュミラルと何を話すのか、ちょっと聞いてみたくなっちゃってな」

「まったく物好きなことだ。ようやく休息の日が訪れたというのに、身体のほうは大丈夫であるのか？」

「大丈夫だよ。忙《いそが》しいながらも楽しい五日間だったからな」

　屋台の商売は五日置きに休業日がやってくる。しかし今回は、営業二日目にルウ家の婚儀《こんぎ》があり、昨日の最終日には菓子《かし》の勉強会が開催《かいさい》されたため、俺《おれ》はなかなか多忙《たぼう》な日々を過ごすことに相成ったのだ。なおかつ、婚儀の日とその翌日はルウ家が商売を休んでいたので、その分はファの家で倍の料理を準備することになり、それがまた忙しさに拍車《はくしゃ》をかけたわけであった。

　だけど俺は強がりでなく、まったく疲弊《ひへい》など覚えていなかった。シーラ＝ルウとダルム＝ルウの婚儀ではまたとない幸福感を得られることになったのだから、疲労感などそれで吹《ふ》き飛んでしまったのだろう。婚儀から四日が過ぎた現在でも、俺の心にはまだ幸福感の余韻《よいん》がまざまざと残されているほどだった。

「アイ＝ファのほうこそ、大丈夫なのか？　最近じゃあ、一日に二、三頭のギバを狩《か》るのが当たり前になってきたみたいじゃないか」

「それはブレイブの力が加わった成果であるのだから、私の労苦はむしろ減らされている。森に出る時間を短くしたのだから、なおさらにな」

　アイ＝ファはこれまで、中天から日没《にちぼつ》までみっちり森にこもることが多かった。しかし、それが毎日続くとブレイブに疲労がたまっていくことが判明したので、数日に一度は半休の日をもうけることになったのだった。

　半休の日は、仕掛《しか》けた罠《わな》に異常がないかを確認して、すぐに家まで戻ってくることになる。あとはブレイブと一緒に身体を休めたり、身体の負担にならないていどの修練に時間をあてているのだそうだ。

「ブレイブを家に招いて以来、私は一度として『ギバ寄せの実』を使っていない。それでこれだけの成果をあげられているのだから、やはりブレイブの力は大きいのだ」

「そっか。本当に猟犬《りょうけん》ってのはすごいんだな。シュミラルにはどれだけ感謝しても足りないよ」

『ギバ寄せの実』を使わないということは、それだけアイ＝ファの危険が軽減されるということなのだ。荷台の中で揺《ゆ》られながら、俺は万感《ばんかん》の思いを込めてブレイブの頭を撫でることにした。当然のことながら、ブレイブだけにお留守番をさせようとは考えないアイ＝ファなのである。

「よー、早かったな、アスタにアイ＝ファ」

ルウの集落に到着すると、あくびまじりにルド＝ルウが出迎《でむか》えてくれた。そのかたわらにひっついたリミ＝ルウも、「おはよー！」と元気に笑いかけてくる。この好奇《こうき》心旺盛《しんおうせい》な兄妹《きょうだい》も、本日は同行を申し出てきたのである。

「そっちと合わせてちょうど六人だから、荷車は一台でいいよな。ジザ兄を呼んでくるから、ちょっと待っててくれよ」

「うん。もう一人は誰なのかな？」

「ダルム兄だよ！　リミが呼んでくるね！」

「あ、それじゃあ俺も挨拶《あいさつ》させていただこうかな」

アイ＝ファは興味がなさそうであったので、俺はリミ＝ルウと二人でダルム＝ルウたちの家に向かうことになった。シン＝ルウ家の隣《となり》に立てられた、もとはミダ＝ルウが住んでいた家である。リミ＝ルウが戸を叩《たた》くと、待ちかまえていたように「はい」というシーラ＝ルウの声が聞こえてきた。

戸が開き、昨日と同じシーラ＝ルウの姿が覗《のぞ》く。その向こうから、狩人《かりうど》の衣《ころも》を羽織ったダルム＝ルウも近づいてきた。

「もう時間か。それじゃあ、行ってくる」

「はい。お気をつけて、ダルム」

シーラ＝ルウがやわらかく微笑むと、ダルム＝ルウは「ああ」と短く応じた。これまでと何も変わらないようでありながら、やっぱりどこかに温かい空気が感じられる。俺はまた、胸中でこっそり感じ入ることになってしまった。

「えへへ。ダルム兄と一緒で嬉しいなー」

リミ＝ルウはにこにこと笑いながら、さっそくダルム＝ルウの腕《うで》にからみついた。別々の家で暮らすようになってから、本日で四日目。ダルム＝ルウを慕《した》っているリミ＝ルウにとっては、これも貴重なコミュニケーションの時間なのだろう。

そうして荷台に乗り込むと、ほどなくしてルド＝ルウたちもやってきた。ジザ＝ルウ、ダルム＝ルウ、ルド＝ルウ、リミ＝ルウと、なかなか濃《こ》い面子である。その全員が腰を落ち着けるのを待ってから、アイ＝ファはギルルに鞭《むち》を入れた。

「それにしても、けっこうな人数になりましたね。ダルム＝ルウも加わるとは予想していませんでした」

　俺がそのように述べてみせると、ダルム＝ルウに横目でにらまれてしまった。

「相変わらず呑気《のんき》なやつだな。誰のせいで、俺がこのように早くから起きる羽目になったと思っているのだ？」

「え？　もしかしたら、俺のせいなのですか？」

「……お前があやしげな東の民をリリンの家に連れていきたいなどと言いださなければ、俺まで駆り出されることはなかった」

　ダルム＝ルウの言葉に、ルド＝ルウが「ははっ」と声をあげる。

「別に駆り出されたわけじゃなくって、ダルム兄が自分から同行するって言いだしたんだろ。俺とジザ兄がそろってれば、なんにも心配はいらねーのにさ」

「心配って？　ククルエルのことを警戒してるのかい？」

「俺たちじゃなくって、ヴィナ姉がな。そのククルエルって東の民がシムを捨てたシュミラルに何か悪さをするんじゃないかって、昨日の夜からもうへろへろだったんだよ」

　それは、ヴィナ＝ルウに申し訳ないことをしてしまった。そして、姉のためにわざわざ早起きをしたというダルム＝ルウに、俺はまた心を揺さぶられてしまった。

「俺もククルエルってやつとは顔をあわせてるけど、あいつはそんな悪さをするようなやつじゃなかったよな。だから、なんにも心配はいらねーよって言ってやったのに、ぜーんぜん聞きやしねーんだよ」

「東の民は、毒を扱うというからな。我々も油断することはできまい」

ジザ＝ルウは、静かな口調でそのように述べていた。彼は族長代理として、今回の視察に立ちあうのだ。

「あのシュミラルも、もともとはその身におびただしいほどの毒草を隠《かく》し持っていたのだと聞いている。それらはすべてリリンの家に封印《ふういん》させたが、あれならば確かに十名の敵に囲まれても退けることができるだろうと、ギラン＝リリンはそのように語っていた」

「あー、シムの旅人には十人の無法者でもかなわねーってやつか。俺たちだって、十人の無法者ぐらいなら一人で片付けられるだろうけどな」

「逆に言えば、毒の武器を扱う東の民は森辺の狩人と同じていどの力量を持つ、ということになる。我々にも、それだけの心がまえが必要ということだ」

ククルエルと実際に顔をあわせているのは俺とルド＝ルウとリミ＝ルウぐらいであるので、妙《みょう》に殺伐《さつばつ》とした会話になってしまっている。なおかつ、俺やルド＝ルウでもククルエルの内心を知ることはできないのだ。それを思えば、ジザ＝ルウたちがこれほど警戒するのも当然なのかもしれなかった。

「おい。そのシュミラルが、我々を待ち受けていたようだぞ」

アイ＝ファがそのように告げるなり、荷車を停止させた。アイ＝ファの陣取《じんど》った御者台《ぎょしゃだい》の脇《わき》のスペースから、シュミラルがひょこりと荷台の内部を覗き込んでくる。

「お待ちしていました、ジザ＝ルウ。私、同行、よろしいですか？」

たはずだが」

「どうしたのだ？　シムの客人は視察の後、リリンの家に連れていくという手はずになってい
　ジザ＝ルウの言葉に、シュミラルは「はい」とうなずいた。

「ですが、私、おもむくべき、思ったのです。見知らぬ人間、リリンの家、招き入れる、少し、不安に思いました」

「ふーん。だけど、こっちの荷車はもういっぱいだぜ？」

「大丈夫《だいじょうぶ》です。レイ家、トトス、借り受けました」

　シュミラルの頭上から、少し鋭い目つきをしたトトスが荷台を覗き込《こ》んでくる。ラウ＝レイが個人的に買いつけたという、若めのトトスだ。

「やはり、東の民というのは警戒するべきなのだろうか？」

　ジザ＝ルウが問うと、シュミラルは「いえ」と首を振った。

「《黒の風切り羽》、有名な商団です。その団長、見知らぬ人間ですが、信用、できると思います。……ただ、私の見込《みこ》み、間違《まちが》っていると、リリンの家、災厄、招くことになります。まずは、自分の目、確かめるべき、考えました」

「そうか。ならば、同行するがいい」

「ありがとうございます」

　ということで、レイ家のトトスに乗ったシュミラルもこちらの荷車に並走《へいそう》することになった。

　俺とリミ＝ルウとルド＝ルウは後部の幌《ほろ》を引き上げて、何とかその姿を見物しようと苦心する。

それに気づいたシュミラルがすぐに歩調を落としてくれたので、リミ＝ルウは「わーい」と歓《かん》声《せい》をあげた。

「いいなぁ。リミも後で、ルウルウに乗ろうっと！」

「ふーん。やっぱりシムの生まれだと、トトスの扱いが上手《うま》いみたいだな」

ルド＝ルウの言う通り、トトスにまたがったシュミラルの姿はものすごくサマになっているように感じられた。背筋をのばしてごく自然に手綱を握《にぎ》っている何の変哲《へんてつ》もない姿であるのに、トトスがとても生き生きと駆けているように見えるのだ。森辺の民もトトスを扱うのは十分に巧みであるように思うのだが、それともまたレベルの違《ちが》う人馬一体とも言うべき雰囲気《ふんいき》であったのだった。

そうしてひたすら道を下り、一時間ばかりが経過すると、ようやくサウティの集落に到着した。が、ダリ＝サウティらとは現地で落ち合う約束になっていたので、集落の入り口は素通《すどお》りしてさらに南へと急ぐ。サウティの眷族《けんぞく》たるフェイやタムルの集落をも過ぎ去ると、目的地はもうすぐだ。やがてアイ＝ファは「ふむ」と声をあげながら手綱をゆるめた。

「なるほど。このようなものが築かれることになったのか」

速歩から常歩にペースを落として、アイ＝ファは荷車を前進させる。俺は荷台の後部から、アイ＝ファが見とがめたその存在を確認《かくにん》することになった。三本の道が交差する分岐点《ぶんきてん》のちょっと手前に、大きな門が築かれていたのだ。それは、俺たちが通ってきた集落への出入りを制限するために造られた門に他ならなかった。

現在、その門は大きく開かれている。ただ、柱の造りも立派であるし、扉《とびら》もずいぶんと頑丈そうだ。高さは二メートル以上もあり、門を閉めてしまえば逆側を覗き込むことも難しいように思えた。

ただし、道の左右は森である。そちらに足を踏《ふ》み込めば、このように立派な門も簡単に迂回《うかい》することができる。しかし、門を築いて、この先は自由に足を踏み入れていい場所ではないと知らしめることが肝要《かんよう》であるのだろう。これは、新しく開かれた行路を使用する旅人たちがうっかり森辺の集落に踏み込まないようにするための措置《そち》であるのだった。

「貴族たちは、すでに来ているようだぞ」

開かれた門を抜けてすぐ、アイ＝ファは荷車を停止させる。俺たちが荷台を下りて前側に回り込むと、そこにはお馴染《なじ》みの兵士たちの姿があった。メルフリード直属の、近衛兵団《このえへいだん》の武官たちである。本来は城を守るのが任務であるはずの彼《かれ》らも、近衛兵団長たるメルフリードが城下町を出るときは同行を余儀《よぎ》なくされるのであった。

「やあやあ、ルウとファの皆様方《みなさまがた》。ご足労でしたね。少し早い到着《とうちゃく》になってしまったけれど、ダリ＝サウティ殿《どの》もおられたので、先に始めさせていただいたよ」

近衛兵たちに守られたポルアースが、笑顔《えがお》で俺たちを手招きしてくる。彼と顔をあわせるのは、ゲオル＝ザザとレイリスが森辺で剣技《けんぎ》の勝負をした一件以来であったろうか。あれからすでに、ひと月以上は経過しているはずであった。

その向こう側には、甲冑《かっちゅう》ではなく瀟洒《しょうしゃ》な武官の装束《しょうぞく》を纏《まと》ったメルフリードの姿もある。そして、メルフリードと言葉を交わしているのはククルエルであり、彼の周囲には四名ほどの東の民の姿があった。

「メルフリード、ひさかたぶりだな。我々ルウ家とファ家の人間も見学させていただきたい」

「ああ、ジザ＝ルウ。壮健《そうけん》なようで何よりだ。……こちらが《黒の風切り羽》の団長、ククルエルだ」

東の民の中で、ククルエルだけがフードを外している。ククルエルは一礼してから、俺とルド＝ルウのほうに顔を向けてきた。

「ククルエル＝ギ＝アドゥムフタンと申します。ルド＝ルウ、おひさしぶりです」

「ああ、あんたのことは覚えてるぜ。元気そうだな」

昨日顔をあわせたリミ＝ルウも、笑顔でおじぎをしている。そのやりとりを見守ってから、メルフリードはあらためて俺たちのほうに腕を差しのばした。

「ルド＝ルウ、リミ＝ルウ、アスタとは、すでに縁《えん》を結んでいるという話だったな。こちらは森辺の族長代行たるジザ＝ルウ、その弟であるダルム＝ルウ、そしてファの家の家長アイ＝ファだ」

この頃《ころ》には、メルフリードもそれらの全員と縁を結んでいたのである。それも何だか感慨深《かんがいぶか》い話であった。

「それで……そちらは森辺の家人となった、リリンの家のシュミラルだったな。ククルエルは貴方《あなた》と面会したいと申し出ていたそうだが、わざわざそちらから出向いていただけたのか」

シュミラルもまた、森辺の家人になりたいと願い出た際にメルフリードおよびポルアースと顔合わせをすることになったのだ。トトスの手綱を荷台にくくったシュミラルは、「はい」と進み出た。

「あなたがシュミラルですか。お会いできて光栄です」

ククルエルが一礼すると、シュミラルも同じように一礼した。

「こちらこそ、光栄です。《黒の風切り羽》、かねがね、ご高名、うかがっていました」

年齢《ねんれい》や髪《かみ》の色は違えど、やはり同じシムの生まれであるシュミラルとククルエルだ。そうして向かい合うと、両者はびっくりするほど雰囲気が似通っていた。異なるのは、ククルエルのほうがいささか鋭《するど》い目つきをしていることぐらいであろう。だけどそれもリャダ＝ルウに通ずる静かな強靭《きょうじん》さとも言うべき眼差《まなざ》しであるので、嫌《いや》な感じはまったくしなかった。

そんな両者の姿をひとしきり見比べてから、メルフリードが「さて」と声をあげた。

「では、先にこちらの仕事を果たさせていただこう。現在こちらは、新しい行路についての細かい説明をしていたところであったのだ」

ジザ＝ルウたちにも聞かせる格好で、メルフリードは説明を再開させる。前半は、俺が昨日ククルエルに語って聞かせたのと同じような内容である。この状況《じょうきょう》ではククルエルをあざむきようがなかったし、また、あざむく必要もないはずだった。

「……ギバはみずから人間に近づくことも少ないので、大きな危険はないものと考えられる。さらに我々はひとつの妙案《みょうあん》をひねり出したので、森辺のお歴々にも意見をいただきたい」

メルフリードが合図をすると、武官の一人が奇妙《きみよう》なものを差し出した。短冊《たんざく》のような形と大きさをした鉄板が三枚ほど重ねられた、見たこともない器具である。上部に穴が開けられており、そこから革紐《かわひも》が通されて、ひとつにくくられているのだ。ただし、革紐はゆるく縛《しば》られていたので、それを受け取ったメルフリードが軽く手を揺らすと、金属同士がぶつかりあい、ひどくけたたましい音色を奏《かな》でた。

「ギバは、騒音《そうおん》を嫌うと聞く。ならば、こういった器具を荷台に取りつければ、いっそうギバを遠ざけることができるのではないだろうか？」

「ああ、それはサウティで使っている追い込みの道具とそっくりの音色だな」

ダリ＝サウティの言葉に、メルフリードが「うむ」とうなずく。

「ダリ＝サウティの言葉をもとに、こしらえさせた器具であるのだ。これは、余計な手間ではなかっただろうか？」

「ああ。荷車が走る音にその音まで加われば、飢《う》えたギバでも近づこうという気をなくすことだろう。ギバは特に、金属の甲高《かんだか》い音色を嫌うのだ」

「ならば、今後この道を通る旅人たちのために、さらに同じものをこしらえさせよう。幸い、城下町にはジャガルの鉄具屋が滞在《たいざい》しているのでな」

それはひょっとしたら、ディアルたちのことなのだろうか。思わぬところで、出番が回ってくるものだ。

「そして、こちらからもククルエルに問うておきたいことがあった。東の民というのは、西の文字をどれぐらい読み解けるものなのであろうか？」

「文字ですか。それは、人によるとしか言えないでしょう。若い人間であれば、ほとんど読むことはできないかと思われます」

「そうか。では、東の文字で同じものを記す必要が出てくるな。ちょっとこちらまで足を運んでいただきたい」

そうしてメルフリードが案内したのは、さきほど俺たちが通過した門の前である。メルフリードの指示で武官たちがその扉を閉めると、そこにはびっしりと文字が彫《ほ》りつけられていた。文字を彫った上で、そこに黒い染料《せんりょう》を流《なが》し込んだものらしい。ただし、象形文字を思わせる西の言葉であるために、俺にはさっぱり読み解くことができなかった。

「ここには、森辺におけるジェノスの法が記されている。行路の逆側の端《はし》にも、同じ看板を立てる予定だ」

またメルフリードの指示で、武官の一人がそこに記されている文章を丁寧《ていねい》に音読し始めた。

まずは、モルガの森における法である。森に実った果実を収穫《しゅうかく》することは、大きな罪とされる。この法を破った者は、鞭叩《むちたた》き、罪人の刻印、ジェノス追放の罰《ばつ》をすべて課せられることとなる。

また、モルガの森には、ギバ、ムント、ギーズ、各種の毒虫が棲息《せいそく》するため、みだりに足を踏み入れてはならない。そして、外部から持ち込んだ毒物を用いて森の獣《けもの》を害することも、強い禁忌《きんき》である。この法を破った者は、右と同じ罰を課せられることになる。

――と、そこで俺は首を傾《かし》げることになった。

（ギバ狩《が》りに毒物を使用するっていうのは、森辺の掟《おきて》だけじゃなくジェノスの法でも禁じられてたのか？　それに、森の恵《めぐ》みを収穫するのと同じ罰だなんて、ずいぶんな重罪だな）

森辺の掟では森の恵みを荒らすと頭の皮を剥《は》がされることになっているのだから、それよりは軽い罰であるとはいえ、ちょっと気にかかるところである。しかし俺などが口を差しはさめる雰囲気ではなかったので、ここは大人しくする他なかった。

続いては、森辺の集落に関する記述だ。まず、森辺の集落においても、ジェノスの法はすべて適用される。住人の家屋への無断侵入、住人への暴力行為《こうい》、住人の家財の略奪《りゃくだつ》行為、それらはすべて禁じられる。至極《しごく》当然の話である。

さらに特筆するべき事柄《ことがら》は、二点あった。そのひとつ目は、確たる目的もなく集落に足を踏み入れることは禁ずるということ。ふたつ目は、森辺の民には集落の安全を守るための自治権が与《あた》えられているということだ。

同胞《どうほう》ならぬ人間が集落に足を踏み入れたとき、森辺の民にはその理由を問い質《ただ》す権利が存在する。そして、森辺の民にその目的の正当性が認められなかった場合は強制的に退去させられる、とそこには明記されていた。

また、森辺の集落において罪を犯《おか》した人間は、森辺の掟で裁かれることもありうる。それはジェノスの法で定められたものよりも重い罰であるが、森辺の民にはそれを行使する権利が認められている――とのことであった。

「たとえば、物盗《ものと》りが森辺の家に押し入ったとしよう。ジェノスの法において、それは鞭叩きや罪人の刻印といった罰に相応するが、森辺の掟においてはどうであろうか?」

「他者の家に無断で足を踏み入れれば、それは足の指を切り落とす罰となる」

ジザ＝ルウの答えに、メルフリードは「そうか」とうなずいた。そのかたわらで、ポルアースは「あはは」と引きつった笑いを浮《う》かべている。

「その罪人を捕《と》らえたとき、森辺の民は自分たちの掟を行使しても許される。あるいは、掟を行使せずに罪人を衛兵に引き渡《わた》してもかまわない。どちらの罰が相応《ふさわ》しいかは、随時《ずいじ》そちらで判断してもらいたい」

「ふむ。俺としては、町の人間には町の罰を与えるべきだと思えるが……どちらでも好きなほうを選んでよいというのは、ありがたい申し出だ」

「うむ。森辺の民が証もない話でむやみに他者を傷つけることはないと、わたしはそのように信じている」

メルフリードがそのように言ってくれるのは、ともにサイクレウスを打倒《だとう》するために苦心した間柄《あいだがら》であるからなのだろうか。あの時代、森辺の民はどれほどの怒《いか》りを燃やそうとも、証のない内は刀を取ろうとしなかった。その姿を、メルフリードは間近な場所からずっと見守っていた立場であるのだ。

「森辺の民は、先の闘技《とうぎ》会で大きな力を示すことになった。その上で、これだけの自治権を与《あた》えられているのだと知れれば、そうそう無法者が集落に押し入ることもないだろう」

「そうであることを、強く願っている。集落の幼子や女衆を危険にさらすわけにはいかないからな」

「ゆくゆくは、この場所に衛兵の詰《つ》め所《しょ》を置きたいと考えている。旅人と集落の双方《そうほう》を守るのに、それは必要な措置だろう」

メルフリードとジザ＝ルウが語る姿を、ククルエルたちが横からじっと見守っている。そんなククルエルたちをダルム＝ルウやシュミラルたちがじっと見守るという、なかなか奇妙な構図であった。

「そして、最後の一点だな。これは特に重大な案件であるために、項目《こうもく》を分けて記しておいた」

メルフリードに命じられて、武官が最後の一行を呼んだ。

それは、『森の中央に位置するモルガの山に足を踏み入れた者は、死罪とする』という強烈《きょうれつ》な文面であった。

「森辺の民やジェノスの民にとっては周知の事柄であろうが、モルガの山に足を踏み入れることは最大の禁忌である。シムの民であれジャガルの民であれ、その禁忌を破った者は弁解の余地なく死罪が申しつけられるということを心に刻みつけていただきたい」

ククルエルはいくぶん目を細めながら、メルフリードを見つめていた。

「ギバの住まう森をかき分けて山に向かう理由などは何ひとつありませんが、どうしてその行《こう》為《い》がそれほどまでの大罪とされているのでしょうか？」

「モルガの森は、三種の獣に支配されている。ヴァルブの狼《おおかみ》、マダラマの大蛇《だいじゃ》、そして赤き野人だ。それらの獣の怒りに触《ふ》れれば、ジェノスは滅《ほろ》ぶとされている。かつてこの近在に住まっていた自由開拓民《かいたくみん》にとっては、モルガの山こそが神であったのだ」

「ああ、モルガの山は聖域であったのですか。理解いたしました」

ククルエルはあっさりと言って、何か複雑な形に指先を組み合わせた。

「故郷の同胞にも広く伝えましょう。聖域を犯す罪深さは、おそらく西よりも東の民のほうがわきまえておりますゆえ、心配はご無用です」

「そうであることを願っている。……また、さきほどの毒に関する法に関しても、同じように伝えていただきたい」

「モルガの獣を毒で害してはならない、という法ですね。それもまた、モルガの信仰《しんこう》にまつわる話であるのでしょうか？」

「うむ。人間の手の入ったこの行路の途上《とじょう》でギバに襲われた際は、毒を用いてもかまわない。しかし、みずから森に分け入って、モルガの獣を毒で害することは、強い禁忌であるのだ。それを守るために、森辺の狩人も毒を使わずにギバ狩りの仕事を続けている」

「へー。それって、ジェノスの領主との約束ごとだったのか。俺はてっきり、毒なんざを使うのは卑怯《ひきょう》だってことで禁忌にされたのかと思ってたよ」

ルド＝ルウが気安い口調で述べたてると、ジザ＝ルウが糸のように細い目でそちらを見た。

「お前も一度は、族長ドンダからすべての掟の由来について聞かされているはずだぞ、ルド」

「そんなん、いちいち覚えてらんねーよ。どーせ最初っから、俺は毒なんて使わねーしさ。

……わかったってば、怒んなよ」

最近のルド＝ルウは、叱《しか》られるより先に撤退《てったい》するというスキルに磨《みが》きがかかったようである。そんなルド＝ルウたちのやりとりを見守ってから、メルフリードはまたククルエルに向きなおった。

「モルガの山には足を踏み入れない。モルガの獣を毒で害さない。それらの約定を守ることを条件に、人間はモルガの麓《ふもと》で暮らすことを許されたのだとされている。そして、その約定は自由開拓民からジェノス侯爵家へと引き継《つ》がれた。西と東の友誼《ゆうぎ》のために、それらの禁忌を犯さぬよう、重ねてお願いさせていただく」

俺はなんとなく、背中にちりちりとした緊迫《きんぱく》感を覚えながら、東の方向にそびえたつモルガの山を振《ふ》り仰《あお》ぐことになった。この山麓《さんろく》と同じように、豊かな緑に覆《おお》われた山並みだ。そんな恐《おそ》ろしい伝承には似つかわしくない、雄大《ゆうだい》にして清涼《せいりょう》なるたたずまいである。

（二百年前、ジェノス家がこの地にやってくるまでは、この山が神だったのか……しかも、モルガを神と崇《あが》めていたのは、ミラノ＝マスとかシリィ＝ロウとか、レマ＝ゲイトたちの祖先なんだよな）

そして現在では、森辺の民が山麓の森を「母」としている。俺たちは、母なる森の中央に、謎《なぞ》めいた聖域を抱《かか》え込んでいる状態であるのだった。

（それで、メルフリードたちはモルガを神とは考えていないのに、絶対に足を踏み入れてはいけない聖域であるという禁忌だけは頑《かたく》なに守ってるのか。それも何だか、不思議な話だな）

俺がそんなことを考えている間に、メルフリードの説明はまた行路そのもののほうに移っていた。

モルガの山は、卑小《ひしょう》なる人間たちの思惑《おもわく》や営みなど知らぬげに、ただ朝靄《あさもや》の中で威容《いよう》を示すばかりであった。

2

半刻の後、行路の説明を終えたメルフリードたちは粛々《しゅくしゅく》と姿を消していった。《黒の風切り羽》の団員たちもそれに追従し、居残ったのはククルエルただ一人である。

「団員たちには商売がありますので、先に帰しました。私はあなたと言葉を交わしたく思っているのですが、いかがでしょうか、シュミラル？」

「はい。族長筋、ルウ家、それを許すならば、私、応じたい、思います」

シュミラルの視線を受けて、ジザ＝ルウは「うむ」とうなずく。

「もとより、族長ドンダ＝ルウはそれを許している。ただし、俺たちも同席させてもらうことになるが、それで異存はないか？」

「もちろんです。森辺の方々とも縁を結べるならば、望外の喜びです」

森辺の狩人に囲まれながら、ククルエルは落ち着き払《はら》っている。それを横から眺《なが》めていたダリ＝サウティが、ジザ＝ルウに呼びかけた。

「俺は集落に戻《もど》らせてもらいたいのだが、かまわんかな？　狩りの仕事を始める前に、眷族の長たちと言葉を交わしておきたいのだ」

「もちろんだ。ただ、この近在に空いている家があったら、しばし借り受けたいのだが。……周囲に家のない空き家であれば、なおありがたい」

「ああ。タムルの集落の隅《すみ》に古い空き家があったな。よければ、俺が案内しよう」

　ということで、俺たちは道を北上することになった。ダリ＝サウティとククルエルは、それぞれ別個の荷車である。合計三台の荷車とシュミラルの乗るトトスで道を走り、俺たちはタムルの集落を目指した。

　サウティの眷族たるタムルの集落は、森辺で最南端の位置にある。俺たちはまず本家の家長に挨拶をしてから、そこで空き家を借り受けることになった。もうずいぶん長いこと放置されていそうな、古びた家屋だ。ダリ＝サウティと別れを告げて、ルウ家の四名、俺とアイ＝ファ、シュミラルとククルエルの八名で、その湿《しめ》った匂《にお》いのする家屋に足を踏み入れた。

「さて。最初にまず確認をさせてもらいたい」

　自然に上座へと陣取ったジザ＝ルウが、そのように発言した。

「ククルエル、貴方はシュミラルにどういった話を求めているのか。そして、シムを捨てたシュミラルに怒りを覚えたりはしていないのか。それを改めて聞かせてもらおう」

「はい。仕える神を選ぶ自由は、すべての人間に与えられています。自分の血族ではないシュミラルが神を乗り換《か》えても、私が怒りや悲しみを覚える道理はないかと思われます」

「ふーん。そうなのか。森辺の民はけっこう最近まで、ジャガルの民に裏切りの一族って呼ばれたりしてたんだけどな」

ルド＝ルウの言葉に、ククルエルは小さくうなずく。

「それはおそらく、ジャガルの民が直情的な気質であるためなのでしょう。少なくとも、私はシュミラルを責める気持ちにはなれません。……もとより我々は異なる藩《はん》の生まれでありますため、いっそう強い結びつきは持たないのです」

「……藩って、何だったたっけ？」

「シムにおいて藩というのは、それぞれの一族が治める領地のことを指します。シムには七つの血族があり、七つの藩が存在します。私は『ギ』の一族であり、シュミラルはかつて『ジ』の一族であったと聞いています。『ギ』と『ジ』は同じ草原に住まう盟友の間柄であるため、ともに手を携《たずさ》えて商売に励《はげ》むことが多いのです」

「では、血族ならぬシュミラルに対して、貴方はいかなる話があるのだろう？　ファの家のアスタに聞いたところ、それは純然たる好奇心であるそうだが」

ジザ＝ルウの言葉に、ククルエルはまた「はい」とうなずく。

「私はもともと《銀の壺《つぼ》》という商団に興味を抱《いだ》いていました。その団長であった人物が、神を乗り換えてまで森辺の家人になったと聞き、いっそう強く興味をひかれたのです。四大王国の歴史の中で、シムからセルヴァに神を乗り換えた人間など、そうそう存在しなかったでしょうから」

そこまで言ってから、ククルエルは微笑《ほほえ》む代わりに目を細めた。

「しかし、その理由はすでに半分がた解き明かされたように思います。私も今ではシュミラルの行いを、あまり不思議には思っていません」

「ほう。それは何故であろうかな？」

「それは、森辺の民が西の民らしからぬ存在であったためです。あなたがたは王国の民でありながら、まるで自由開拓民のように自由な存在であるように思えますし……さらに言うならば、東の民にも通ずる気質を有しているように思えます」

「確かにな。森辺には、あんたやシュミラルと似た感じの男衆もちらほらいると思うよ。さすがにあんたたちほど無表情なことはねーけどよ」

そのように述べながら、ルド＝ルウはひょいっと肩《かた》をすくめた。

「森辺の民はシムとジャガルの間にできた一族なんじゃねーかって、そんな伝承もあるんだよな。本当のところはわかんねーけど、森辺には東の民みたいにむっつりしたやつもいれば、南の民みたいに騒《さわ》がしいやつもそろってるよ」

「はい。ですが、その魂のありようは、南の民よりも東の民に近しいように感じられます。東の民はあなたがたと同じように、草原や山や海などを母としているのです」

あくまでも沈着に、ククルエルはそう述べたてた。

「たとえば我々『ギ』の一族は、東方神シムを父とし、草原を母としています。このように、生まれた地を四大神と同じ重さで尊ぶのは、セルヴァにおいてもジャガルにおいても自由開拓民のみであるかと思われます。ですから、森辺の民は自由開拓民や東の民に近しい存在であると言えるのではないでしょうか？」

「ふむ。ならば、貴方がシュミラルに抱いていた好奇心《こうきしん》も、ずいぶん減じられたということかな？」

「いえ。疑問は解けましたが、興味は尽《つ》きません。シムと草原を捨てて、セルヴァと森の子となった。それほどの決断をくだすには、想像を絶する覚悟《かくご》があったことでしょう。どうしてそれほどの覚悟を抱くに至ったか、それを聞かせていただきたく思っています」

するとこれまで無言でいたシュミラルが気まずそうに身じろぎをした。

「ククルエル、お気持ち、わかりました。しかし、それを語る、いささか恥《は》ずかしいです」

「恥ずかしい？」

「はい。私、ヴィナ＝ルウ、婿《むこ》入りしたい、願っただけなのです。ジザ＝ルウ、ダルム＝ルウ、ルド＝ルウ、リミ＝ルウ、皆《みな》、ヴィナ＝ルウ、家族ですので……私、想《おも》い、語る、恥ずかしいです」

ルド＝ルウはぷっとふきだし、リミ＝ルウは「あはは」と笑い声をあげた。

「そうなんだよな。あんたはさっきからごたいそうな話を語ってるけど、シュミラルはヴィナ姉に惚《ほ》れちまっただけなんだよ。あらたまって語るとしたら、どれだけヴィナ姉がいい女かってことぐらいなんじゃねーのかな」

「ルド＝ルウ、私、恥ずかしいです」

「だったら、ちっとは恥ずかしそうな顔をしろよ。シン＝ルウだったら、無表情でも真っ赤になってるところだぜー？」

シュミラルはなるべく感情を表に出せるように励んでいるさなかであると聞くが、それはもっぱら喜びの感情であるのだろう。今のシュミラルはわずかに眉《まゆ》をひそめているぐらいで、恥ずかしがっているようにはまったく見えなかった。いっぽうククルエルは、そんなシュミラルの姿をじっと注視している。

「なるほど。女人《にょにん》への想いが、あなたにそれだけの覚悟を抱かせたということですね、シュミラル」

「……はい。そうです」

「理解しました。それは、素晴《すば》らしいことだと思います」

横から聞いていた俺は、思わずずっこけそうになってしまった。

「あ、あの、納得《なっとく》されたのですか、ククルエル？」

「はい。最愛の人間を伴侶《はんりょ》とすることは、人間にとって何よりも重大なことでしょう。それだけの相手を異国に見出《みいだ》してしまったのなら、神と故郷を引き換えにしてしまっても致《いた》し方《かた》ありません」

ルド＝ルウは「ひゃっはっは」と愉快《ゆかい》げな笑い声を響《ひび》かせた。

「あんた、おもしれーなー、ククルエル！　そんな言葉を吐《は》きながら、顔だけは大真面目《おおまじめ》なんだもんよー」

「私は、至って真面目に語っているつもりですが」

「だから、それがおもしれーってんだよ！」

「そうですか。神について語ることも、愛について語ることも、私にとっては同じ重さを有します」

俺は何だか、笑うよりも気恥《きは》ずかしい心地《ここち》になってきてしまった。しかし、ジザ＝ルウやダルム＝ルウやアイ＝ファなどは、眉ひとつ動かさずにククルエルの言葉を聞いている。

「私は幸い、同じ『ギ』の一族に愛すべき伴侶を見出すことになりました。妻は六人の子供たちと、故郷で私の帰りを待っています」

「へー。あんたは六人も子がいるのか。ま、俺たちも七人兄弟だけどよ」

「いえ。長兄《ちょうけい》と次兄《じけい》は私とともに商団で働いており、長姉《ちょうし》は余所《よそ》の家に嫁《とつ》いでいます。さらに、妻の腹に宿った子も合わせれば、十人兄弟ということになりましょう」

「すごーい！　そんなにたくさん兄弟がいたら楽しいね！」

「はい。とても幸福な生を賜《たまわ》ることがかないました」

何だかどんどん話が横道にそれていっているような気がしなくもない。ジザ＝ルウも同じことを思ったのか、「それで」と話をうながした。

「あとはいったい、シュミラルとどのような言葉を交《か》わしたいとお考えか？」

「疑問は、ひとしきり解けました。そして、シュミラルに抱いていた好奇心は、森辺の民そのものに向けられる気持ちと同一であるように思います」

「ふむ？　それはどういう意味であろうか？」

「シュミラルがそこまで心を奪《うば》われることになった森辺の民というものに、私は強く興味をひかれます。ヴィナ＝ルウというお方のみならず、森辺の民そのものに魅了《みりょう》されたからこそ、シュミラルは神と故郷を捨てる決断をくだすことができたのでしょう。……確かにあなたがたは、とても魅力的《みりょくてき》な一族であると思います」

「ふーん。まだこれっぽっちしか言葉を交わしてねーのに、そんなことがわかるのか？」

「はい。それは、貴族の方々と言葉を交わしているときから感じていました。貴族という立場にある方々が、あれだけあなたがたに敬意を払っているのも、森辺の民がそれだけの力を有しているがゆえであるのでしょう」

　ククルエルは、また穏《おだ》やかな感じに目を細めた。

「森辺の民は、ジャガルからセルヴァへと移り住みました。そのときに、セルヴァではなくシムを目指していれば、あなたがたは快く同胞として迎《むか》え入れられたことでしょう」

「私、同じこと、思いました。しかし、ジャガル、シム、敵対国であったため、シム、目指すこと、できなかったのだと思います」

　と、シュミラルがひさびさに発言する。

「また、森辺の民、気質、似ている、草原の民です。シム、王都の民、似ていません。森辺の民、シムの都、目指していたなら、同胞、迎えられること、なかったでしょう」

「ああ……確かにそれは、そうかもしれませんね。森辺の民がジギの草原ではなくラオリムの都に辿《たど》り着いてしまったなら、シムに神を乗り換えることも許されず、その場で戦になっていたことでしょう」

「へー。同じシムの民でも、都と草原でそんなに違うのか？」

ルド＝ルウの問いかけに、ククルエルは「はい」と応じた。

「シムを王国として統一したのは、ラオの一族です。ラオリムの都は、ラオとリムの築いた石の都です。そこに住まう人々は……どちらかというと、西の民に似た気質だと思われます。石造りの町に住む人間は、やはり気質が似てくるのかもしれません」

「ふーん。色々とややこしいんだな。そういえば、西の領土にまで出張ってくるのは、みんなその草原の民ってやつなんだっけ」

「はい。ラオとリムの一族は、その地に根をおろしているために動きません。そこに草原の民や海の民を呼び寄せて、大きな商《あきな》いを為《な》しているのです」

「他には、山の民というものも存在するのですよね？」

過去の記《き》憶《おく》をまさぐりながら、俺もそのように発言してみる。するとククルエルは、あまり穏やかでない感じに目を細めた。

「はい。山の民は、恐ろしい力を持つ一族です。また、北部の山岳《さんがく》地帯に住まっており、ジャガルとも遠いため、その力を持て余してしまっているのでしょう。同胞たる東の民や、友たるセルヴァおよびマヒュドラの民にさえ刃《やいば》を向けることのある、きわめて危険な一族です」

《ギャムレイの一座》のニーヤが歌った伝承が真実であるならば、森辺の民の祖であるガゼの一族は、その山の民との戦いが原因でシムを捨てることになったのだ。また、現在は支配者として君臨しているラオの一族も、かつては山の民に迫害《はくがい》されて、住む場所を追われたのだという。その窮地《きゅうち》を救ったのが、《白き賢人《けんじん》》たるミーシャであったのだった。

（それは数百年も昔の伝承なのに、山の民は相変わらず凶悪《きょうあく》な一族として恐れられているのか）

それがこの近在に住まう一族でないことに、俺《おれ》は心から安堵《あんど》することになった。毒を扱《あつか》う上に性質も好戦的とあっては、どんな無法者よりも恐ろしく感じられてしまうのだ。

「そんな山の民や都の民よりも、私は森辺の民にこそ近しいものを感じます。だからこそ、シュミラルも森辺に移り住む決断をくだすことができたのでしょう」

と、ククルエルが話を引き戻した。

「私にとっても、ジェノスは重要な地です。そこにあなたがたのような人間を見出して、非常な喜びに打たれています。よろしければ、友としての絆《きずな》を結んでいただきたいと願っています」

「友ってのは、なろうと思ってなれるもんでもねーだろ。名前だけの友なんて、意味がねーしよ」

そっけなく応じてから、ルド＝ルウはにやりと笑った。

「でも、俺はあんたのこと、気に入ってるよ。もっと言葉を交わせる機会があれば、いつかは友にもなれるかもな」

「はい。是非《ぜひ》とも、言葉を交わさせていただきたく思います」

「って言っても、あんたは城下町で寝泊《ねとま》りしてんだろ？　俺たちルウの一族も昨日あたりから狩人としての仕事を再開させたから、もう町まで下りてる時間はねーんだよな」

「そうなのですか」と、ククルエルは残念そうな目つきをした。

その姿に、ジザ＝ルウは「ふむ」と腕《うで》を組む。

「しかし、何も焦《あせ》ることはあるまい。貴方とて、この先も幾度《いくど》となくジェノスを訪《おとず》れるのであろう？」

「はい。少なくとも、年に一度は。……いえ、ジェノスからアルグラッドを目指し、またジェノスに戻ってきますので、正しくは年に二度ということになりましょうか」

「ならば、いずれは絆が深まることもあろう。今はこうしておたがいの名と存在を知ることができたのだから、最初の一歩は踏み出せたのだと考えられるはずだ」

ルド＝ルウは目をぱちくりとさせながら、ジザ＝ルウを振り返った。

「すげーな。ちょっと前のジザ兄だったら、東の民なんかにこれっぽっちの興味も持たなかっただろうにな！」

「……我々は、すでに町の人間と縁を結んでしまっている。もはやその手をはねのけることがかなわないのならば、もっとも正しい道を探すのが道理ではないか」

「そりゃーそうだけどよ。やっぱジザ兄が自分からそんなことを言い出すのは、驚《おどろ》きだよ」

ルド＝ルウは白い歯をこぼし、リミ＝ルウもにこにこと笑っていた。アイ＝ファとダルム＝ルウは見事なまでに無言を通して、みんなの様子を見守っている。とてもお行儀《ぎょうぎ》のいい山猫《やまねこ》と狼といった風情《ふぜい》である。

（やっぱりアイ＝ファとダルム＝ルウって、ちょっと似た部分があるのかな。余所の人間には無愛想《ぶあいそ》だけど身内には優《やさ》しいってところもそっくりだし……あと、普段《ふだん》は静かなのに沸点《ふってん》が低いところも似てるよな）

俺がそんな益体《やくたい》もないことを考えていると、ククルエルがまた発言した。

「狩人の方々は、みな多忙《たぼう》であられるのですね。では、アスタや女衆の方々は、もう少しは自由もきくのでしょうか？」

「うむ？　それは、どういう意味であろうか？」

「はい。機会があれば、晩餐《ばんさん》でもご一緒《いっしょ》できたらと。近々、アスタと縁ある料理人の店に招かれる予定になっておりますので」

俺と縁のある料理人など、数えるほどしか存在はしない。その中で、ククルエルはとびっきりの名前を発表してくれた。

「それは、《銀星堂》のヴァルカスというお方です。何でも、我々が運んでくる食材をもっとも心待ちにしてくださっているお方であるとのことで。特別に、晩餐に招いていただけることになったのです」

「ヴァルカスですか。確かにそのお人とはご縁がありましたが、ククルエルはその話をどこから聞いたのですか？」

「あの、ポルアースというお方から聞きました。あのお方も、アスタとはずいぶん懇意《こんい》にされているそうですね」

ヴァルカスの店に招いていただけるのなら、それは俺にとっても望外の喜びである。するとリミ＝ルウが、笑顔でジザ＝ルウを振り返った。

「ヴァルカスの料理が食べられるなら、レイナ姉もシーラ＝ルウもすっごく喜ぶよ！」

「いや。我らは貴族の許しなくして、城下町には足を踏み入れられない身だ」

「えー？　なんとかならないのかなあ？　リミだって行きたいよー！」

手足をじたばたとさせるリミ＝ルウを眺めながら、ククルエルは首を傾げた。

「わたしをその《銀星堂》に招いてくださったのは、ポルアースなのです。ポルアースと懇意にされているのでしたら、そちらから通行証を出していただくことも可能なのではないでしょうか？」

「うむ……しかし、それを願い出るかどうかは族長次《し》第《だい》だ。俺の一存で決めることはできん」

そのように述べてから、ジザ＝ルウは俺を振り返ってきた。

「そもそも、アスタはその晩餐の会に興味はあるのか？」

「はい、もちろん！　レイナ＝ルウやシーラ＝ルウも、同じ気持ちだと思います」

「しかし」という言葉が、それぞれ別の場所からあがった。これまで無言を通していた、アイ＝ファとダルム＝ルウである。アイ＝ファはうろんげに眉をひそめながら、ダルム＝ルウのほうを見た。

「言葉が重なってしまったな。ダルム＝ルウから先に話すがいい」

「いや、べつだん急ぐ話でもない。お前から先に話せ」

「そうか。では……城下町にかまど番を向かわせるなら、けっきょく狩人を同行させる必要があろう。いまさら貴族たちが森辺の民を害するとは思わんが、帰りは日が暮れてからになるのだろうから、やはり護衛をつけぬわけにはいくまい」

「それは当然だ」とうなずき、ジザ＝ルウがダルム＝ルウを振り返る。

「それで？　ダルム＝ルウは何を言おうとしたのだ？」

「……俺も同じことを言おうとしていた。まあ、森の恵みはまだ回復しきっていないのだから、ルウの狩人でも時間を作ることは難しくないだろう」

　こらえかねたように、ルド＝ルウが笑った。

「護衛役なんてつけるに決まってるんだから、そんな慌《あわ》てて声をあげるようなことじゃねーだろー？　アスタとシーラ＝ルウがからんでるからって、二人して必死になるなよなー」

「やかましいぞ」という言葉が、また二人の口から同時にあげられた。そうして苦々しそうに、おたがいをにらみつける両者である。

「……何にせよ、決めるのは族長とポルアースだ。まずは俺が族長に話を通すので、そちらの許しが出たらポルアースに話を通すという形でよろしいか？」

　ジザ＝ルウが言うと、ククルエルは「了解《りょうかい》しました」と頭を下げた。

「よろしければ、シュミラルもその場にお招きすることを許していただけますか？　ヴァルカスというお方は、シムの生まれである人間の評価を聞きたいと仰《おっしゃ》っているようですので、シュミラルも加わればお喜びいただけるかと思います」

「わかった。それも伝えておこう」

「あーあ。だったら、ヴィナ姉も行きたがるんじゃねーの？　なんか、俺まで出番が回ってこなそうだなー」

なんだか思わぬ方向に話が転がってしまった。しかし、俺にとっては嬉《うれ》しい驚きだ。可能であれば、トゥール＝ディンやマイムだって連れていってあげたいところであった。

「……ところで、その晩餐の会はいつぐらいの日取りであるのだ？」

アイ＝ファが妙《みょう》に差し迫《せま》った声でそのように問いかけると、ククルエルは静かに「さて」と応じた。

「それほど先の話ではないかと思われます。おそらく、この三、四日の間ではないでしょうか」

「そうか」と、アイ＝ファは安堵の息をつく。何を安堵しているのか、察することができたのはたぶん俺ひとりであっただろう。本日は黄の月の十八日であったため、もう六日後には俺の生誕の日が迫っていたのだった。

（その日だけは、二人で過ごすって決めたんだもんな）

そんな思いを込《こ》めながら、俺はアイ＝ファにこっそり笑いかけてみせた。するとアイ＝ファはほのかに頬《ほお》を赤くしながら、俺の腕をこっそり小突《こづ》いてきた。

それでその日のククルエルとの会見は、ひとまず無事に終了《しゅうりょう》することに相成ったのだった。

3

《銀星堂》における晩餐会《ばんさんかい》への参加が正式に認められたのは、ククルエルとの会見から二日後となる、黄の月の二十日のことであった。それを俺たちに伝えてくれたのは、ヤンの調理助手にしてダレイム伯爵《はくしゃく》家の侍女《じじょ》たるシェイラである。

「日取りは二日後の、黄の月の二十二日。刻限は、下りの五の刻。人数は十名までということでお願いいたします」

「え？　そんなに大勢の参加を許していただけたのですか？」

「はい。城下町からも、東のお客人を含《ふく》めて同じ人数ということになりました。《銀星堂》という料理店は、日に二十名までのお客人しかお招きしないという取り決めであるようですね」

わざわざ屋台にまでその旨《むね》を告げに来てくれたシェイラは、お上品に微笑みながらそのように述べていた。

「ですので、よろしければ狩人の方々もご一緒にどうぞというお話でありました。……ということか、お客人でない方々のご来店はお控《ひか》えいただきたいと、ヴァルカス様がそのように仰っているようです」

「わかりました。その人数でしたら、問題ないかと思います」

以前のお茶会などであっても、護衛役は二名であったのだ。そこにアイ＝ファとダルム＝ルウを組《く》み込めば、どこからも文句の声はあがらないように思えた。

「アスタ様がご来店くださるとのことで、ヴァルカス様は非常に喜んでおられるとのことです。そして、かなうことならばマイム様にもご来店いただきたいというお話でありました」

「了解いたしました。きっと当人も喜ぶと思います」

俺がそのように答えると、シェイラはちょっと切なげな感じに吐息《とい き》をついた。

「……その日はきっと、アイ＝ファ様もご一緒されるのでしょうね？」

「え、あ、はい。きっとそうなるかと思いますが……シェイラは、同席されないのですか？」

「侍女や従者は、外の車で控えていなければならないのです。それでは、なかなかアイ＝ファ様にご挨拶《あいさつ》することも難しいでしょうね」

どうして彼女《かのじょ》がここまでアイ＝ファに執着《しゅうちゃく》するかは、謎である。しかしまあ、女子人気の高いアイ＝ファであるからと納得するしかないのだろうか。

「では、森辺の族長様にもよろしくお伝えください。お仕事の最中に失礼いたしました」

「はい。こちらこそ、わざわざありがとうございました」

シェイラと別れて屋台に戻ると、トゥール＝ディンが食い入るように俺を見つめてきた。

「ポルアースからも了承《りょうしょう》をいただけたよ。十名まで招待してもらえるってさ」

「じゅ、十名ですか。それでは、あの……」

「うん。トゥール＝ディンは当確だね。でも、護衛役を含めて十名だから、けっこうぎりぎりだったのかな」

トゥール＝ディンは、ぱあっと顔を輝《かがや》かせた。カルボナーラのためのパスタを茹《ゆ》であげながら、涙《なみだ》をこぼさんばかりの喜びようである。

「ヴァルカスの料理をいただくのはひさびさだもんね。俺も嬉しいよ」

「はい！　いったいどのような料理を食べさせていただけるのでしょう？」

「それはわからないけど、東の民のご意見をいただきたいって話だったから、きっとシム風の料理なんじゃないかな。そもそも、ククルエルたちをもてなすのが主題であるわけだからね」

それにヴァルカスはシャスカというシムの食材の取り扱いを研鑽《けんさん》しているのだと、そんな話も記憶に残されていた。それからもずいぶん時間が経《た》っているので、さすがに完成している頃《ころ》合《あ》いであろう。

（でも、城下町から流れてくる食材に、シャスカってやつは見当たらないんだよな。ヴァルカスが独自のルートで買いつけてるってことなのかな）

何にせよ、期待の止まらない俺たちであった。たしかヴァルカスとは、銀の月から顔をあわせていないのである。エウリフィアの開いたお茶会や、ダレイム伯爵家の舞踏会《ぶとうかい》など、俺たちはたびたび城下町を訪れていたのだが、そこで顔をあわせることができたのはヴァルカスの弟《で》子《し》たち、シリィ＝ロウやロイ、それにボズルのみであったのだった。

「本当は、俺たちの料理も食べていただきたいところだよね。でも、ヴァルカスを森辺に招待するってのも、なかなか難しそうだからなあ」

「はい。ヴァルカスはとても忙《いそが》しそうなご様子ですものね」

「うん。それに、ヴァルカスが森辺の集落に立ってる姿が想像できないんだよね。ひょっとしたら、以前のシリィ＝ロウみたいに口もとを布で覆ったり――」

と、そこで俺は口をつぐむことになった。ちょうどその、マントのフードと口もとの襟巻《えりま》きで人相を隠《かく》したあやしげな人物が、こちらに向かってきたところであったのである。あれと思って注視していると、その人物を追って人混みから現れた人物が「よう」と挨拶をしてきた。

「ずいぶんひさびさになっちまったな。最後に会ったのは雨季の終わり頃《ごろ》だったから――もう二ヶ月ぐらいは経ってんのか」

その人物もフードをかぶっていたが、襟巻きなどは巻いていないので、そばかすの目立つ面《おも》長《なが》の顔が確認《かくにん》できた。

「ロ、ロイですか。おひさしぶりです。それじゃあやっぱり、そちらはシリィ＝ロウなのですね」

襟巻きを巻いた謎の人物は、茶色く光る瞳《ひとみ》でじっと俺たちをねめつけている。この小柄《こがら》でほっそりとした体格と眼光の鋭《するど》さは、シリィ＝ロウで間違《まちが》いないだろう。

「シ、シリィ＝ロウ、どうもおひさしぶりです……」

トゥール＝ディンが不安げな面持《おもも》ちで頭を下げると、シリィ＝ロウの眼差《まなざ》しがそちらに固定される。すると、ロイが後方からいきなりシリィ＝ロウの頭を小突いた。

「なーにを黙《だま》りこくってるんだよ。挨拶ぐらい返したらどうだ？」

「き、気安く人の頭を叩《たた》かないでください！　あなたは失礼です！」

「ふーん。挨拶を返さないのは失礼じゃねえのか？」

シリィ＝ロウはわなわなと震《ふる》えながら、足もとに目を伏《ふ》せてしまう。こちらでは、俺とトゥール＝ディンが顔を見交《みか》わすことになった。

最後に顔をあわせた城下町のお茶会で、シリィ＝ロウは涙を流しながら憤慨《ふんがい》していたのである。それは姫君《ひめぎみ》たちの味比べにおいて、トゥール＝ディンが圧倒的《あっとうてき》勝利をおさめたゆえであった。その別《わか》れ際《ぎわ》、シリィ＝ロウは「絶対に負けませんから！」と子供のように大声をあげており——本日は、それ以来の再会であったのだった。

「話は聞いてるぜ。そっちのトゥール＝ディンってやつが、数日置きにジェノス侯爵《こうしゃく》家に菓子《かし》を献上《けんじょう》してるんだって？　よりにもよって侯爵家の人間が石塀《いしべい》の外まで菓子を受け取りに来るなんて、ちょっと普通《ふつう》の話ではないよな」

遠慮《えんりょ》を知らないロイの言葉に、シリィ＝ロウがまたキッと頭をもたげた。そしてその目が、再び俺とトゥール＝ディンをじっとりとにらみつけてくる。

「だから、黙ってたってしかたねえだろ？　あんた、こいつらをにらみつけるために、わざわざ石塀の外にまで出向いてきたのかよ？」

「…………」

「悪いな。たぶん、子供みたいにぴいぴい泣いちまったことが恥ずかしくてたまんねえんだよ。もう二ヶ月も経ってんだから、知らん顔してりゃいいのによ」

「だ、だ、誰《だれ》がぴいぴい泣いていたのですか！」

「あんただよ。控えの間に戻ってきた後も、ずっと泣いてたじゃねえか」

シリィ＝ロウはフードと襟巻きの隙間《すきま》から見える部分を真っ赤にしながら、ロイの胸《むな》もとをぽかぽかと殴打《おうだ》し始めた。ロイは「痛えよ」と顔をしかめながら、両手でその手首をひっつかむ。

「でさ、お前らは《銀星堂》に招待されたんだろ？　あんな別れ方をしたまま仕事場で顔をあわせるのはバツが悪いから、こうしてわびを入れに来たってわけだ」

「ど、どうしてわたしが、おわびなどをしなくてはならないのですか⁉」

「違《ちが》うのか？　だったら、何しに来たんだよ」

シリィ＝ロウは勢いよくロイの手を振り払うと、またまた俺たちをにらみつけてきた。

「……あのときは、ついつい感情的になってしまいました。味比べに敗北したからと言って相手に怒りをぶつけるなどというのは、料理人にあるまじき行いだと考えています」

「ほら、謝《あやま》ってんじゃん」

「う、うるさいですよ！　……アスタ、トゥール＝ディン、あなたがたは、本当に《銀星堂》の食事会に招かれたのですね？」

「はい」と俺がうなずいてみせると、シリィ＝ロウは「そうですか」と鋭く目を光らせた。

「あらかじめ言っておきますが、六種の料理のひとつとして出される菓子と、日中の軽食で食べられる菓子は、まったくの別物です。たとえヴァルカスが食事会で細工の少ない菓子を出したとしても、それでヴァルカスの力量を侮《あなど》ることは、わたしが決して許しません」

「謝ったそばから、なに言ってんだよ。少しは殊勝《しゅしょう》にしてろっての」

ロイが再び頭を小突くと、シリィ＝ロウもまた「な、何なのですか、あなたは！」と再び憤慨した。

「何だか危なっかしくて見てらんねえんだよ。あんたって、やっぱり根っこがお嬢様《じょうさま》なんだな」

「わ、わけのわからないことを仰らないでください！　確かにわたしはロウ家の家人ですが、あなたに誹謗《ひぼう》されるいわれはありません！」

「だから、でっけえ声でお嬢様っぷりを発揮するんじゃねえよ。無法者に目をつけられたら面倒《めんどう》くせえだろ」

ロイはフードごしに頭をかいてから、俺のほうを見やってきた。

「仕事の最中に騒がしくして悪かったな。用事は済んだみたいだから、料理を食べてから帰らせてもらうよ」

「あ、あなたはギバ料理が目当てでついてきたのですか⁉」

「目的はあんたのお守りだけど、ここまで来て手ぶらで帰るのは馬鹿らしいだろ。……今日はどういう料理なんだ？」

「は、はい。今日はギバ肉の揚《あ》げ焼《や》きですね。あとはパスタと肉饅頭《にくまんじゅう》、ルウ家のほうは香味焼《こうみ》きにクリームシチューという料理です」

先日、菓子の勉強会でも話題になったので、俺はひさびさに揚げ焼きの料理を売りに出していたのだ。ギバのラードではなくオリーブオイルのごときレテンの油を使用した、宿場町仕様である。

「どれも美味《うま》そうだな。おすすめの料理ってのはあるのか？」

「肉饅頭は、昔から何度も食べていただいてますよね。でしたら、それ以外の四つをお二人で分けられてはいかがでしょう？　よかったら、取り分け用の皿もお貸ししますよ」

「ああ、そいつはいいな。シリィ＝ロウも、それでいいだろ？」

「………………」

「ぱすたって料理も、以前に食べさせてもらったよな。ヴァルカスのこしらえたシャスカって料理は、似ているようでまったく違う料理だったよ。きっと晩餐会ではそいつが出されるだろうから、楽しみにしておきな」

「はい、ありがとうございます」

　俺は揚げたての肉と千切りのティノサラダを皿に盛りつけ、トゥール＝ディンも茹であがったパスタでカルボナーラを作製する。その間に、シーラ＝ルウとララ＝ルウも香味焼きやクリームシチューを仕上げてくれていた。

　ロイが銅貨を支払《しはら》って、食堂のほうに歩を進めていく。シリィ＝ロウが無言でそれに続こうとすると、トゥール＝ディンが「あの！」と声をあげた。

「シリィ＝ロウ、今日はわざわざありがとうございました。また二日後にお会いできるのを楽しみにしています」

　料理の皿を両手に持ったシリィ＝ロウが、首だけをトゥール＝ディンのほうに向けてくる。そのまま三秒ほど固まってから、シリィ＝ロウはぎくしゃくと頭を下げ、そして足速にロイを追いかけていった。それは親とはぐれまいとする幼子のように危《あや》うげで、なおかつどこか微笑ましくも思える姿であった。

「やれやれ。シリィ＝ロウというのは、奥《おく》ゆかしいお人だね」

「はい。……だけどわたしは、彼女に憎《にく》まれているのではないかと不安に思ってしまっていたので……何だか、心が軽くなった気がします」

そう言って、トゥール＝ディンはやわらかく微笑んだ。俺もまあ、似たような心境である。何かと衝突《しょうとつ》することの多い相手であるが、願わくは、おたがいを尊重しながら切磋《せっさ》琢磨《たくま》していきたいところであった。

「また町の人を森辺に招くときは、シリィ＝ロウたちにも声をかけたいところだよね。ヴァルカスよりは、気軽に声をかけられそうな相手だしさ」

俺がそのように述べてみせると、トゥール＝ディンは「わたしも同じことを考えていました」と朗《ほが》らかに微笑んだ。


その後、商売を終えた俺たちは森辺に帰還《きかん》した。

本日の勉強会はファの家で行う日取りであったので、シーラ＝ルウたちとはルウ家の集落で別れて、道を北上する。そうしてファの家に辿り着くと、普段よりも人数が多いように感じられた。昨日までは姿を見せていなかった、フォウやランの人々までもが集まっていたのだ。

「あれ？　どうされたのですか？　下ごしらえの仕事に関しては、まだしばらくガズとラッツの手を借りる予定でしたよね」

「はい。今日の昼で、町で売る肉の準備が整いましたので、手が空いてしまったのです。それで何かアスタの仕事を手伝えればと思い、参じました」

まだ若いフォウの女衆が、笑顔《えがお》でそのように述べてくれた。

「もう準備が整ったのですか。予定よりも、ずいぶん早かったですね」

「はい。肉そのものはすぐに集まりましたので、大きな問題はありませんでした。肉の重さの量り方も、アスタに入念に手ほどきしていただけましたしね」

確かに、総量四百五十キログラムのギバ肉でも、フォウ家が受け持ったのはその半分だ。仕事を開始してからすでに三日は経っていたので、それほど無理な仕事量ではなかったのかもしれない。

「もちろん、うっかり肉を小さく切りすぎたりすることも多々ありましたが、それは自分たちで食せばいいことですし、肉はいくらでも届くので、それほど難しいことはありませんでした」

「ファの家から預かった銅貨も、家の銅貨とまぜてしまわないように、きちんと別に保管しています。まだもう一回分ぐらい肉を買いつけられるだけの銅貨は残っているようですね」

フォウの家が仕事用の肉を買いつける銅貨は、ファの家が支度金《したくきん》を準備したのである。ダイの家には、ルウ家から銅貨を預けられているはずであった。

「正直に言いますと、これで赤銅貨二百四十枚もの手間賃を受け取ってよいのかという気持ちです。手間賃の額が正当なものであるのか、もう一度ルウ家と話し合うべきなのではないでしようか？」

「いえ、今はまだお試《ため》しの期間ですからね。これから市場に参加する日取りを増やしていったり、準備する肉の量を増やしたりすれば、いっそう忙しくなることでしょう。……あと、ゆくゆくは銅貨もそちらで管理していただきたいと思っているのですよね」

「はい。銅貨の管理ですか？」

「そうです。肉を買いつける銅貨と町で売って得た銅貨の差額を計算して、どれぐらいの利益が出ているのか。それをつまびらかにしないと、家長会議で報告する際にも困ってしまうでしょう？　俺としては、それも肉を準備するのと同じぐらい大変な作業なのではないかと考えています」

　だけどそれに関しては、俺のほうに腹案《ふくあん》があった。混乱が生じないように、それは肉の市に参加した後であらためて伝授しようかと考えている。

「ともあれ、こんなに早く肉を準備できたのは何よりでした。ダイの家での仕事が完了《かんりょう》したら、一番近い日に行われる肉の市に参加しましょうか。ピコの葉に漬《つ》けておく時間が長くなればなるほど、水気が抜《ぬ》けて大きさも縮んでしまいますしね」

「はい。こちらはいつでもかまいません。肉の市の日取りというのは、前日に知らされるという話でしたか？」

「そうですね。二、三日置きにダバッグから肉売りの商人が訪れますので。彼《かれ》らは到着《とうちゃく》した日に城下町で商売をして、その翌日に宿場町で市を開くのですよ」

そして、ちょうど木日その肉の市が開かれたということを、俺は宿場町の人々から伝え聞いていた。ということは、次の市が開かれるのは三、四日後だ。

「もしも次の市が四日後でしたら、屋台の仕事も休業日ですので、俺も同行させていただきますよ。その頃には、きっとダイの家でも仕事は完了しているでしょうしね」

「ありがとうございます。でも……四日後は、黄の月の二十四日ですよ？」

「はい。それが何か？」

「……その日は、アスタの生誕の日ではないですか？」

どうしてフォウ家の女衆がそのようなことを知っているのだろうと、俺はいささか驚かされることになった。

「わたしは、サリス・ラン＝フォウからそのように聞きました。アイ＝ファとの間で、きっとそういう話をされたのでしょうね」

「ああ、なるほど。でも別に、生誕の日だからどうこうということはありませんよ。みなさんだって、夜のお祝いの晩餐以外では普通に働いておられるでしょう？」

「はい。ですが、アスタは異国の生まれですので、何か独自の習わしでお祝いをするのではないのかと……せっかく町での仕事も休みでありましたし」

「屋台の商売が休業日であったのは、ただの偶然《ぐうぜん》です。何も変わったことをする予定はありませんよ」

アイ＝ファだってその日は森に入るつもりだと述べていたので、それは間違いないだろう。

だけどまあ、今日の肉にきちんと確認しておかなければならなかった。

「では、明日にでもルウ家にダイ家の状況《じょうきょう》を聞いてみますね。早くても肉の市は三、四日後ですので、家長らにはそのようにお伝えください」

「はい、了解いたしました」

それで俺たちは、ようやく下ごしらえの仕事に取りかかることになった。ガズやラッツから招くメンバーを増員させていたので、なかなかの人数だ。しかし、カレーの素や乾燥《かんそう》パスタの作り置きはいくらでも前倒《まえだお》しできるので、人手を持て余すことはない。商売に参加した五名もあわせて、俺たちは総がかりで各自の仕事をこなしていった。

「スドラからもイーア・フォウ＝スドラたちが手伝いに出向いていたのですが、確かに肉を切ったり重さを量ったりというのは、それほど苦になる仕事ではなかったようです。もともと肉の切り方に関しては、誰もがアスタに手ほどきを受けていましたからね」

仕事中、そのように語りかけてきたのはユン＝スドラであった。彼女だけは屋台や下ごしらえの仕事をメインとして継続《けいぞく》中であったので、町で売る肉の準備に関してはほぼノータッチであったのだ。

「それは心強い話だね。あとは、どれだけの肉が町で売れるかだ」

しかしそれも、菓子の勉強会での一幕を思い起こせば、それほど悲観せずに済んだ。ならば、心配するのは、さらにその先——実際に購入《こうにゅう》した人々が、再び購入したいと思ってくれるかどうかである。

現在は屋台でも宿屋でも、ギバの料理が非常な人気を博している。それにあやかって、多くの人々がギバ肉を求めてくれているのであろうが、これはなかなかの高額商品なのである。皮なしのキミュス肉やカロンの足肉よりもはるかに高額なギバ肉を継続的《けいぞくてき》に購入しようと考える人々が、宿場町にはどれぐらい存在するのか。こればかりは、実際に販売《はんばい》を始めてみないとわからないことであった。

「でも、アスタと懇意にしている宿屋のご主人がたは、もう何ヶ月もギバの肉を買いつけているのですよね？　それでしたら、他の宿屋のご主人がたも同じように考えるのではないでしょうか？」

「どうだろうね。それは、ギバ料理を売りに出す宿屋が少なかったからこその希少価値だったかもしれないんだ。今回の一件がそれにどういう影響《えいきょう》を与《あた》えるのか、俺は少しばかり不安にも思っているんだよね」

「そうですか。やはり、上に立つ人間というのは苦労がたえないのですね。そのような責任を負いながら、こうしてわたしたち以上に働いているアスタのことを、わたしは心から尊敬しています」

そのように述べてから、ユン＝スドラはにこりと微笑《ほほえ》んだ。

「わたしなどは、楽しく料理を作ったり売ったりしているだけですので、アスタには感謝するばかりです。今さらですが、本当にありがとうございます」

「どうしたんだい、あらたまって？　ユン＝スドラの存在は、俺にとってもすごく支えになっているよ」

「はい。これからちょっと子供じみた我儘《わがまま》を言おうと思っていたので、その前にお礼を述べておこうと考えたのです」

と、今度は上目づかいで俺を見つめてくるユン＝スドラである。

「二日後に行われる城下町の晩餐会ですが、それは十名まで参加できるのですよね？　わたしはきっとその十名に選ばれないと思いますので……次の機会には何とか参加させていただけないかと、今の内からアスタにお願いしておきたいです」

「え？　そうかなあ？　十名だったら、ユン＝スドラもぎりぎり大丈夫《だいじょうぶ》かなって考えていたんだけど……」

「いいえ。十名でしたら、わたしはぎりぎり選ばれないと思います。アスタ、アイ＝ファ、レイナ＝ルウ、シーラ＝ルウ、リミ＝ルウ、トゥール＝ディン、シュミラル、マイム――この時点で、もう八名ですからね」

「ああ、うん、その八名は当確かな。だけど、あと二名の空きがあるなら――」

「あとの二名は、ダルム＝ルウとヴィナ＝ルウではないですか？　シーラ＝ルウとシュミラルが参加するのですからね」

確かに護衛役は、アイ＝ファの他にもう一名必要とされることであろう。十名ならば荷車も二台になるので、その運転は狩人に任されるはずだ。

「ヴィナ＝ルウは、まだ確定ではないけどね。そこのあたりは、ルウ家と相談すれば――」

「今日の仕事中、シーラ＝ルウやララ＝ルウと話をさせていただきました。ヴィナ＝ルウは、自分が参加を願い出てもいいものかと非常に思《おも》い悩《なや》んでいるそうです。……そんなヴィナ＝ルウを押《お》しのけて、自分が参加を願い出る気持ちにはなれません」

そう言って、ユン＝スドラは俺のTシャツの裾《すそ》を引っ張ってきた。

「ですから、今回はもうあきらめているのです。その代わりに、次回の機会では何とかわたしも同行させていただけるように、アスタが取りはからっていただけませんか？」

「わ、わかったよ。次の機会がいつになるかはわからないし、出向く理由にもよるだろうけど、ユン＝スドラを優先的に考えるようにしよう」

「ありがとうございます。本当に子供じみていて、申し訳ありません」

そう言って、ユン＝スドラはまたにこりと微笑《びしょう》した。確かに子供じみていたかもしれないが、それはたいそう魅力的な笑顔だった。

ともあれ、肉の市と、城下町への招待と、俺の生誕の日で、色々なことの立て続いた黄の月も、いよいよフィナーレを迎えるようだった。俺が初めてアイ＝ファと出会った黄の月の二十四日まで、残すところはあと四日間である。

第三章★★★銀星堂への招待

1

　黄の月の二十二日。俺《おれ》たちは宿場町における屋台の商売を終えた後、大急ぎで森辺の集落へと帰還して、明日のための下ごしらえを済ませてから、今度は城下町を目指すことになった。目的は、ヴァルカスの経営する料理店《銀星堂》での晩餐会に参加するためである。

　夕暮れ時に町に下りるというのは、ちょっとひさびさのことだ。日没《にちぼつ》には一時間以上も残しているため、まだまだ暗くなることはなかったものの、空はうっすらと紫《むらさき》がかり、日差しはずいぶんとやわらかくなりかけていた。人通りの減ってきた宿場町を通過して、またトトスを元気に走らせると、城門はもうすぐだ。巨大《きよだい》な跳《は》ね橋《ばし》の手前には、ダレイム伯爵家の紋章《もんしよう》を掲《かか》げた二頭引きのトトス車がひっそりと待ちかまえてくれていた。

「お待ちしておりました、森辺の皆様方《みなさまがた》。トトスと荷車をお預かりいたします。どうぞこちらにお乗り換《か》えください」

　温厚《おんこう》そうな面《おも》立《だ》ちをした初老の武官が、恭《うやうや》しい仕草で車にまで案内をしてくれる。十名から成る森辺の客人たちは、粛々《しゆくしゆく》と箱型のトトス車に乗りかえることになった。二頭引きのトトス車には、十名全員が一緒に乗り込むことが可能であるのだ。

　本日の参加メンバーは、以前にユン＝スドラが推測した通りの顔ぶれとなった。すなわち、ルウ家からはヴィナ＝ルウ、レイナ＝ルウ、リミ＝ルウ、ダルム＝ルウ、シーラ＝ルウ、ルウの眷族《けんぞく》および客分からシュミラルとマイム、そしてそれ以外から、俺、アイ＝ファ、トゥール＝ディンというメンバーである。

　この中で、初めて城下町に足を踏《ふ》み入れるのは、ヴィナ＝ルウただ一人であるはずだった。ただし、シュミラルが森辺の民として城下町に入るのも、これが初めてであるはずだ。そのシュミラルは、トトス車が跳ね橋を通過して、守衛に内部の人数を確認されてから、またゴロゴロと石畳《いしだたみ》を走り始めると、不思議そうに小首を傾《かし》げていた。

「通行証、一人ずつ、配られないのですね？」

「ああ、はい。御者《ぎょしゃ》の方が全員分の通行証を預かってくれているので、いつも人数を確認されるだけですね」

「なるほど」と、シュミラルは形のいい下顎《したあご》に手をやった。

「あくまで、晩餐会、客人として、迎《むか》えられているのですね。城下町、自由に動き回る、不可能なのですか」

「はい。いつも車で指定された場所まで出向き、また帰りも城門まで送っていただく格好です」

　やはり、こうした制限つきの通行証が発行されるというのは、そんなに普通の話ではないのだろう。だけどそれ以上に、俺たちのような身分の人間が城下町に招かれるというほうが普通でない事態なのであろうから、文句のつけようなどあろうはずもなかった。

「シュミラルが所有しているのは、いつでも好きな日に出入りできるけれど、宿泊《しゅくはく》することは許されないという通行証なんですよね？」

「はい。宿屋、通行証、見せる、必要あるので、ごまかすこと、できません。どこか、物陰《ものかげ》に潜《ひそ》み、夜を明かすこと、可能でしょうが、露見《ろけん》すれば、大きな罪、問われるでしょう」

　いっぽう、ククルエルは城下町で宿泊することのできる、最上級の通行証を所有している。シュミラルもククルエルも通行証を授《さず》かったもともとの相手はサイクレウスであるはずだが、やはり商団の規模で扱《あつか》いが変わってしまったのだろうか。

「でも、通行証の保持を許されただけ、すごいですよ！　伯爵領《はくしゃくりょう》の住民でも、よほど大きな商《あきな》いをしている商人でもない限り、通行証を授かることなどできないのですから」

　笑顔でそのように告げてきたのは、マイムであった。

　ルウ家の五名が当然のように同じ側の席に陣取《じんど》ったので、それ以外の俺たちはそれと向かい合う格好で横並びになっている。普段であればアイ＝ファのかたわらを確保するリミ＝ルウも、今日ばかりはダルム＝ルウの腕にからみついていた。ただ、「帰りは一緒に座《すわ》ろうね！」とアイ＝ファに呼びかけていたので、リミ＝ルウとしてもあれこれ考えた末の決断であったのだろう。

「森辺の民、貴族以外、城下町の民、交流、ないわけですね？」

　と、またシュミラルがアイ＝ファの向こう側から呼びかけてくる。

「そうですね。あとは、貴族の方々を通じて知り合った従者や料理人の方々ぐらいです。今日、俺たちを招いてくれたヴァルカスというお方は、もともとサイクレウスの館の料理長であった人物なのですよ」

「なるほど。不思議な縁《えん》です」

「シュミラルは、サイクレウスの館で商談をしたりしていたのですよね。ヴァルカスというお方と顔をあわせる機会はありませんでしたか？」

「はい。私、話をする、シムの血を引く、ご老人でした。ジェノス、運ぶ香草《こうそう》、注文、受けていました」

「あ、それはもしかして、タートゥマイというお方ではないでしょうか？」

「はい。そのような名前であった、記憶《きおく》しています」

あの不思議な雰囲気《ふんいき》を有する寡黙《かもく》なご老人は、シュミラルと前々から面識があったわけだ。やはり、人の縁というのは面白《おもしろ》いものである。

「……大丈夫、ヴィナ姉？　貴族たちと挨拶をするのはヴィナ姉の役目になるんだから、しっかりね」

そんな囁《ささや》き声が、シュミラルとの会話の隙間から聞こえてきた。そちらに目をやると、レイナ＝ルウがかたわらのヴィナ＝ルウに寄り添《そ》っている。そわそわと身を揺《ゆ》すっていたヴィナ＝ルウは、心ここにあらずといった感じでレイナ＝ルウの顔を見返していた。

「うん、大丈夫よぉ……それで、わたしが何の役目を果たすのかしらぁ……？」

「だから、貴族に挨拶をする役目だってば。ダルム兄は分家の立場になっちゃったんだから、女衆でも本家の年長者であるヴィナ姉がこの十人の代表ということになるんでしょう？」

「ああ、うん、そうねぇ……大丈夫、それぐらいの役目はきちんと果たしてみせるわよぉ……」

そのように答えながら、やっぱりヴィナ＝ルウは何とも落ち着きのない様子であった。レイナ＝ルウは、溜息《ためいき》をこらえているような面持ちで眉尻《まゆじり》を下げてしまっている。

噂《うわさ》によると、ヴィナ＝ルウはいまだにククルエルに対して警戒心《けいかいしん》を解いていないのだという話であった。シムを捨てたシュミラルに対して、ククルエルが何かよからぬ思いを抱《いだ》いたりはしていないかと、そんな懸念《けねん》が消えないのだそうだ。

（まあ、ヴィナ＝ルウはいまだにククルエルと顔をあわせていないし、シュミラルは自分のためにシムを捨てたわけだから、心配になるのも当然……なのかなぁ）

思うにヴィナ＝ルウは、強靭《きょうじん》さと脆弱《ぜいじゃく》さのバロメーターがわやくちゃなのである。おそらく荒事《あらごと》に関してはどんな女衆よりも勇敢《ゆうかん》に振《ふ》る舞《ま》えるのに、こういった際は幼子みたいに心を乱してしまうのだ。同じやりとりを耳にしたらしいシュミラルも、いささかならず心配げな視線をヴィナ＝ルウに向けていた。

それでシュミラルの視線に気づくと、ヴィナ＝ルウは頬を染めてそっぽを向いてしまう。自分とシュミラルの気持ちに正面から向き合うと決めたヴィナ＝ルウであるが、やはり当人を前にするとなかなか平常心ではいられないようだった。

「お待たせいたしました。《銀星堂》に到着いたしましたので、足もとに気をつけてお降りください」

やがてトトス車が停止すると、後部の扉《とびら》が全開にされた。声をかけてくれたのは、御者役を務めた初老の武官だ。

まずはダルム＝ルウが立ち上がり、アイ＝ファに目を向けてから車を降りていく。しんがりはまかせたぞ、という合図であったのだろう。アイ＝ファが腰《こし》を上げようとしないので、俺も他の八名が出口に向かってから、ようよう動くことになった。

そうして外に降り立つと、そこには大勢の武官たちがずらりと立ち並んでいた。車の出口から建物の入り口まで、まるで道を作るように整然と立ちはだかっている。ずいぶん仰々《ぎょうぎょう》しいお出迎《でむか》えだなと思ったが、その理由はすぐに知れた。その建物は、石塀に囲まれることもなく、街路の並びに店をかまえていたのである。武官たちの向こう側では、城下町の民が普通に行き来していたのだった。

（そうか。ここはただの料理店なんだから、建物の周囲を石塀で囲まれたりもしていないのか）

貴族の邸宅《ていたく》か小宮にしか足を踏み入れたことのなかった俺たちにとって、それはなかなか新鮮《しんせん》な体験であった。

「何をしている。置いていかれるぞ」

アイ＝ファにせっつかれて、俺も建物の入り口を目指す。それは、三階建ての石造りの建物であった。高さがある分、幅《はば》がせまいように見えてしまう。また実際、それほど大きな建物ではないのだろう。土地の面積としては、宿場町で見る木造りの家屋と変わらないぐらいのものだ。左右に隙間なく立ち並ぶ建物も似たり寄ったりであったので、どうやらこれがこの区域の一般的《いっぱんてき》な建物のサイズであるらしかった。

「お待ちしておりました。ご予約の十名様ですね？　ここからは、わたくしがご案内いたします」

俺とアイ＝ファが玄関口《げんかんぐち》に足を踏み入れると、そんな声が聞こえてきた。がらんとした空間に、年老いた女性が立ち尽《つ》くしている。エプロンドレスのような装束《しょうぞく》を纏《まと》った、品のよい老女である。

「お連れ様は、すでに到着されております。こちらにどうぞ」

俺たちは、老女の案内で通路を進んだ。といっても、正面にはすでに大きな扉が見えている。玄関《げんかん》ホールに面積を取れるほど大きな建物ではないのだ。そうして俺たちが前進すると、表の武官たちが空いたスペースに踏み込んでくる。本日は貴族も来店しているので、彼らはその護衛役であるのだろう。

それを尻目《しりめ》に客席へと入室すると、すでに燭台《しょくだい》が灯《とも》されて、昼間のように明るかった。装飾《そうしょく》の少ない、簡素な部屋である。煉瓦《れんが》造《づく》りの壁《かべ》には白を貴重としたシンプルな壁掛《か》けが掛けられているばかりで、入り口の向かいには両開きの大きな扉が設置されている。そちらが厨房《ちゅうぼう》に通じているのだろう。調度と呼べるのは、長方形の巨大な卓《たく》と、二十名分の座席ぐらいのものであった。

卓は左右に一脚《きゃく》ずつ準備されており、十名ずつが座れるように椅子《いす》が配置されている。卓には真っ白なテーブルクロスが敷《し》かれて、そこにさまざまな食器や小皿やティーポットなどが準備されていた。豪奢《ごうしゃ》ではないが、粗末《そまつ》でもない。実用的で、かつ品のよい雰囲気だ。先入観もあるのかもしれないが、俺にはいかにもヴァルカスらしい店であるように思えてならなかった。

「やあやあ、お待ちしていたよ。よければそちらも、ふた組に分かれて座ってくれたまえ」

と、右手側の座席に収まっていたポルアースが、笑顔でそのように告げてきた。城下町からの客人たちは五名ずつに分かれて、左右の座席に腰を落ち着けていたのだ。

「特に格式を気にする必要はないからね。ただ、リリンの家のシュミラル殿《どの》は、こちらの卓に来ていただこうかな」

ポルアースの席からひとつはさんだ場所に、ククルエルが座している。きっと彼がシュミラルとの同席を望んでいるのだろう。すると、ヴィナ＝ルウがしゃなりしゃなりとポルアースの正面まで進み出て、たおやかに一礼した。

「きちんとご挨拶をさせていただくのは、これが初めてのことよねぇ……？　わたしはルウ本家の長姉《ちょうし》ヴィナ＝ルウと申しますわ……格式は関係ないというお話であったけれど、今日はわたしが皆《みな》の代表という形になるので……こちらの席に座らせていただいてよろしいかしらぁ……？」

「これはこれはご丁寧《ていねい》に。僕《ぼく》はダレイム伯爵家《はくしゃくけ》の第二子息でポルアースと申します。お父君のドンダ＝ルウ殿には、いつもお世話になっておりますよ」

ポルアースも立ち上がり、悠揚《ゆうよう》せまらず一礼をする。どちらも俺にとっては親しい間柄《あいだがら》であるだけに、何やら非常に新鮮な組み合わせであった。

「たしか、妹君のララ＝ルウ嬢《じょう》は、闘技会《とうぎかい》の祝宴《しゅくえん》に参加しておられましたね。これでようやく、僕はドンダ＝ルウ殿のご子息ご息女の全員とご挨拶をさせていただくことがかなったようです」

「ええ……わたしも家長ドンダから、あなたのことはかねがねうかがっていたわぁ……メルフリードというお方と同様に、とても公正で見識のあるお方である、と……」

さきほどまでの惑乱《わくらん》っぷりが嘘《うそ》のように、ヴィナ＝ルウは堂々としていた。そうして堂々としていれば、城下町の貴婦人にも負けないほど、優美でたおやかなヴィナ＝ルウであるのだ。

ポルアースも、感じ入ったように微笑んでいた。

「それは光栄なことでありますね。是非《ぜひ》そちらの席にどうぞ。……あ、こちらは僕の伴侶《はんりょ》のメリムと申します」

「初めまして、メリム……それでは、失礼いたしますわぁ……」

椅子などまったく座り慣れていなかろうに、ヴィナ＝ルウは艶然《えんぜん》とそこに腰を落ち着けた。

シュミラルは迷うように視線をさまよわせていたので、俺はその耳もとに口を寄せてみせる。

「よかったら、俺もご一緒《いっしょ》させていただけませんか？　ククルエルというお人には興味がありますので」

「……ありがとうございます。よろしくお願いします」

ということで、俺はアイ＝ファやシュミラルとともに、そちらの卓に向かおうとした。そこにトゥール＝ディンもくっついてこようとすると、逆の卓から「あら」という声があげられる。

「トゥール＝ディンも、そちらに座られてしまうの？　オディフィアが、あなたと話したがっているのだけれど」

もう片方の卓には、エウリフィアとオディフィアが座していたのだ。トゥール＝ディンが困惑顔《こんわくがお》で左右の卓を見比べていると、マイムが笑顔でその手を取った。

「それでは、わたしと一緒にあちらの卓に行きませんか？　わたしは、トゥール＝ディンと一緒がいいです」

この中では、もっとも年齢《ねんれい》の近い両者である。また、彼女《かのじょ》たちはおたがいの調理の腕前《うでまえ》に感服し合っている仲であるはずであった。

「それじゃあ、リミはアイ＝ファの隣《となり》にしよーっと！　ダルム兄、また後でね！」

これでようやく席順が決定された。右の卓が、ヴィナ＝ルウ、シュミラル、俺、アイ＝ファ、リミ＝ルウ。左の卓が、レイナ＝ルウ、ダルム＝ルウ、シーラ＝ルウ、トゥール＝ディン、マイムという並びだ。

それに対する城下町陣営《じんえい》は、ジェノスの貴族と東の民が入り乱れている。そしてその中には、予想外の人物も一名まぎれこんでいた。

「アスタ、おひさしぶりです」

俺が席につくなり、斜《なな》め前《まえ》から声をかけられる。とてもたくさんの飾《かざ》り物《もの》をさげて、ゆったりとしたシム風の装束を纏った、それは占星師の少女アリシュナであった。

「おひさしぶりです。アリシュナもお招きされていたのですね」

「はい。ポルアース、招いてくれました」

彼女は、ポルアースとも懇意《こんい》にしているのだ。また、かつてククルエルが俺の屋台にやってきたとき、それを案内していたのもこのアリシュナであった。そこは異郷に身を置く東の民同士、通ずるものがあるのであろう。

そんな彼女の隣で小さくなっていたのは、トゥラン伯爵家の後見人トルストであった。こちらの御仁《ごじん》とも、雨季以来の再会だ。

そんなわけで、こちらの卓に居並んでいるのは、すべて見知った顔であった。ポルアース、メリム、ククルエル、アリシュナ、トルストといった顔ぶれである。

左の卓は、エウリフィアとオディフィア以外に見知った顔はない。二人の東の民は《黒の風切り羽》のメンバーで、末席の西の民はジェノスの外務官であるとのことであった。

きっとポルアースかエウリフィアのどちらかが、城下町の民、東の民、森辺の民で固まってしまわないように席を分けたのであろう。さまざまな人々と交流したいと願う俺には、ありがたいはからいであった。

「下りの五の刻には、まだいくらか時間が残されているようだね。それまでは、お茶でも飲んでくつろいでくれたまえ。今日は何も格式張った会合ではないので、ジェノスで屈指《くっし》の料理人たるヴァルカス殿の腕前を思うぞんぶん堪能《たんのう》させていただこう」

ポルアースがにこにこと微笑みながらそのように宣言すると、入り口のところに控《ひか》えていた老女が遅《おく》れてきた俺たちのために茶を注いで回ってくれた。ジーゼの宿で出されたのと同じ、ナフアの茶であるようだ。

「……あなたがククルエルというお方なのねぇ……兄弟たちから、お話はうかがっているわぁ……」

ヴィナ＝ルウがゆったりとした口調で呼びかけると、ククルエルは無表情に「はい」とうなずいた。

「ご兄弟には、お世話になりました。お目にかかれて光栄です、ヴィナ＝ルウ」

ここでシュミラルの婿《むこ》入り話を持ち出されてしまったら、ヴィナ＝ルウもたちまち平常心を失ってしまいそうであったが、ククルエルはそれ以上の言葉を発しようとはしなかった。その代わりに、彼は無言でシュミラルとヴィナ＝ルウの姿を見比べている。ククルエルの目に、この両者の姿はどのように映っているのだろう。

「そういえば、アスタ殿。いよいよそちらでも、町で売るギバ肉の準備が整ったという話であったよね」

ポルアースに問われて、俺は「はい」と応じてみせた。

「ダバッグの商人は、明日か明後日には訪《おとず》れるはずだよ。そうしたら、ギバ肉が売られるのは明後日か三日後か。城下町で買いつける分は、上りの四の刻の少し前に引き取ればいいのだよね？」

「はい。お手数をかけて恐縮《きょうしゅく》です」

「いいさいいさ。宿場町の民の目があるところで引き取ったほうが、おかしな疑いを持たれることもないだろうからね。城下町では十五箱分きっちり買い手がついたから、どうぞよろしくね」

　すると、お行儀《ぎょうぎ》よく微笑んでいたメリムも俺のほうに目を向けてきた。

「残念ながら、わたくしたちは今回、抽選《ちゅうせん》にもれてしまいましたの。また次の機会を楽しみにさせていただきますね」

「あ、はい。抽選になるほどギバ肉を求めてくださる方々がいて、とてもありがたく思っています」

「あはは。たった十五箱では、まったくお話にもならない状況だよ。その倍の量でも売れ残ることはないだろうから、この商いが軌道《きどう》にのる日を心待ちにしているよ」

　それもまた、ありがたい話であった。そして、ダレイム伯爵家が抽選にもれたということで、その公正さがしっかりと感じ取れる。身分や立場に左右されることなく、きちんと抽選が行われたのだろう。

「たしか、この《銀星堂》も抽選には加わっていたはずだけれど、やっぱりギバ肉を手にする幸運は手にできなかったようだね。サトゥラス伯爵家のルイドロス殿などは見事に抽選のくじを引きあてて、小躍《こおど》りして喜んでいたと噂で伝え聞いたけれども」

「サトゥラス伯爵家は燻製《くんせい》肉や腸詰《ちょうづめ》肉も定期的に購入してくださっているので、非常に感謝しています」

「うんうん。ルイドロス殿も、なかなか名うての美食家だからねえ。月に一度はこの《銀星堂》を訪れているという話だよ」

「こちらの《銀星堂》は、日に二十人しかお客を取らないのでしょう？　これだけ評判の料理店なのに、本当に欲がないのですね」

メリムの相槌《あいづち》に、ポルアースは「そうだねえ」とうなずく。

「まあ、それだけ腕《うで》を安売りしていないからこそ、これだけの評判を得ることがかなったのではないのかな。そもそも店を開く日よりも、新しい料理の研鑽《けんさん》に取り組んでいる日のほうが多いぐらいだとも聞くしね」

「まるで、絵画や彫刻《ちょうこく》に打ち込《こ》む芸術家のようですね。ヴァルカスご本人の料理を口にするのは初めてですので、とても楽しみです」

若いながらもおしどり夫婦《ふうふ》と呼ぶに相応《ふさわ》しい、ポルアースとメリムのやりとりである。

そこにノックの音が響《ひび》き、食堂の奥の扉から当のヴァルカスが姿を現した。

「お待たせいたしました。下りの五の刻となりましたので、料理をお出しいたします」

俺にとっては数ヶ月ぶりの再会となる、ヴァルカスである。淡《あわ》い褐色《かっしょく》の髪《かみ》をやや長めにのばしており、西の民としてはかなり背が高い。緑色の瞳《ひとみ》に白い肌《はだ》というのは南の民めいているが、体格はすらりとしており、むしろ東の民めいている。純白の調理着を纏ったその姿は、最後に見たときから何も変わりはないようだった。

年齢不詳《ねんれいふしょう》の面長《おもなが》の顔には、表情らしい表情も浮《う》かべられておらず、ぼんやり物思いにでもふけっているかのように見えてしまう。が、それがこのヴァルカスの常態であるのだ。その、いくぶん焦点《しょうてん》の定まっていないように感じられる瞳が、ふっと何かを思い出したように俺を見た。

「ああ、アスタ殿……いつだったか、体調を崩《くず》されて寝込《ねこ》むことになったと聞き及《およ》び、とても心配しておりました。もうすっかり元気を取り戻《もど》されたご様子ですね」

「はい。ご心配をかけてしまって申し訳ありません。今日は初めてヴァルカスの店を訪れることができて、とても嬉《うれ》しく思っています」

「わたしこそ、アスタ殿に料理をお出しできるのは非常な喜びです。どうか忌憚《きたん》なきご感想をお願いいいたします」

言葉の内容におかしなところはないが、ちっとも感情が込められているようには思えない。台本でも読まされているような棒読みの口調だ。しかし、これもまたヴァルカスの常態なのである。

「では、料理をお持ちいたします。まずは、前菜からとなります」

本日は城下町の正式な作法にのっとって、六種の料理がひと品ずつ提供されるようだった。ヴァルカスの声が合図となったのか、扉の向こうから台車を押したシリィ＝ロウが入室してくる。

こうして《黒の風切り羽》を歓待《かんたい》する晩餐会《ばんさんかい》は、ごく静かに開始されることになったのだった。

2

「こちらが前菜で、わたしは『筒焼《つつや》き』と呼んでいます」

城下町の食事会においては、料理人がひと品ずつ解説をほどこしていくという習わしが存在した。東の民とはまた違《ちが》う意味で感情の感じられないヴァルカスの言葉に、ポルアースが「ふむふむ」とうなずいている。

「『筒焼き』か。なんだか、菓子《かし》のような見た目だね」

「はい。本来は、菓子を作るために考案した調理方法でありました。具材を練《ね》り込んだフワノの生地《きじ》を鉄串《てつぐし》に塗《ぬ》りながら炙《あぶ》り焼きにする、という料理になります」

二十名の客人の前に、小さな平皿が置かれていく。台車で料理を運んできたシリィ＝ロウと、あとはお手伝いの老女が給仕《きゅうじ》の仕事を受け持っていた。

その皿に載《の》せられているのは、なんとも奇妙《きみょう》な料理であった。太さは一・五センチていど、長さは十センチていど、生地の厚みは三、四ミリていどの、黒褐色《こつかっしょく》をした筒状の物体が、白い陶器《とうき》の皿の上で十字の形に重ねられている。これは確かに、クッキーなどを連想させる形状と質感であった。

「匙《さじ》などを使うと砕《くだ》けてしまいますので、お手もとにある織布《しょくふ》にくるんでお食べください」

織布とは、要するにテーブルナプキンのことであった。ポルアースやメリムがそれを使って料理をつかむと、アイ＝ファやヴィナ＝ルウたちもそれにならって織布をつまみあげた。

あちこちから、「ふむ」だの「あら」だのという控えめな声が響く。それを聞きながら、俺もいざその料理を口に運ぶと――外見通りの、クッキーを思わせる食感である。しかもこの色合いからして、生地には粘《ねば》り気《け》の少ない黒フワノが使われているようだった。

しかし、菓子ではないので甘《あま》いことはない。まず感じたのは、魚介《ぎょかい》の風味であった。あのアマエビを思わせる甲殻類《こうかくるい》の身が使われているのだろう。それに、生地を練る水気にも魚介の出汁《だし》が使われているのだと確信できるぐらい、風味が豊かであった。

また、ヴァルカスが香草を使わないわけがない。それらの魚介の風味を際立《きわだ》たせつつ、悪い臭《くさ》みを消すような、ぴりっとした後味と風味も感じられた。さらに、噛《か》めば噛むほど風味が豊かになっていくようにも感じられる。これも懐《なつ》かしい、ヴァルカスの手練であった。

おそらくこれは、バウムクーヘンと同じような手法で作られているのだろう。鉄串に生地を塗り、焼きあがったら新しい生地を塗り重ねる。その繰《く》り返しで、薄《うす》い生地が何重もの層になっているのだ。そして、その生地の層ごとに別種の具材や香草が練り込まれているに違いない。そうした細やかな作業によって、この繊細《せんさい》なる味の変化を生み出すことが可能になるのだろうと思われた。

一見は簡素である前菜から、ヴァルカスの底知れなさを体感することができる。これこそ、まぎれもなくヴァルカスの料理だ。気取った言い方をするならば、俺はようやくヴァルカスと本当の意味で再会できたような心地《ここち》であった。

「これは美味だね。前菜だから当たり前なのだろうが、あっという間になくなってしまったよ」

使用を終えた織布を折りたたみながら、ポルアースが笑顔《えがお》でそのように述べたてた。

「それにやっぱり、魚介の食材を扱わせたらヴァルカス殿の右に出るものはいないね！　……ククルエル殿、お味はいかがかな？」

「非常に美味です。そして、とても不思議な料理です。我々も故郷では魚介の料理を口にすることが多々ありますが、このように不思議な料理を口にしたことはありません」

「ふうん？　僕はてっきりシム料理をお出しするのかと思っていたのだけれども、そういうわけではなかったのかな？」

ポルアースに目を向けられて、ヴァルカスは「はい」とうなずいた。

「東の生まれである方々にご感想をいただきたいとは申し述べましたが、わたしは純粋《じゅんすい》なシム料理というものを手がけたことはありません。誤解を与えてしまったのでしたら、おわびの言葉を申しあげます」

「いやいや、何もわびる必要はないけれどね。それじゃあ、どうして東の方々にご感想をいただきたいと思ったのかな？」

「それはもちろん、東の方々にも美味と思っていただけるか、それを確認《かくにん》させていただきたかったのです。わたしは、いずれの生まれのお方であっても美味と思っていただけるようにと修練を積んでおりますので」

ぼんやりとした無表情のまま、ヴァルカスはそう言った。

「また、わたしの料理にはシムの食材が多数使われています。その上で、シム料理とは異なる作法で作られるわたしの料理を、シムの方々にも美味と思っていただけるのか、それを確認したく思っております」

「美味です」というふたつの声が、逆側の卓からもあげられた。《黒の風切り羽》の団員たちの声である。

「私も、美味、思います。そして、香草、よく知る風味、思うのに、どの香草か、判じかねます。それが、とても不思議です」

シュミラルが言うと、ヴァルカスは「そうですか」とうなずいた。

「複数の香草を使っているために、そういう効果があらわれるのでしょう。美味と思っていただけたなら、幸いです」

「はい。とても、美味です」

これで感想を述べていないシムの関係者は、アリシュナのみとなる。ポルアースの視線を受けて、アリシュナは静かにうなずいた。

「とても美味です。でも、私、シム料理、あまり知らないので、西の方々、同じ感想だと思います」

シュミラルがけげんそうにアリシュナを振り返ると、夜の湖を思わせる不思議な瞳が物憂《ものう》げにそれを見つめ返した。

「私、シムの子ですが、故郷の地、踏んだことがないのです。祖父の代、一族、追放されて、私、セルヴァで生を受けました」

「シムを追放？　……あなた、マフラルーダ、一族ですか？」

「はい。私、アリシュナ＝ジ＝マフラルーダです」

シュミラルは、得心したようにうなずいた。

「そうでしたか。私、かつて、ジ＝サドゥムティーノ、氏でした。森辺、家人となるため、氏、捨てましたが」

「……ポルアース、話、聞いています。私、数年前から、ジェノスの世話になっています」

「なるほど。……ご家族、壮健《そうけん》ですか？」

アリシュナは表情を変えぬまま、「いえ」と首を振った。

「私、マフラルーダ、最後の家人です。『ジ』の藩主《はんしゅ》、望み通り、マフラルーダの血、これで絶えるでしょう」

「そうですか。マフラルーダ、占星の力、あまりに強いため、非業《ひごう》の運命、背負うこと、なりました。気の毒、思っています」

「いえ。これも、東方神、思し召《おぼめ》しなのでしょう」

二人の黒い瞳がさまざまな思いをたたえながら、おたがいを見つめている。そんなシュミラルの隣で、ヴィナ＝ルウは落ちつかなげに身を揺すっていた。

「……では、次の料理です」

ヴァルカスが何の感銘《かんめい》を受けた様子もなく宣言すると、再びシリィ＝ロウが台車を押してく

る。さっきから何度も目があっているのににこりともしないのが、いかにもシリィ＝ロウらしかった。

「ふた品目は、汁物料理《しるもの》です。名前は、『トトスの卵の冷やし汁《じる》』となります」

客人たちの何名かが、今度ははっきりと驚《おどろ》きの声をあげていた。次の品もまた、なかなか不思議な見た目をしていたのだ。深皿に注がれたその料理は半透明《はんとうめい》で、ゼリーのようにふるふると波打っていた。

「これが汁物料理なのかい？　温かくない汁物料理というのも、なかなか珍奇《ちんき》だね！」

「はい。セルヴァよりも暑さの厳しいジャガルにおいては、冷たい汁物料理も珍《めずら》しくはないものと聞き及びます」

ヴァルカスにはボズルという南の民の同志もいるので、そちらの知識も存分に活《い》かされているのだろう。それにしても、奇妙な料理だ。ゼリーのように波打っているのが、どうやらトトスの卵の白身であるらしかった。

トトスの卵の白身は、熱を加えてもあまり白くならず、半透明のままなのである。それは俺も承知していたが、ここまで料理の主体として使われるのを目にするのは初めてのことであった。察するに、これはスープの上にトトスの卵の白身で蓋《ふた》がされているような状態であるのだろう。しかも、透明度《とうめいど》が高くて、ゼリーのようにふるふるであるのだから、おそらく半熟の熱し具合であるのだ。

なおかつ、透《す》けて見える底のほうにも、具材の類いはいっさい見られない。半透明の卵の白身と、透明《とうめい》のスープだけで構成されており、しかも冷製であるのだという。俺にはもう、さっぱり味の見当もつかなかった。

「……シムの生まれである方々に、ひとつうかがいたいことがあるのだが――」

と、ふいにアイ＝ファが発言した。ここでアイ＝ファが口を開くとは思わなかったので、俺も思わずそちらを振り返ってしまう。

「シムの草原にはトトスが多く住まっているために、東の民はトトスを操《あやつ》るのがとても巧《たく》みだと聞いている。それは、真実であるのであろうか？」

「ええ、真実です。我々は、自分たちの乗るトトスのことを家族の一員と見なしています」

ククルエルの返答に、アイ＝ファは「そうか」と眉《まゆ》を寄せた。

「私もトトスとともに暮らしており、大切な家人であると考えている。それゆえに、トトスの卵というものを口にするのに、いささか抵抗《ていこう》が生まれてしまうのだが……シムの民がトトスを喰《く》らうのは、我らがギバを喰らうのと同じようなものであるのだろうか？」

「ギバと同じ？　……ああ、森辺の民は、ギバも同じモルガの森の子であるとお考えなのですね」

ククルエルは、何かを理解したようにやわらかく目を細めた。

「それとは、いささか意味合いは違ってくるように思います。我々は、家族と見なしたトトスの肉を喰らうことはありません。トトスが老いて魂《たましい》を召されれば、人間と同じように土に還《かえ》します」

「それなのに、トトスの子である卵は喰らうのか？」

「はい。たいていの卵は、トトスに育つこともありませんので」

アイ＝ファは、きょとんと目を見開いた。

「育つことがないというのは、どういう意味だ？　鳥や蛇《へび》は、卵から産まれるものなのであろう？」

「はい。ですが、トトスはつがいにならずとも、卵を産み落とす存在であるのです。たしか、キミュスも同じ性質であったかと記憶しておりますが」

ククルエルに目を向けられて、ヴァルカスは「はい」と応じた。

「そうでなければ、キミュスが毎日のように卵を産み落とすことはないでしょう。むしろ、つがいにすると卵を産む周期が不規則になってしまうために、たいていのキミュスは雄《おす》と雌《めす》を分けて飼育されているはずです。トトスも、それは同じことではないでしょうか？」

「その通りです。シムの草原においても、トトスは伴侶を娶《めと》らせるまで、雄と雌は別々の場所で育てられます。その間に産み落とされた、トトスとして育たない卵を、私たちは口にしています」

「よくわからんぞ。どうして子として育たない卵などが産み落とされることになるのだ？」

「草原において、それは友たる人間を飢《う》えさせないための恵《めぐ》みとされています。あるいは、いずれ子を産むための練習をしているのかもしれませんね」

ククルエルは、また穏《おだ》やかな感じに目を細める。そうすると、彼《かれ》の鋭《するど》い眼光はやわらげられて、とても優《やさ》しげな眼差《まなざ》しに変ずるのだった。

「何にせよ、これはトトスのもたらした恵みなのです。腐《くさ》らせずに我《わ》が身《み》の力とするのが、正しい行いなのではないでしょうか？」

「……相分かった。つまらぬ質問で食事の手を止めさせてしまったことを謝罪させていただく」

興味深そうにそのやりとりを眺《なが》めていたポルアースが、「いやいや」と肉づきのいい手を振った。

「東の民にとっても森辺の民にとってもトトスの卵を食することが禁忌《きんき》でないのなら、幸いだ。心置きなく、ヴァルカス殿の手腕《しゅわん》を味わわせていただこうじゃないか」

「はい。トトスの肉は大味であるため、西ではあまり好まれません。ですが、卵のほうはキミュスともまた異なる優《すぐ》れた食材であるかと思われます」

せっかく穏やかな表情を取り戻していたアイ＝ファが、横目でヴァルカスをねめつけることになった。まあ、ヴァルカスにアイ＝ファや東の民の心情を慮《おもんぱか》れというほうが無理な注文であるのだろう。

ともあれ、俺たちはおのおの匙を取ることにした。深皿の大きさは小ぶりの茶碗《ちゃわん》ぐらいのものであるので、量としてはささやかなものだ。そのゼリーみたいな表面に匙をつけると、大した抵抗もなくトトスの卵は分断され、そこから内側のスープがしみだしてくる。俺は分断したトトスの卵ごと透明のスープをすくいあげて、それを口に運んだ。

冷製といっても、冷蔵機器の存在しないジェノスである。人肌《ひとはだ》よりもやや冷たいていどの、自然な温度だ。まずはトトスの卵がちゅるんと口の中を滑《すべ》っていき、それと同時にスープの得も言われぬ味わいが広がっていった。

こちらもまた魚介の出汁《だし》であったが、俺の知る海草や燻製魚の風味ではない。たぶん魚類だとは思うのだが、甘みが強くて風味が豊かだ。それでいて、俺の知る燻製魚の出汁よりも上品ですっきりしているように感じられる。さらにその出汁が、複数の香草で彩《いろど》られていた。

具材としては何も加えられていないので、おそらくは香草をこの出汁で煮込《にこ》んだのだろう。それも、短時間でさっとゆがいただけなのかもしれない。どこかで嗅《か》いだ覚えのあるような香《こう》気《き》が一瞬《いっしゅん》だけふわりと漂《ただよ》ってから、消えていくような感覚であるのだ。

そこでようやく卵を噛むと、半熟の白身は溶《と》けるようにいなくなってしまった。その不思議な味わいが名残惜《なごりお》しくて、俺はすぐにふた口目へと手をのばす。その繰り返しで、小さな深皿の料理はあっという間になくなってしまった。

なんというか、どうしようもなく飢餓《きが》感をかきたてられたかのような心地である。同じことを思ったのか、トルストが「ふむむ」と気弱げな声をあげていた。

「これもまた、ずいぶん不可思議な料理ですな。卵の他には何の具材もないのに、大皿でいただきたい気分になってしまいましたぞ」

年老いたパグ犬を思わせるトルストの顔が、なんともあわれげな表情を浮かべてしまっている。いっぽうポルアースは「まったくですねえ」と笑っていた。

「以前にヴァルカス殿の料理を口にしたとき、前菜でこのような気分を味わわされたことを思い出してしまいました。食べる前よりも空腹であるような心地にさせられてしまうのですよね」

「はい。献立《こんだて》によっては、こちらの冷やし汁を前菜としてお出しすることもあります。本日は、この後の料理がやや重めであるために、汁気《しるけ》を増やして汁物料理として仕上げることにいたしました」

そんな風に応じるヴァルカスの言葉とともに、今度はタートゥマイが姿を現した。長身で浅黒い肌をした、シムの血をひく老齢《ろうれい》の料理人である。そのタートゥマイが押《お》してきた台車はずいぶんと大型で、そこには銀色の蓋がかぶせられた次なる料理がところせましと載せられている。一人で二十人分の料理を運ぶことなどは困難であったため、すぐに同じ大きさの台車を押すシリィ＝ロウと老女が後に続いてきた。

「三種目の料理、フワノ料理です。……ただしこれは、シムのシャスカという食材を使った料理になります」

ずいぶんと昔から耳にしていたシムの麺《めん》料理、シャスカがついにお披露目《ひろめ》されるのだ。城下町の人々と、そしてリミ＝ルウが期待に瞳を輝《かがや》かせていた。向こうの卓では、レイナ＝ルウたちも同じ眼差しになっているに違いない。

三名の給仕役がお盆《ぼん》ごと皿を並べていき、同時に蓋だけを取り去っていく。そうして俺たちの前に、シャスカの姿がさらされた。

（なるほど。これは確かに、麺料理だ）

黒みをおびた皿の上に、シャスカと具材が盛りつけられている。具材には挽《ひ》き肉《にく》と細かく刻んだ野菜が使われており、一見では四川風《しせんふう》の汁なし坦々麺《たんたんめん》を思わせる仕上がりだ。シャスカは艶《つや》やかな白色で、麺の太さは一ミリぐらいしかなく、素麺《そうめん》に似た見た目である。その上に、赤褐色《せきかっしょく》をした具材が掛けられている状態だ。それがきわめてスパイシーな香りをたちのぼらせているために、いっそう坦々麺を連想させるのであろうと思われた。

さらに、タートゥマイラが可愛《かわい》らしい小鉢《こばち》を各人の前に置いていく。そこには、シャスカ料理の具材と同じ赤褐色をした香辛料《こうしんりょう》の粉末が収められていた。

「……わたしは後入れの調味料というものを、あまり好みません。しかし、こちらのシャスカ料理においては東と西の方々で大きく好みが異なるように思えたので、そちらの香辛料をご用意いたしました。辛《から》みや風味が足りないとお感じになられた際は、そちらをお使いください」

「では、こちらは純然たるシム料理ということなのかしら？」

隣の卓からエウリフィアが問いかけると、ヴァルカスは「いえ」と首を振った。

「西の生まれである方々にも美味と思っていただけるように、わたしなりの味つけをほどこしております。それゆえに、東の方々が口になさる際には辛みや風味が弱いと感じられるのではないかと考えたのです」

「なるほどね。何にせよ、こいつは食欲をかきたてられる香りだ」

ポルアースが、笑顔で三《み》つ又《また》のフォークを取った。

「それに、アスタ殿がお披露目してくれたぱすたやそばといった料理のおかげで、食べ方には困らなそうだ。こいつでこう、くるくるっと巻き取ればいいのかな？」

「はい。シムにおいても、そういった作法が主流のようです。土地によっては、手づかみでも食べられているそうですが」

ヴァルカスはそのように述べていたが、ククルエルたちもみんなフォークを手に取っていた。もちろん俺《おれ》もフォークを手に、いざシャスカへと挑《いど》む所存である。

端《はし》のほうを崩してみると、予想よりも重たい手応えが返ってくる。一ミリていどの太さしかない細めの麺であるが、これはかなりのコシであるようだ。具材と一緒に麺をからめ取り、ひかえめな量を口に運んでみると——坦々麺のようだという俺の印象は、ある意味では当たっており、ある意味では外れていた。

唐辛子《とうがらし》を思わせるチットの実やイラの葉の辛みと、別なる香草の酸味や苦み、それに挽き肉を主体にした具材の味わいは、かなり四川風の坦々麺に近いと思える。しかし、それらの強い味と風味の向こうには、まろやかかな甘みまでもが感じられた。砂糖や蜜《みつ》ではなく、果実の甘みである。おそらくは、リンゴに似たラマムとモモに似たミンミが両方使われているのではないかと思われた。

そして、シャスカの本体である。そちらのほうが、より顕著《けんちょ》に俺の予想から外れていた。素麺のような外見をしたその麺は、こんなに細いのにびっくりするほどもちもちとした食感であったのである。

噛んでいると、もち米のような粘り気が感じられる。それが具材の複雑にして奥深《おくぶか》い味わいと相まって、非常な食べ応えを俺に与《あた》えてくれた。そしてどうやら、シャスカそのものにも味つけがほどこされているようである。これだけさまざまな味が絡《から》み合っていると判別するのもひと苦労であるが、少なくともピーナッツに似たラマンパや金ゴマに似たホボイはかなりの量が使われているのではないかと思われた。

「これは確かに、我々の知るシャスカとはずいぶん異なる味つけであるようです」

ククルエルが、静かな声でそのように評した。

「ですが、美味です。西の王国において、ここまでさまざまな香草《こうそう》を使いこなせるお方がいるというのは、非常な驚きです」

「香草に関しては、タートゥマイの助言もありますので」

ヴァルカスの言葉に、タートゥマイはうっそりとうなずいた。

「また、シャスカを茹《ゆ》でる作業においても、タートゥマイに一任することができます。それでわたしも、厨《くりや》に戻らずに済んだ次第《しだい》です」

「あなたはたしか西の民であられたはずですね、タートゥマイ？」

「はい。シムの血を引いてはおりますし、若い頃《ころ》は東の領土を転々としておりましたが、わたしはセルヴァで生まれた西の民でございます」

タートゥマイは一礼して、台車とともに退室していった。かの御仁は東の民さながらに感情を出そうとせず、なおかつ寡黙《かもく》でもあるのだ。

「私も、美味、思います。また、シャスカ、ひさびさですので、とても嬉しい、思います」

シュミラルがそんな風に声をあげると、ヴィナ＝ルウが横目でそちらを見た。

「……あなたは故郷でこういう料理を食べていたのねぇ、シュミラル……？」

「はい。味つけ、異なりますが、シャスカ、シムの料理です。とても懐かしい、思います」

「ふぅん……」と、ヴィナ＝ルウは目を伏《ふ》せる。それでシュミラルはいくぶん気がかりそうに眉をひそめたが、しかしヴィナ＝ルウは負の感情などにとらわれたりはしていなかった。

「あなたは、草原という場所で生まれたのよねぇ……ジェノスを出たことのないわたしには、それがどのような場所かもよくわからないけれど……あなたにも幼子の時代があって、家族たちとこういう料理を食べていたのだと想像すると……なんだか、面白《おもしろ》いわねぇ……」

シュミラルはなんと答えればいいかもわからない様子で、ただヴィナ＝ルウを見つめている。

それに気づいたヴィナ＝ルウは、微笑《ほほえ》みを浮かべる寸前のような面持《おもも》ちでゆるゆると首を振《ふ》った。

「わたしは思いついたことを口にしただけだから、何も答える必要はないわよぉ……？」

「……はい。ありがとうございます」

「……いったい何にお礼を言っているのかしらぁ……？」

ヴィナ＝ルウは色っぽく肩《かた》をすくめると、またシャスカを口に運び始めた。貴族たちを前にしているため、おそらくヴィナ＝ルウは普段《ふだん》よりも気を張っているのだろう。シュミラルの前では取り乱していることの多いヴィナ＝ルウであるので、なんだか新鮮《しんせん》な感じであった。

（そうすると、今度はシュミラルのほうが平常心を失ってるみたいに感じられるのが面白いところだな。この二人も、いつかシーラ＝ルウとダルム＝ルウみたいに自然体で喋《しゃべ》れる日が来る

んだろうか）

　そんなことを考えながら、俺は小鉢の香辛料をほんの少しだけシャスカに加えてみた。とたんにアイ＝ファが、ぎょっとしたように身を寄せてくる。

「おい。せっかく舌の痛まない辛さであるのに、わざわざ辛さを強めようというのか？」

「え？　ああ、うん。どんな風に味が変わるのか試《ため》してみたくてさ」

　それに、日本で食べる坦々麺であれば、もっと辛みが強いぐらいでちょうどいいように思えたのだ。見たところ、この卓で後入れの香辛料に手をつけているのは、俺とククルエルだけのようだった。

　控えめに投じた香辛料を具材に馴染《なじ》ませて味を確かめてみると、辛さと苦みと酸味がほどよく強まったようだ。シャスカのしっかりとした食べごたえがそれを中和してくれるので、俺にはこれぐらいのほうが好みにあうかもしれない。

　何にせよ、シャスカ本体の食感が独特ではあるものの、まったく食べにくいところはない料理であった。複雑といえばこれ以上もなく複雑な味つけであるのだが、純粋に美味だと感ずることができる。俺の見る限りでは、森辺のみんなも満足げにこの料理を食しているように思えた。

「そういえば、この料理には何の肉が使われているのでしょう？」

　非常な満足感を胸に問うてみると、ヴァルカスのぼんやりとした視線が向けられてきた。

「アスタ殿は、何の肉が使われているとお考えですか？」

「そうですね。カロンであることに間違《まちが》いはないかと思うのですが……カロンの胸の肉あたりでしょうか？」

「はい。カロンの胸の肉を脂《あぶら》ごと使っています」

どうやらヴァルカスを失望させずに済んだようだ。しかし、ここまで細かく刻まれた上に、たっぷり香辛料まで使われているのだから、俺としては半分あてずっぽうのようなものだった。

（それでもヴァルカスにしてみれば、わかって当たり前という考えなのかな。下手に質問をすると、ヴァルカスをガッカリさせちゃいそうだ）

ともあれ、本日の料理もいよいよ折り返し地点であった。

なかなかの食べ応えであるシャスカを完食しても、俺の空腹感と期待感はまだまだ底をついていなかった。

3

「次は、野菜料理となります」

こちらの料理でも、タートゥマイとシリィ＝ロウと老女の三名が給仕をしてくれた。今度の皿には、蓋もかぶせられていない。が、一見ではまったく正体のわからない料理であった。半球状に盛られた具材の上に白くてとろりとしたソースが掛《か》けられているのだが、その粘度《ねんど》の高そうなソースによって具材が完全に隠《かく》されてしまっているのだ。

大きさは、直系六、七センチといったところか。テニスボールを半分に割ったような形状と大きさであるが、そこまで綺麗《きれい》な円を描《えが》いているわけではなく、たっぷりと掛けられたソースでも隠蔽《いんぺい》しきれないぐらい、表面はでこぼことしている。何らかの食材を積み重ねて、この形状をこしらえたものであるらしい。

まあ何にせよ、それほどボリュームのある料理ではなかった。重い料理の後には軽い料理を、というのがヴァルカスの基本的な作法であるのだ。

「ひさびさに珍しい野菜が手に入りましたので、こちらの料理をお出しすることになりました。『ティンファとレミロムのギャマの酪掛け』となります」

名前を聞いても、なお正体がわからない。ただ、ソースの正体だけは判明した。これはおそらく、ギャマの乳を発酵《はっこう》させたものであるのだ。

「さっそくティンファとレミロムという食材を使っていただけたのですね。しかも、セルヴァでギャマの酪を口にできるとは思いませんでした」

ククルエルの言葉に、ヴァルカスはぼんやりとうなずいた。

「バルドの付近からは、ほとんど食材が届かないのです。あちらは内海と河川《かせん》を中心に栄えた土地であるので、陸路で商《あきな》いをする人間が非常に少ないのだという話ですね。ですから、バルドにまで足をのばす方々が増えれば、わたしは非常にありがたく思います」

「この先、森辺の行路が使われるようになれば、ジェノスを経由してバルドに向かうシムの商人も増えるのではないでしょうか。わたしには、非常に魅力的《みりょくてき》な土地であると思えました」

二人のやりとりを見守っていたポルアースが、待ちかねた様子でフォークを取る。

「ティンファもレミロムもギャマの酪というものも、僕《ぼく》はいずれも名前すら知らなかったよ！　これはいったいどのような味がするのだろうねえ」

「ええ、とても楽しみです」

メリムや他の人々も、いそいそとフォークを取り上げた。

そんな中、アイ＝ファがもの思わしげな面持ちで俺の耳もとに口を寄せてくる。

「アスタよ。この上に掛かっている白い乳のようなものは、ダバッグという町で見たものと似ているような気がするな」

「うん。たぶんあれも、酪っていう食べ物の一種だったんだと思うよ。あっちはカロンで、こっちはギャマだけどな」

遥《はる》かなる昔日《せきじつ》、俺たちはダバッグの町でさまざまなカロン料理を口にすることになった。そのときに、この「酪」と呼ばれるものとよく似た料理を食する機会があったのだった。

（あれはたしか、カロンの乳を腸詰《ちょうづ》めにして発酵させたものだって話だったよな。あれは甘くないヨーグルトみたいな感じで食べやすかったけど、こいつはどうだろう）

そして、その下に隠されているのも、未知なる食材であるのだ。俺はこれまで以上の期待感と好奇心《こうきしん》をかきたてられながら、その料理を口にすることになった。

端のほうをフォークで刺《さ》してみると、やわらかい感触《かんしょく》が伝わってきた。そっと引き上げると、四角く切られた平たい野菜の断片《だんぺん》が引き剥《は》がされる。厚みは五ミリていどで、ソースの掛かっていない裏側を確認しても、野菜自体が白色であったので新しい発見はなかった。

それで、表皮を剥ぎ取られたその下には、同じ野菜の層が見える。これは五センチ四方にカットした野菜を重ねて盛りつけた料理であるようだった。

（やわらかく煮込まれているのか、それとも、もともとこのやわらかさなのか……食べてみないことには、わからないな）

ということで、俺は白いソースをまぶされた白い野菜をひと口で食してみた。とたんに、思いも寄らぬ香気が炸裂《さくれつ》して、俺は面食らってしまう。乳製品のような酸味を予想していたのに、そこには香草であらゆる風味が追加されていたのだった。

（そうか。ヴァルカスがただの酪だけで終わらせるはずがないよな）

以前も俺は、ヴァルカスの作る野菜料理で度肝《どぎも》を抜《ぬ》かれることになったのだ。今回はシャスカと肉料理をつなぐ舌を休めるための料理なのかなと、油断したのが浅はかであった。それは以前に食した香りの爆弾《ばくだん》にも匹敵《ひってき》する、複雑きわまりない味わいであった。

もはや、ギャマの酪がどのような食材であるのかも想像するのは難しい。それは確かに酸味を主体にしていたが、そこには乳の発酵だけではなくママリア酢《ず》や果実や香草の酸味までもが加えられているように感じられた。

そして、その酸味のとがり具合に膜《まく》をかぶせるように、まろやかな甘みも感じられる。俺に知覚できたのは、パリムの蜜とミンミの果汁《かじゅう》の風味であった。

なおかつ、塩気と辛みもそれなりにきいている。さきほどのシャスカでもわずかに感じた、山椒《さんしょう》を思わせるややシャープな辛みだ。そこに付随《ふずい》する香気が、わずかな苦みをも引き連れているようだった。

それで未知なる食材のほうは、しゃくしゃくとした噛みごたえが非常に心地好《ここちよ》い。ギャマの酪をベースにしたソースがあまりに鮮烈《せんれつ》な味わいであるために、野菜そのものの味は判別できない。ただ、この食感とソースの味は、見事に調和しているように感じられた。

（なんだろう。でもこの食感は、すごく懐かしい感じがするぞ）

ちょっとお行儀が悪かったが、俺は表面のソースがかかった分をかきわけて、内側の野菜を発掘《はっくつ》してみた。色は白くて、正方形。もとの形がどのようなものであるかは、さっぱりわからない。表面はすべすべで、ほんのうっすらと葉脈らしきものが確認できる。

さらに観察してみると、厚みが均等でないということが判別できた。厚い部分が五ミリていどで、薄い部分は二、三ミリだ。さっきのは全体的にもっと厚みがあるように思えたが、今回のやつは薄い部分が重力に負けてしんなりと頭を下げていた。

（ってことは、この厚みはカットされたものじゃなく、もともとの形状なんだろうな。葉脈らしきものも見えるから、ティノみたいな葉物の野菜ってことか）

俺はその野菜を、ソースをつけぬまま食してみた。すると、驚くべき甘さが口の中に広がった。さきほど感じたパナムの蜜とミンミの甘さは、この野菜からもたらされるものであったのだ。

（まいったな。きっとこれは、パナムの蜜やミンミの果汁に漬《つ》け込まれたものなんだな。これ

じゃあもともとの味もわからないや）

　では、俺が感じるこの既視感《きしかん》は何なのだろう。味が不明ということになると、残るはこの食感だ。しゃくしゃくとしていて、とても水気が豊かである。その味わいが、メイプルシロップと桃《もも》のごとき甘さであることを差し引くと――かろうじて、白菜のような食感かもしれないという解答を得ることができた。

（実際のところは、どうなんだろう。もしも白菜みたいな食材なんだったら、俺も扱《あつか》わせてほしいもんだ）

　そんな風に考えていると、ポルアースの「ううむ！」という声が聞こえてきた。

「これはまた不思議な味わいだね！　でも、どれがティンファでどれがレミロムなのかな？」

「表面を覆《おお》っているのがティンファ、中央に隠されているのがレミロムになります」

　まだ内側に別の食材が隠されているのかと、俺は食べながら発掘してみることにした。それほどボリュームのある料理ではないので、三枚ぐらいもティンファの層をめくりあげると、その中央に隠されていたレミロムがあらわになった。

「あら可愛い。子供のような団子ね」

　エウリフィアが、はしゃいだ声をあげている。確かにそれは、まん丸の形をした団子であった。直径は、三センチていどのものであろう。色は深みのあるグリーンで、それにソースをまぶして食すると、くしゃりと簡単にほどけて独特の心地好い食感を与えてくれた。そしてやっぱり、菓子のような甘さが加えられている。しかも今度は、煮詰《につ》めてジャムにしたミンミが一《いっ》緒《しょ》に練り込まれているように感じられた。

「ティンファもレミロムも、他の野菜にはない食感を有しており、なおかつ甘さと調和する食材であるかと思われます。わたしの作製するギャマの酪の味つけには、これらの野菜がもっとも相応しいと考えています」

「それじゃあ、ティンファやレミロムという野菜が手に入らないときは、別の野菜を代わりに使っているのかしら？」

「はい。甘く煮込んだティノやネェノン、それにチャムチャムなどを使うことが多いです」

そのように述べてから、ヴァルカスが俺のほうに視線を向けてきた。

「アスタ殿《どの》はティンファとレミロムについて、どのように思われますか？」

「はい。とても美味だと思います。ただ、さまざまな味つけがほどこされているために、ティンファやレミロムの元々の味というのはさっぱり見当がつきませんけれど」

「そうですか。……アスタ殿がそれらの食材を使って美味なる料理を作製することは難しいでしょうか？」

「え？　それはまあ、実際に取り組んでみないことにはわかりませんが……でも、これは希少な食材なのでしょう？」

「はい。ですが、他の料理人もティンファとレミロムを求めるようになれば、貴族の方々もバルド地区との通商を活性化するよう前向きに考えてくださるかもしれません。その一助となるのでしたら……アスタ殿にもティンファとレミロムをおわけすることは……必要な措置《そち》となるのでしょう……」

と、胸《むな》もとに手を置いて、とても苦しげに眉をひそめるヴァルカスである。希少な食材を分け与えるのは苦痛であるが、長い目で見れば多くの人間にこの味を知ってもらうべき――という板ばさみの心情であるのだろう。そういうところも、相変わらずのヴァルカスであった。

「今のところ、ククルエル殿がバルドから買いつけてきた食材は、ヴァルカス殿の他に買い手がついていないのだよね。いちおう半分ぐらいはまだ食料庫に保管しているのだけれども、またアスタ殿がそれを市井《しせい》に広める役を担《にな》っていただけるのかな？」

ポルアースの言葉に、俺は「はい」とうなずいてみせる。

「まだどのような食材であるのかはわかりませんが、それほどクセは強くないように思えますので。お許しをいただけるなら取り組んでみたいと思います」

「それじゃあ、ぜひとも吟味《ぎんみ》していただきたいところだね。バルドとの商いに関しては、東の方々にも大いにご活躍《かつやく》いただきたいが、我々としてもフワノを持て余してしまっているので、これまで縁《えん》のなかった土地と大きな取り引きができれば非常にありがたいのだよ」

それはつまり、ジェノス領内では取り引きが激減してしまったフワノを引っさげて、新規の顧客《こきゃく》を開拓《かいたく》したいということなのだろう。卓《たく》の逆側の端からは、トルストもすがるような目で俺を見つめていた。

「バルドというのは、ジェノスから荷車で半月ていどの場所であったかな、ククルエル殿？」

「はい。その途中《とちゅう》にある河川から、ジェノスの方々は生きた魚を買いつけているというお話でしたね。その河川にそって北西に進めば、バルドの内海に行き当たります」

「なるほどなるほど。そこまでの行路が確立されていれば、行き来するのも難しくはなさそうだ。では、アスタ殿、よければまた食材の吟味というやつを正式に依頼《いらい》させていただくよ。ティンファとレミロムの他にも、いくつかの食材があったはずだからね」

「はい。了解《りょうかい》いたしました」

すっかり雑談が長引いてしまったところで、ヴァルカスが一礼した。

「では、肉料理を仕上げて参りますので、しばしお待ちください。こればかりは、わたしの手が必要となりますので」

俺たちもまだ野菜料理を食べかけであったので、それを大事に食しながら、ヴァルカスの帰りを待つことになった。

こちらの卓ではポルアースとメリムが、あちらの卓ではエウリフィアが中心となって、話に花を咲《さ》かせている。東の民も森辺の民も口数は多くないので、自然とこういう場では貴族の人々が取り仕切る格好になるのだ。

「……シュミラル、あなた、神を乗り換《か》えたと聞いて、驚きました」

そんな中、アリシュナがシュミラルに語りかけているのが、俺には印象的であった。

「私、一族、シムを追放されました。でも、セルヴァ、神を乗り換えること、ありませんでした。だから、余計にそう思うのかもしれませんが……神、乗り換える、どのような気分ですか？」

シュミラルは、口もとに手をやって考え込《かんがこ》んだ。その隣《となり》で、ヴィナ＝ルウは卓に目を伏せている。さすがのアリシュナも、まさかシュミラルに故郷を捨てさせる決断をさせた張本人が隣に座しているとは、夢さら思っていないのだろう。俺としては、ちょっと目を離《はな》せないやりとりであった。

「そうですね。……神、乗り換えても、私、シムで生まれた、事実、消えません。感謝、気持ち、永遠です」

「では、なおさら、つらくはありませんか？」

「つらいこと、ありません。森辺、新しい生、幸福です。この幸福、もたらした、セルヴァなのですから、私、西方神の子、迷い、ありません」

「そうですか。……あなた、とても強い人間なのですね。私、感服いたしました」

「自分、強いか、わかりません。ただ、変わり者、よく言われます」

シュミラルは、うっすらと微笑んだ。その行為《こうい》もまた、自分はすでに西の民であるという意思表明のようなものである。アリシュナは眩《まぶ》しいものでも見たように目を細めながら、それを見つめ返していた。

「シュミラル、あなた……」

「はい、何でしょう？」

「……いえ。望まぬ人間、星の動きを伝える、禁忌でした。あなた、星の行方《ゆくえ》、知りたいと願いますか？」

「いいえ。自分の運命、自分の手、切り開きたい、願います」

「そうですか」と言うなり、アリシュナは口をつぐんでしまった。シュミラルの隣で、俺はこっそり息をつく。ヴィナ=ルゥは、まだ静かに卓の上を見つめていた。

その後は、メリムがククルエルに旅の話をせがみ、いい加減に誰《だれ》の皿も空になった頃、ようやくヴァルカスが戻《もど》ってきた。ヴァルカス自身も台車を押しており、その後から三名の人間も続いてくる。このたびは、タートゥマイがボズルに入れ替《か》えられていた。

「お待たせいたしました。こちらが肉料理となります」

銀の蓋がかぶせられた皿が、各人の前に置かれていく。その際に、ボズルが笑顔で礼をしてくれた。ヴァルカス一派の中で、南の民であるこの御仁《ごじん》だけはとても気さくなのである。リミ＝ルウなどは、とても嬉《うれ》しそうに微笑みを返していた。

「こちらは、『三種の肉の香味《こうみ》焼き』です」

蓋が外されると、これまでにもっとも鮮烈な香りがたちのぼった。これまでは、シャスカを除けばみんな冷製の料理であったため、そこまで食前に香気が強調されることもなかったのだ。

その皿には、確かに三種の肉が載《の》せられていた。細長い形状をした三種の肉が、中心で頭をあわせるように、放射状の形で配置されている。その隙間《すきま》には色とりどりの野菜と香草が盛りつけられて、その全体に渦《うず》を巻くようにして暗緑色のソースが掛けられていた。

「いやあ、これは見るからに豪勢《ごうせい》だね！」と、ポルアースを筆頭に城下町の人々が歓声《かんせい》をあげている。もちろん、俺も同じ気持ちであった。

「これはいったい、何の肉なのでしょう？」

ククルエルが問いかけると、台車の片付けを弟子《でし》たちに一任したヴァルカスが振り返る。

「カロンの背中の肉、キミュスの胸の肉、そしてエラウパの肉となります」

「エラウパ？」

「さきほどのお話で出ました、川魚のひとつです」

確かにそこには、魚の切り身と思《おぼ》しきものも鎮座《ちんざ》ましましていた。白身の魚であるようだが、表面はこんがりとキツネ色に焼かれている。たしか、ライギョに似た巨大魚《きょだい》はギレブス、イワナに似ているのはリリオネであったから、これは残る二種の川魚――クロダイかイラブチャーに似た魚のどちらかであるのだろう。

(けっこう厚みがあるから、イラブチャーみたいなやつのほうかな。さばけば、普通《ふつう》に美味《うま》そうだ)

そしてそれと並べられているのは、赤褐色に焼けたカロンの肉と、白みがかったキミュスの肉だ。どちらも一・五センチぐらいの厚みで切り分けられており、キミュスの肉には皮もついている。この焼き目の具合からして、窯《かま》焼きの料理であるように思えた。

「キミュスとカロンと川魚の肉をいっぺんに使うなんて、さすがはヴァルカス殿だね！　このような料理は、見たこともないよ！」

「恐縮《きょうしゅく》です。……どうぞお熱い内にお召し上がりください」

これには、ナイフとフォークが必要であるようだった。俺は森辺のみんなのために、先陣《せんじん》を切って食器を取り上げてみせる。そうして俺がお手本を示してみせると、アイ＝ファたちも見よう見まねで料理を切り分けていった。

まずは無難に、キミュスの胸肉からである。ササミのように淡白《たんぱく》な胸肉であるが、皮さえついていれば味気ないことはない。それに、これだけ香りが豊かで「香味焼き」と銘打《めいう》っているのだから、物足りなさなど心配する必要はないはずだった。

付け合せには実にさまざまな野菜が使われていたが、まずは肉だけを口に運んでみる。そうすると、想像を上回る芳醇《ほうじゅん》な香気が口の中に広がっていった。さきほどは酸味が主体であったが、今度は何と表現しようもない。ヴァルカス流の、複雑きわまりない味つけだ。

甘《あま》いし、辛いし、苦いし、酸《す》っぱい。めくるめく味と香りの奔流《ほんりゅう》である。前菜からさまざまな香草を使いまくっているのに、最後まで飽《あ》きが来ないというのも、ヴァルカスならではの手腕であった。

どの味つけにも、執拗《しつよう》なまでの工夫《くふう》が凝《こ》らされている。甘さひとつを取っても、砂糖と蜜と果実の甘さと、さらに香草の甘い香りがブレンドされていた。

辛さの主体は、唐辛子系だ。しかし、チットの実やイラの葉の単体ではなく、そこに色々な香気が組《く》み込まれている。ベースはチットの実であったとしても、それを引きたてたり、他の味つけと調和させるのに、何種もの香草が使われているのだった。

酸味はママリアの風味が強いが、またギャマの酪だって使われているかもしれない。

苦みもギギの葉だけではなく、見知らぬ渋《しぶ》みが加えられている。魚の肝《きも》だとか、シムの薬酒だとか、ヴァルカスは俺の扱わない食材も多々使用しているのである。その正体を探《さぐ》ろうとしたところで、詮無《せんな》きことであった。

「これは美味だね！　まさしく文句のつけようもないよ！」

「こちらの魚も、とても美味です。なんとも不思議な味つけですね」

ポルアースとメリムの夫妻が、昂揚《こうよう》しきった声をあげている。その正面では、ヴィナ＝ルウとシュミラルもそれぞれ目を見張っていた。

「驚きました。このような料理、初めてです」

「本当ねぇ……口では説明のしようもないわぁ……」

それらの声を聞きながら、俺がカロンの肉を食してみると、まるで異なる料理を食したかのような驚きに見舞《みま》われることになった。

カロンは、キミュスよりも味が強い。上質な牛肉を思わせる肉質である。その存在感を決して殺さず、カロン肉の旨《うま》みを最大限まで引き出しているかのような、そんな感覚であった。

（なんか、いきなり印象が変わったような気がするけど……ソースは、同じものだよな）

ちょっと悩《なや》んでしまったが、別々に作られた料理でないことは明らかであった。キミュスの胸肉を食したときと同じ風味、同じ複雑さでありながら、カロン肉の存在が加わることで、非常な変化がもたらされたのだろう。

何となくドキドキしながら川魚の切り身にも手をつけてみると、同じ驚《おどろ》きが俺を待ち受けていた。今度はこの食材にあつらえたかのように、ソースや香草の味と香りが調和されている。何か、頭が混乱してしまいそうな感覚であった。

（これでキミュスの胸肉に戻ったら、今度は物足りなく感じちゃうんじゃないか？）

そのようにも思ったが、それはとんだ考え違《ちが》いであった。一巡《ひとめぐ》りしてキミュスの肉を食してみると、今度はそれこそがベストマッチであるように思えてしまうのである。キミュスの肉のやわらかい食感と、油分が豊かで香《こう》ばしく焼けた皮の食感に、複雑な味つけが見事に調和している。キミュスの肉ならではの美味《おい》しさだ。

それでいて、カロンやエラウパを食してみると、これこそが至高と思えてしまう。これでは、堂々巡《どうどうめぐ》りであった。

（よく考えたら、カロンとキミュスと川魚を同時に使って、しかもそれを全部主役に仕立てあげるなんて、普通の話じゃないんだよな）

ちょっと気持ちをなだめるために付け合せの野菜を食べてみると、そちらも抜群《ばつぐん》に美味であった。

ティノ、ネェノン、プラ、マ＝プラ、チャムチャム、ロヒョイ、チャン――使われている野菜は、それぐらいのものであろうか。それぞれ、キャベツ、ニンジン、ピーマン、パプリカ、タケノコ、ルッコラ、ズッキーニのような野菜たちだ。そこに、キクラゲのようなキノコやブナシメジのようなキノコと、あとはさまざまな香草が使われている。

香草は、細切りにされて一緒に窯焼きにされていたり、あらかじめ焼いて粉末にされたものが加えられていたりと、さまざまであった。そしてヴァルカスのことだから、風味づけのためだけに使った香草は、窯焼きにした後で取り除いているのだろう。この場で確認《かくにん》できる香草だけで、この複雑な風味を出せるとはとうてい思えなかった。

さらに、料理全体に掛けられているソースにも、各種の調味料と香草は使われている。さらにさらに、肉や野菜は窯焼きにされる前に、何らかの下ごしらえがされているはずであった。ソースとは別種の漬け汁《じる》に漬け込んだりと、それぐらいの細工はほどこされていることだろう。

それだけの手間をかけた上での、この完成度であるのだ。最後の最後で、俺はまたヴァルカスの力量を思い知らされた心地《ここち》であった。

「……アスタよ、これはいっぺんに食べるのが一番正しいのやもしれぬぞ」

と、アイ＝ファがこっそり囁《ささや》きかけてきた。

「え？」と振り返ると、アイ＝ファが自分のフォークの先端《せんたん》を指し示してくる。そこには、カロンとキミュスとエラウパの身が少量ずつ串刺《くしざ》しにされていた。

「ククルエルという男がこのような食べ方をしていたので真似《まね》てみたら、これが一番美味《うま》かった。むろん、別々に食べても美味であることに変わりはないがな」

俺はいくぶん言葉を失いつつ、アイ＝ファの指示に従ってみた。すると、アイ＝ファの言葉がまぎれもない真実であったことが知れた。今度は三種の肉たちまでもが、おたがいの存在を引き立て合いつつ、調和していたのである。

その後に、今度は二種ずつですべての組み合わせを試してみると、呆《あき》れたことに、すべてが比較《ひかく》もできないぐらい美味だった。俺はもう心の底から脱帽《だつぼう》して、もはや魔法《まほう》にかけられたかのような心地である。

「……お口にあいましたでしょうか、アスタ殿？」

ヴァルカスがぼんやりとした声で呼びかけてきたので、俺は「もちろんです」と応じてみせた。

「やっぱり数ヶ月も経《た》つと、驚きというものは薄《うす》れてしまうものなのですね。初めてヴァルカスの料理を食べたときと同じぐらい、大きな驚きに見舞われてしまっています」

「そのように言っていただけて光栄です」

やっぱりヴァルカスのほうは、何の感情も浮《う》かべてはいなかった。

ただ、その瞳《ひとみ》は俺だけを一心に見つめているようだった。

4

「最後の菓子《かし》は、『筒焼《つつや》き』となります」

シリィ＝ロウと老女によって、最後の皿が並べられていく。そこには、前菜とそっくりの見た目をした菓子が重ねられていた。色合いも黒褐色《こつかつしょく》で、外見上は何の変化もない。ただ、織布《しょくふ》に包んで持ち上げてみると、たちまち菓子らしい甘い香りが感じられた。

「ああ、ほっとする味だねえ。さんざん驚かされた舌や胃袋《いぶくろ》をなだめられているような心地だよ」

実に的確な感想を、ポルアースが述べていた。前回も、ヴァルカスの出した菓子はこういう優《やさ》しい味わいであったのだ。

しかしそれでも、緻密《ちみつ》な計算によって組み立てられた味なのだろう。黒フワノのサクサクとした食感と、パナムの蜜の豊かな風味、それにシナモンを思わせる甘い香りが絶妙《ぜつみょう》にマッチしている。そして、ラマンパの実か何かを混ぜているのか、ときたまピーナッツのような食感が感じられるのがとても心地好かった。

「あの、こちらに使われているのは、カロンではない獣《けもの》の乳なのでしょうか？」

向こうの卓からマイムが質問すると、ヴァルカスは「はい」とうなずいた。

「先日、雌《めす》のギャマを一頭だけ手に入れることができましたので、その乳を使っています。ギャマには果実しか与えておりませんので、悪い風味などは出ていないかと思いますが」

「はい！　とてもまろやかな風味ですね！　わたしは大好きです！」

「……これをカロンの乳でないと見分けられる方は、そうそう存在しないことでしょう。さすがはミケル殿のご息女です」

ヴァルカスがそのように述べると、マイムは「いえ」と笑顔《えがお》で首を振った。

「最初に気づいたのは、トゥール＝ディンです。トゥール＝ディンに言われなければ、わたしも気づかなかったかもしれません」

俺の位置からは、トゥール＝ディンの小さな背中しか見えない。ただ、その手はマイムの衣《ころも》服をつかみ、とてもあわあわしているように感じられた。

「トゥール＝ディン殿……あなたがオディフィア姫《ひめ》に菓子をお届けしているという、森辺の料理人であられたのですね」

ヴァルカスは、感情の読めない目でトゥール＝ディンのほうを見た。

「弟子のシリィ＝ロウから、話はうかがっています。かつての茶会の味比べでも、あなたはシリィ＝ロウに勝利されたそうで。そのお若さで、実に大した腕前《うでまえ》です」

「い、いいえ、とんでもありません……」

椅子《いす》の背もたれで見えなくなってしまうぐらい、トゥール＝ディンは身を縮めた。シリィ＝ロウは、ヴァルカスの背後で無表情に目を伏せている。そんなシリィ＝ロウを一瞬《いっしゅん》だけちらりと見やってから、ヴァルカスはさらに言葉を重ねた。

「わたしは食卓《しょくたく》で主役を飾《かざ》る菓子に関しては、なかなか腕《うで》を磨《みが》く時間を取れません。そんなわたしがあなたと味比べをしても、おそらくはひとつの星も奪《うば》えないことでしょう」

「ええ？　まさか、そんなことは……」

「ですが、シリィ＝ロウは菓子に関しても他の料理と同じぐらいに研鑽《けんさん》をしています。あなたがたが腕を競《きそ》い合い、またとなく美味なる菓子を作りあげてくれることを、わたしは楽しみにしています」

シリィ＝ロウがハッとしたように面を上げて、ヴァルカスの背中を見つめた。そうしてすぐにそっぽを向くと、手の甲《こう》で目もとをこすり始める。その目が再びこちらを見る前に、俺は視線を外しておくことにした。

「しかし、六種の料理の締《し》めくくりとしては、何の不満もない菓子だったよ！　姫君《ひめぎみ》たちの食する菓子に関してはお弟子におまかせして、ヴァルカス殿にはこれからも美味なる料理を作り続けていただきたいものだね」

ポルアースが言葉をはさむと、ヴァルカスは「恐縮です」と頭を下げた。

「それではすべての料理をお食べいただきましたので、弟子たちとともにご挨拶《あいさつ》をさせていただきたく思います」

「うん、よろしくお願いするよ！」

老女が一礼して、部屋を出ていく。それからすぐにボズルとタートゥマイがやってきて、シリィ＝ロウの横にずらりと立ち並んだ。非正規の助手であるロイは、やはり姿を現さないようだ。

「本日の料理は、わたしども四名で作らせていただきました。右から、タートゥマイ、ボズル、シリィ＝ロウです。タートゥマイはシャスカ料理と野菜料理、ボズルは肉料理、シリィ＝ロウは前菜と菓子に関して、主にその力をふるってもらいました」

「ボズル殿とシリィ＝ロウ嬢《じょう》には、僕の家の舞踏会《ぶとうかい》でもぞんぶんに腕をふるっていただいたね。あれも実に見事な出来栄《ば》えであったよ」

「はい。彼《かれ》らの力なくして、一日に二十名様分の料理を作ることはかないません。わたしにとっても、かけがえのない弟子たちです」

感情の見えないヴァルカスであるが、その言葉が上っ面《つら》のものでないということは感じ取ることができた。タートゥマイは無表情に、ボズルは笑顔で、シリィ＝ロウは決然とした面持ちで、それぞれヴァルカスの言葉を聞いている。

「彼らはすでに、ひとりひとりが店を出せるほどの力量であることでしょう。今後も我ら四名をお引き立ていただければ幸いです」

「うんうん。こちらこそ、何かの折にはまたよろしくお願いするよ。……《黒の風切り羽》と森辺の方々にも、ご満足いただけたかな？」

「はい。わたしたちがシムやさまざまな土地から持ち帰った食材をこのように素晴《すば》らしい料理に仕立てていただけて、非常に誇《ほこ》らしく思っています。次の来訪は半年以上も先のことになるかと思いますが、またご満足のいただける商品をお届けいたしましょう」

ククルエルが如才《じょさい》なく答えると、ヴァルカスはまた礼儀《れいぎ》正《ただ》しく一礼した。

「《黒の風切り羽》の方々には、生きたギャマを始めとするさまざまな食材を届けていただいていますので、心より感謝しております。またのちほど、食材の取り引きについてご相談させていただきたく思います」

そして今度は、森辺の民の番であった。代表者として、ヴィナ＝ルウがヴァルカスに向きなおる。

「あなたがたの料理は、ルウ家でもたいそうな評判になっていましたわぁ……わたしは妹たちのように立派なかまど番ではないけれど……外の世界には、こんなにも不思議な料理が存在するのだということを、心から思い知らされた気分です……」

「光栄です。……アスタ殿からも、お言葉をいただくことはかなうでしょうか？」

「はい。自分も心から感服いたしました。異国生まれの自分や、シムの方々や、森辺で生まれ育った方々の全員が美味と思える料理を作れるなんて、本当にすごいことだと思います」

「……それは、アスタ殿にもそのまま当てはまるお言葉ですね」

ヴァルカスはちょっぴりだけ首を傾《かし》げながら、そのように述べてきた。

「わたしもまた、アスタ殿の料理を口にしたいと願っています。また城下町で料理をお作りになるご予定などはないのでしょうか？」

「ええ、今のところは」

それを決めるのは、俺《おれ》自身でなく城下町の方々である。そのように思ってポルアースのほうに目をやると、彼はいくぶん困り気味に眉《まゆ》を下げていた。

「僕たちも、アスタ殿を城下町に招きたくてうずうずしているのだけれどね。今はちょっと、時期を見ているのだよ」

「時期ですか？」と、ヴァルカスがいぶかしげに眉をひそめる。

「うん。雨季が明けたら、すぐにでも王都の視察団がやってくるものと考えていたのだけれども、いまだに音沙汰《おとさた》がなくてねえ。できれば、視察団の方々をやりすごしてから、心置きなくアスタ殿を招きたかったのだよ」

「……王都の方々が来訪されていると、何かご都合が悪いのでしょうか？」

ククルエルが不思議そうに口をはさむと、ポルアースは眉を下げたまま微笑んだ。

「うん、まあ、アスタ殿に限らず、森辺の民というのは特別な経緯《けいい》でジェノスの民となっているので、あまり王都の方々の目には触《ふ》れさせたくないのだよ。なおかつ、森辺の民を料理人として城下町に招いているなどと知れてしまったら、余計に注目を集めてしまいそうだしね」

「ああ、なるほど……確かに王都の方々には、森辺の民のありようというのは理解し難《がた》いのかもしれませんね」

ククルエルは、それで納得《なっとく》できたようだった。むしろ、ヴァルカスを始めとする料理人の面々のほうが、うろんげな面持ちになっている。

「よくわかりませんが、王都の方々がジェノスにやってきて、また帰っていくまでは、アスタ殿を城下町に招くこともないということですか」

「うん。僕とメルフリード殿は、そのように考えているよ」

「そうよね。オディフィアだってトゥール＝ディンを茶会に招きたがっているのに、しばらくは我慢《がまん》しなさいとたしなめられてしまっているのよ。……あと、ディアル嬢も同じことを言っていたわね」

エウリフィアが、笑いを含《ふく》んだ声でそう発言した。

「アスタはディアル嬢にも、晩餐《ばんさん》をふるまうと約束したのでしょう？　それをわたしの伴侶《はんりょ》たちにたしなめられてしまったものだから、オディフィアと同じぐらいふくれてしまっていたわよ」

「あ、そうだったのですか。それは知りませんでした」

ここ最近は、ディアルも屋台に姿を現していなかったのだ。俺と顔をあわせていれば、きっと遠慮《えんりょ》なくぼやいていたことだろう。

「まあ、王都の視察団がやってくるのは年に二回ほどだからね。一回やりすごしてしまえばしばらくは静かになるので、そのときはまたよろしくお願いするよ、アスタ殿。それに、ルウ家の方々やトゥール＝ディン嬢もね」

「はい。了解いたしました」

「では、それまではわたしも自分の研鑽に励《はげ》むことにしましょう」

ヴァルカスが、ふっと息をつく。表情はまったく変わっていないが、とても残念がってくれている様子である。

「それじゃあ、あの……ヴァルカスを森辺にお招きするというのも、今は差し控《ひか》えたほうがいいのでしょうか？」

俺が問いかけると、ポルアースはきょとんと目を丸くした。

「いや、それはべつだん気にする必要もないと思うけれど……でも、ヴァルカス殿が城下町を離れることなどあるのかな？」

「ありません」と、ヴァルカスはあっさり言った。

「わたしは極力、城下町を出ないように心がけておりますし、今後も出ることはないでしょう。アスタ殿が城下町に招かれる日を待たせていただきたく思います」

すると、ボズルが笑い声をあげた。

「確かに、ヴァルカスが城下町を出るなどと言いだしたら、我々も気が気でないでしょうな。

ヴァルカスは繊細《せんさい》にできておられるので、城下町の市場にさえ、なかなか足を運べないほどであるのです」

そのように語りながら、ボズルがシリィ＝ロウのほうを見た。

「シリィ＝ロウは、森辺の集落に出向いたこともあったのだよな。ヴァルカス殿をそこにお連れすることなど、可能であると思えるかな？」

「と、とんでもありません。ヴァルカスがあの地に出向いたら……きっと、料理を口にする前に目を回してしまいます」

そんな風に言いたてから、シリィ＝ロウは慌《あわ》てた様子で俺たちのほうを振《ふ》り返ってきた。

「あ、別に、あなたがたの生活を蛮《ばん》なるものと貶《おとし》めているわけではないのですよ？　そうではなくって、ヴァルカスは……人混みにまぎれるだけで気分を悪くされてしまうような気質であるのです」

それでは確かに、森辺の宴《うたげ》の熱気にあてられるだけで、卒倒《そっとう》してしまうかもしれない。残念ながら、ヴァルカスを森辺に招待するというプランは断念せざるを得ないようだった。

「では、俺も城下町に招いていただける日を待たせていただきたく思います。……あ、シリィ＝ロウは、いかがですか？」

「はい？　何がでしょう？」

「またいずれ、町の方々を森辺にお招きしたいと考えているのです。そのときに、シリィ＝ロウをお招きしてもご迷惑《めいわく》ではないでしょうか？」

シリィ＝ロウは身をのけぞらしつつ、ものすごい勢いで目を白黒とさせた。

「ど、どうしてわたしを？　誘《さそ》う相手を間違《まち》えているのではないですか？　ロイをお誘いしたいのでしたら、後でお伝えしておきます」

「ロイもですが、シリィ＝ロウもお招きしたいと考えています。せっかくご縁を持てた間柄《あいだがら》ですので」

シリィ＝ロウが困惑《こんわく》しきった様子で身体《からだ》をよじると、ボズルがまた大らかに笑った。

「シリィ＝ロウだって、森辺の集落にまた出向きたいと考えていたのだろう？　せっかくだから、お招きにあずかればいいではないか」

「わ、わたしは別に……きっと彼らには、疎《うと》まれていますし……」

「そんなことはありません。あなたがたをお招きすることができたら、とても嬉しく思います」

と、ずいぶんひさびさにレイナ＝ルウが発言した。もちろんあちらの卓では色々と会話を繰《く》り広げていたのであろうが、俺がその声を聞くのはひさびさであったのだ。

「ミケルとマイムもいまだルウ家の集落に留《とど》まっておりますし、あなたがたにとっても得られるものはあるのではないでしょうか？　ぜひ、前向きにお考えください」

「だ、だけど……」

「わたしもシリィ＝ロウが来てくださったら、とても嬉しいです。料理の話を抜きにしても、あなたとは縁を深めたいと願っています」

シーラ＝ルウも、穏《おだ》やかな声でそのように述べたてた。そういえば、以前の歓迎《かんげい》の祝宴《しゅくえん》において、シーラ＝ルウは何かとシリィ＝ロウの面倒《めんどう》を見ていたような記憶《きおく》がある。シリィ＝ロウがもじもじしながらうつむいてしまうと、ボズルが笑顔で「ふむ」と腕を組んだ。

「できることなら、わたしもお招きにあずかりたいところですな。森辺の集落でギバがさばかれているのなら、それをこの目で見てみたいと願っていたところであるのです」

「ボズルは、ギバ肉の加工に興味がおありなのですか？」

「ええ。城下町でも、ついにギバの生鮮肉《せいせんにく》の取り引きが開始されるのでしょう？　それでしたら、ギバがどのような手順で肉とされていくのか、それを知っておくべきだと思うのです」

ボズルは肉の仕入れに関して、ヴァルカスから一任されている立場であるのだ。俺たちがダバッグでカロンの牧場を見学したいと願ったような、そういう心境であるのかもしれなかった。

「……あなたがたも、いずれギバの肉を扱うようになるのですね？」

真剣《しんけん》そうな響《ひび》きをおびたレイナ＝ルウの言葉に、ヴァルカスは「はい」とうなずいた。

「城下町ではすでにギバの燻製《くんせい》肉や腸詰《ちょうづめ》肉といったものが流通しておりましたが、いずれ生鮮肉を扱えるのであれば、むやみに手を出すべきではないと考えておりました。生鮮肉の定期的な流通が認められたのなら、それはわたしにとっても大きな喜びです」

「そうですか……あなたがたがギバの肉を使ってどのような料理をこしらえるのか、わたしも心待ちにしています」

席が遠いので表情までは確認できなかったが、レイナ＝ルウの声には非常な緊張感《きんちょう》がふくまれているように感じられた。俺もなんだか、背筋がむずむずするような心地を味わわされてしまっている。ヴァルカスがギバ肉を扱ったら、いったいどのような料理ができあがるのか。森辺のかまど番であれば、そこに注目しないわけにはいかなかったのだった。

「料理人同士でも交流が深まっているようで、何よりだね。今後も素晴らしい料理をお披露目《ひろめ》してくれることを楽しみにしているよ」

ポルアースが、笑顔で酒杯《しゅはい》を取り上げる。

「それでは、食後の酒を楽しみながら、我々も交流を深めさせていただこうか。城門の守衛には話をつけてあるので、一刻ばかりはお相手をお願いするよ、森辺の皆様方《みなさまがた》」

ポルアースの宣言通り、それから一刻ていどは歓談《かんだん》を楽しむことになった。

ポルアースやメリムの話術が巧《たく》みであるために、こちらの卓も大いに盛り上がったように思う。先日の舞踏会において、アイ＝ファがいかに美しかったか、シーラ＝ルウがいかにたおやかであったか、リミ＝ルウたちの作る料理や菓子がどれだけ美味であったか、アリシュナの占《うらな》いがどれだけ姫君たちに評判であったか――などなど、話題が尽《つ》きることもなかった。

それに、シュミラルとククルエルである。彼らは大陸中を駆《か》け巡《めぐ》っている身であるので、それこそ語りきれないほどの話題を有していた。シムにおける不思議な風習や、氷雪に閉ざされたマヒュドラの様相、西の王都アルグラッドの絢爛《けんらん》さなど、リミ＝ルウやメリムは目を輝《かがや》かせて聞き入っていた。

また、そうして会話を重ねることによって、ヴィナ＝ルウのククルエルに対する不審《ふしん》の念も完全に払拭《ふっしょく》できたようだった。ククルエルはむしろシュミラルに似たところがたくさんある人間だということを、ようやく実感することができたのだろう。途中からはヴィナ＝ルウも笑顔を見せながら、シムにおける草原の暮らしなどについて尋《たず》ねていた。

ただ、それとは別に、ヴィナ＝ルウが穏やかならざる様子を垣間見《かいまみ》せる瞬間《しゅんかん》があった。シュミラルとアリシュナが言葉を交《か》わす際に、ヴィナ＝ルウが過敏《かびん》に反応していたように見受けられたのである。

何も両者が、必要以上に親しげであったわけではない。ただ、もとは同じ『ジ』の一族であったという出自から、どこかに通ずるものがあったのだろう。なおかつ、シムの女性というのはこのジェノスにおいても非常に珍《めずら》しい存在であったため、それだけでもヴィナ＝ルウにとっては胸の騒《さわ》ぐ存在になってしまうのかもしれなかった。

「……シムの女衆というのは、みんなあなたのようにほっそりとしているものなのかしらぁ……？」

と、ついにはそのようなことをアリシュナに問うていたヴィナ＝ルウである。アリシュナは夜の湖を思わせる瞳でヴィナ＝ルウを見返しつつ、小首を傾《かし》げていた。

「申し訳ありません。私、セルヴァで生まれ育ったため、シムの普通、わかりかねます」

「ああ、そう……でも、幼い頃《ころ》には家族も一緒だったのでしょう……？」

「はい。母や叔母《おば》、痩《や》せていました。でも、私たち、貧しく、食事の量、少なかったため、太ること、難しかったと思います」

すると、リミ＝ルウを相手にトトスの話で盛り上がっていたククルエルが、ふっとヴィナ＝ルウのほうを振り返った。

「草原の民は、余計な肉を身につけることを醜《みにく》いと考えています。それは、肥え太ることが自《じ》堕落《だらく》の象徴《しょうちょう》とされているためです」

「ああ、やっぱりそうなのねぇ……」

「はい。ですがそれは、あくまで草原の習わしです。草原では娘《むすめ》たちもトトスに乗って仕事を果たすために、自然に肉体が研《と》ぎ澄《す》まされるという面もあるのでしょう。また、軽ければ軽いほどトトスに与《あた》える負担が少なく、肥え太った人間よりも多くの仕事をこなせるという意味合いも生じます」

そのように述べてから、ククルエルは優しげに目を細めた。

「しかしそれは、あくまで草原の習わしです。トトスに乗らぬ人間が痩せていても得になることはありませんし、セルヴァにおいてはあなたのような女性こそが美しいと見なされるのではないでしょうか？」

「ええ、本当に。森辺の女性はみんな見目が麗《うるわ》しいですけれど、ヴィナ＝ルウのようにお美しいお方を目にしたのは初めてかもしれませんわ」

と、メリムまでもが笑顔でそのように言いたてた。

「もしよろしければ、ヴィナ＝ルウもぜひ舞踏会などにお招きさせてください。あなたが城下町の宴衣装《うたげいしょう》を纏《まと》ったらどのような姿になるのか、想像するだけで胸が躍《おど》ってしまいますわ」

「いやあ、そのときはやっぱり殿方《とのがた》に同伴《どうはん》していただく必要があるだろうね。そうじゃないと、若い貴公子たちがこぞって彼女《かのじょ》の周りに集まってしまいそうだ」

ポルアースもまた、心から楽しそうに笑い声をあげる。それでもヴィナ＝ルウが不明瞭《ふめいりよう》な面《おも》持《も》ちで黙《だま》り込んでいると、ククルエルが静かな声で言った。

「何にせよ、重んずるべきは外見ではなく内面です。どれほど美しい外見をしていても、内面が澱《よど》んでいれば忌避《きひ》されることでしょう。東の民にとってもっとも重要なのは、その人間の星の輝き――魂《たましい》のありようであるのです」

「……魂のありよう……」

それだけつぶやいて、ヴィナ＝ルウは酒杯の果実酒に口をつけた。

その憂いげな横顔を見つめつつ、シュミラルは無言である。

そして、そんな両者の姿を、ククルエルはいつまでも穏やかな眼差《まなざ》しで見つめていた。


そうして一刻ばかりの時間はあっという間に過ぎ去って、俺たちは《銀星堂》を辞去することになった。

「ご来店ありがとうございました。またのお越《こ》しをお待ちしております」

いったん厨《くりや》に戻っていたヴァルカスたちにも見送られて、荷車に乗る。そこからは、さらに賑《にぎ》やかなひとときが待ちかまえていた。食堂では遠慮をしていた森辺のかまど番一同が、口々にヴァルカスの料理について論評し合うことになったのである。

「本当にもう、驚きのあまり声も出ませんでした！　いったいどうしたら、あのようにさまざまな味を組み立てることがかなうのでしょう？」

「そうですよね！　わたしもあれぐらい人の心を揺《ゆ》さぶれる料理を作りたいです！」

特に熱がこもっているのは、レイナ＝ルウとマイムであるようだった。ただしもちろん、俺や他のメンバーが平静であったわけではない。惑乱《わくらん》した気持ちがどれだけ表に出てしまったかの差にすぎないのだろう。

「わたしはヴァルカスのようになりたいと願っているわけではありません。……でも、あれだけ巧みに食材を扱《あつか》えるようになったら、もっともっと家族や同胞《どうほう》を喜ばせることができるようになるのでしょうね」

普段《ふだん》は静かなトゥール＝ディンも、何かを祈《いの》るような感じでまぶたを閉ざしながら、そのように述べていた。レイナ＝ルウはうんうんとうなずきながら、かたわらのシーラ＝ルウを振り返る。

「シーラ＝ルウも、同じ気持ちでしょう？　明日からまた頑張《がんば》ろうね！」

「ええ、もちろん。……でも、何をどう頑張ればいいのか、少し迷ってしまいますね」

「それは確かにそうだよね……ねえ、マイム。ミケルはヴァルカスほど香草《こうそう》を使う料理人ではなかったのですか？」

「使わないことはありませんが、宿場町に出回っている香草の半分ぐらいは見覚えのないものだと言っていました。父が料理人であった時代は、トゥラン伯爵《はくしゃく》に縁のある料理人しか手に入れることのできない香草であったのでしょう」

「ああ、そうか……アスタは、どのようにお考えですか？」

「そうだね。確かにヴァルカスの料理はすごいけど、それをそのまま真似る必要はないはずだから、俺たちは俺たちに扱える食材で勝負するしかないと思うよ」

そのように答えつつ、俺にも思うところはあった。

「ただ、香草ひとつで料理は格段に美味しくなったりもするからね。そういう意味では、もっと香草の取り扱いを学びたいなと考えてるよ。……だから俺は、ジーゼに教えを乞《こ》おうかなと考えてたんだ」

「ジーゼというのは、あの東の血を引く宿屋のご主人ですね？」

「うん。彼女は以前から個人的に色々な香草を買いつけていたみたいだから、そういう意味では城下町育ちのヤンやミケルよりも香草の扱いに長《た》けているんじゃないかと思うんだよね」

「なるほど！　そのときは、是非《ぜひ》わたしたちもご一緒《いっしょ》させてください！」

レイナ＝ルウは、まるで恋《こい》する乙女《おとめ》のように瞳をきらめかせていた。やっぱり調理技術の向上心がもっとも表に出やすいのは、レイナ＝ルウであるのかもしれない。すると、黙って話を聞いていたアイ＝ファが、いくぶん難しげな面持ちで声をあげた。

「お前たちが美味なる料理のために熱情を燃やすのはけっこうなことだが、あまり無茶《むちゃ》な真似をするのではないぞ？　私たちにとっては、ヴァルカスの作る料理よりもお前たちの作る料理のほうが、よっぽど美味であるのだからな」

「でも、ヴァルカスもギバの肉を買いつけるつもりだと述べていたではないですか？　わたしは……自分よりも美味なギバ料理をヴァルカスに作られたら、きっと心の底から悔《くや》しいと感じてしまいます」

レイナ＝ルウが、ムキになった様子で言い返す。彼女は意外と直情的な気性《きしょう》であるのだが、それがアイ＝ファに向けられるのは珍しいことであろう。すると、アイ＝ファのほうもいっそう難しげな面持ちになってしまった。

「その点についても、私はべつだん心配はしていない。私にとってもっとも美味に感じられるのは、やはり森辺のかまど番が同胞のためにこしらえた料理であるのだ」

「でも――――！」とレイナ＝ルウが身を乗り出そうとすると、シーラ＝ルウがその肩《かた》にそっと手を置いた。

「それはわたしも、同じように考えています。きっと森辺の民であれば、同胞のこしらえた料理こそがもっとも美味であると思ってくれることでしょう。……だからこれは、わたしたちの側の問題であるのだと思います」

「……食べる側ではなく、作る側の問題であるということか？」

「はい。わたしたちは、宿場町の民や城下町の貴族にも料理を作っている立場ですので……たとえばそれらの者たちが、アスタの作るギバ料理よりもヴァルカスの作るギバ料理のほうが美味であると評したら、アイ＝ファも多少は悔しく感じるのではないでしょうか？」

それはきっと、多少どころの話ではないだろう。アイ＝ファは、唇《くちびる》がとがってしまうのを懸《けん》命《めい》にこらえている様子であった。

「ですからわたしたちは、かなう限りの技量を身につけたいと願っています。決して無茶な真似はしませんので、どうかアイ＝ファもお見守りください」

「うむ……」

それでもアイ＝ファが仏頂面《ぶっちょうづら》でいると、トゥール＝ディンが何やら意を決したように発言した。

「わ、わたしはヴァルカスの料理を食べると、いつも心から驚かされてしまいます。だけど、決してアスタがヴァルカスに劣《おと》っているとは思いません。それはただ、食材のことを知り尽くしているかどうかという差にすぎないのではないでしょうか？」

「……うむ？　それはどういう意味であろうか？」

「ヴァ、ヴァルカスはもう何十年も、このジェノスで料理人として働いているのです。だけどアスタは、まだ森辺にやってきて一年ていどしか経っていません。しかも、アスタにとってはすべての食材が初めて目にするものであったのですよね？　その中から、自分の知っているものと似ている食材だけを使って、あれほどまでの料理を作ることができているのです。それは、ものすごいことなのではないでしょうか？」

みんなの視線を一身に集めてしまい、トゥール＝ディンの感じやすい顔は真っ赤になってしまっている。それでもトゥール＝ディンは、懸命に言葉をつむごうとしていた。

「そんなアスタがヴァルカスと同じぐらい、この地における食材について知り尽くしたら、きっとヴァルカスよりも美味なる料理を作ることができるようになるはずです。い、今でもアスタがヴァルカスに劣っているとは思いませんし、そもそも料理の腕は他者と競うものではないと思いますが……それでもわたしは、アスタがどれほど素晴らしい料理を作りあげてくれるのか、それを見届けたいと心から願っています」

「……そうか」と、アイ＝ファは肩の力を抜《ぬ》いたようだった。

「最初に言った通り、お前たちの熱情を間違ったものだと述べたつもりはないのだ。ただ、あまりに熱っぽく語っているので、何か無茶をしてしまうのではないかと心配になってしまってな」

「あ、いえ……わ、わたしこそ、差し出がましい口をきいてしまって申し訳ありませんでした」

「何も謝《あやま》る必要はない。お前の言葉は嬉《うれ》しく思っているぞ、トゥール＝ディンよ」

トゥール＝ディンはいっそう真っ赤になって、うつむいてしまう。アイ＝ファの腕にからみついていたリミ＝ルウは、それを見届けてからダルム＝ルウのほうを振り返った。

「ダルム兄は？　やっぱりリミとかレイナ姉のこと、心配だった？」

「……俺が心配するような話ではあるまい。レイナが暴走すれば、ミーア・レイがきちんと叱《しか》りつけてくれるだろうしな」

今度はレイナ＝ルウが顔を赤くして、「もう！」と兄を叩《たた》くふりをした。ダルム＝ルウは、知らん顔で腕を組んでいる。

「まあ、俺もかまど番ではないからな。アイ＝ファと、おおむね同じ気持ちだ。確かにあのヴアルカスという男の作るものには驚かされたし、美味なのだろうとも思ったが、俺たちが欲《ほっ》するのは森辺のかまど番の作る料理であるのだ」

そのように述べてから、ダルム＝ルウは隣《となり》に座《すわ》るシーラ＝ルウをちらりと見た。

「だいたい、あのていどの量では胃袋が満たされん。まさか、こんな空《す》きっ腹《ぱら》のまま眠《ねむ》れなどとは言うまいな？」

「まあ。ダルムはまだ食べ足りないのですか？　もうずいぶん遅《おそ》いですし、簡単なものしか作れませんよ？」

「それでも、あの男の作る料理に負けたりはせん」

ルド＝ルウかララ＝ルウあたりがいたら、たちまち冷やかしの言葉が飛びかいそうなところであった。リミ＝ルウは、ただ「あはは」と楽しそうに笑うばかりである。

何にせよ、ヴァルカスの料理によって、かまど番たちはのきなみ奮起しているはずだ。もちもちろん俺だって、これ以上ないぐらい奮起させられてしまっている。ヴァルカスという料理人は、俺たちにとってそれほどの存在であるのだ。

もっともっと、美味なる料理を作りあげたい。そんなシンプルな熱情を存分にかきたてられる、今宵《こよい》はそんな一夜であった。

第四章★★★生誕の日

1

黄の月の二十四日——その日が、ついにやってきた。

俺ことファの家のアスタの、十八回目の生誕の日である。

もちろんそれは便宜《べんぎ》上こしらえられた、かりそめの生誕の日だ。だけど、そうであるからこそ、その日は俺にとって本来の誕生日よりも大きな意味を持つ日となりえたのだった。

元の世界で火災に見舞《みま》われ、呆気《あっけ》なく生命を落としてしまった俺は、何らかの超常《ちょうじょう》的な作用によってこの異世界で二度目の人生を歩むことになった。そして、これはいったいどういうことなのかと頭をひねっている間に、モルガの森でギバに襲《おそ》われて、そうしてアイ＝ファに救われた。それが昨年の、黄の月の二十四日の出来事であったのである。

一度死んだ俺にとっては、その日が二度目の人生の幕開けであった。

だから俺は、その日を自分の新たな誕生日と定めたのだ。

その黄の月の二十四日が、ついにやってきた。そしてその始まりは、普段とまったく変わらない至極穏《しごくおだ》やかなものであったのだった。

「ううん……もう朝か……」

窓から差し込《こ》むやわらかい朝日が、俺にとっての目覚まし時計である。その日差しから逃《に》げるように寝具《しんぐ》の上で寝返《ねがえ》りを打つと、広間の真ん中であぐらをかいて髪《かみ》を結《ゆ》っているアイ＝ファの姿が見えた。

「ようやく起きたか。お前も身支度《みじたく》を済ませるがいい」

「了解《りょうかい》であります、家長殿《どの》……ふわーあっと」

「……毎朝のことながら、とぼけた顔だな」

器用にくるくると髪を結いあげながら、アイ＝ファが微笑《びしょう》する。その微笑《ほほえ》みの愛くるしさも普段通りの、そんな朝であった。

俺は物置部屋に移動して、身支度を整える。Tシャツや下帯はこの段階で着替《きが》えてしまい、水場で洗濯《せんたく》をするのだ。いつも俺より早起きなアイ＝ファは、髪を結う前に着替えを済ませているはずだった。

脱《ぬ》いだ衣服を草籠《くさかご》に放り入れて、俺は新しいTシャツに手を通す。これは雨季が明ける少し前に、城下町で仕立ててもらった新品のTシャツだ。雨季用の装束《しょうぞく》を仕立てる際に、頭に巻くタオルやTシャツの代用たりうる生地《きじ》の存在を知った俺は、ヤンを通じてこれらのものを数着分オーダーメイドさせていただいたのである。

それらを購入《こうにゅう》する前に着ていたもともとのTシャツは、調理着と一緒にこの物置に保管してある。早々に着替えを済ませた俺は、何とはなしにそれらの衣服のほうに目を向けてみた。

保管と言っても、奥《おく》の壁《かべ》に掛《か》けられているだけのことだ。Tシャツは調理着の内側にしまいこんであるために、外側からは見ることもできない。さらに調理着のポケットには、かつて俺が着用していた下着や靴下《くつした》やよれよれのタオルまでもがきちんと収納されていた。

さらに、その下の床《ゆか》には底の擦《す》り切れたデッキシューズも置かれている。親父《おやじ》の三徳包丁を除けば、これが元の世界から持ち込んできた俺の所持品のすべてであった。

調理着の胸《むな》もとには、《つるみ屋》のロゴが入っている。この地では誰《だれ》も読むことのできない、俺だけが知る異国の文字だ。その黒く刺繍《ししゅう》された文字を指先でなぞりながら、俺はふっと息をついた。

（あれから、一年か……まあ今年は閏月《うるうづき》ってやつがあったから、実際は四百日近くも経ってるんだろうけどな）

そんな風に考えながら、俺はわずかに視線を傾ける。俺の調理着の隣には、二着の毛皮のマントが掛けられていた。一着はアイ＝ファが幼い頃に纏っていたもの。もう一着は、三年ほど前から今年の生誕の日まで、アイ＝ファが着用していたものだ。

小さなマントのほうは、アイ＝ファの母親がこしらえたものだった。負傷をして森に出ることのできなくなった父親の代わりに、アイ＝ファが拙《つたな》い罠《わな》で子供のギバを捕獲《ほかく》した。そのギバの毛皮で、アイ＝ファのためにこれをこしらえてくれたのだそうだ。

もちろんこれは、正式な狩人《かりうど》の衣ではない。もとが子ギバの毛皮であるのだから、丈《たけ》などはせいぜい三十センチぐらいしかないし、そもそも幼い女児であったアイ＝ファに狩人の衣が贈《おく》

られるわけはなかった。それでも家族の窮地《きゅうち》を救った娘の行いをたたえるために、アイ＝ファの母親は真心をこめてこの小さなマントをこしらえてくれたのだろう。十歳《さい》かそこらのアイ＝ファがこの小さなマントを羽織り、誇らしげな面持ちで木登りをしたり家の周りを走り回ったりしている光景を思《おも》い描《えが》くだけで、俺は温かい気持ちになることができた。

そしてもう一着のほうは、アイ＝ファの父親の形見であるはずだった。アイ＝ファは父親を失った十五歳の年からたった一人で狩人の仕事に取り組み、数多くのギバを仕留めていたが、それらの毛皮をなめして狩人の衣をこしらえてくれる家人もいなかった。だからアイ＝ファは今年の生誕の日にサリス・ラン＝フォウたちから新しい狩人の衣をプレゼントされるまで、この父親の形見をその身に纏って仕事を果たし続けていたのである。

そんなアイ＝ファの思い出の品とともに、俺の調理着が保管されている。これらは毎朝目にしている光景であるのに、今日はひとしお感慨《かんがいぶか》深く感じられてしまうようだった。

（まあ、今日ばかりはしかたがないよな。何せ、アイ＝ファと出会って丸一年の記念日なんだからさ）

俺は強引《ごういん》にそちらから視線をもぎ離《はな》すと、洗い物を詰《つ》めた草籠を手に戸板を引き開けた。すると、拳《こぶし》の側面が鼻先にまで迫《せま》ってきて、俺に痛撃《つうげき》を与える直前で停止する。縦にかまえたその拳の向こうから、アイ＝ファの顔がひょいっと覗《のぞ》いてきた。

「何だ、支度《したく》は済んだのか。あまりに遅いので、戸板を叩こうと思ったのだ」

そうなのだろうとは思ったが、心臓に悪いことに変わりはなかった。アイ＝ファはすましした顔で拳をおろして、身をひるがえす。

「では、行くぞ。水瓶《みずがめ》の水も心もとないので、入れ替《か》えてしまうか」

「ああ、そうだな」

半端《はんぱ》に余っていた水を外に流して、運搬用《うんぱんよう》の引き板に水瓶をセットする。すると、ギルルのかたわらで寝《ね》そべっていたブレイブが元気に駆け寄ってきた。これといってブレイブに仕事はないが、水場まで同行するのは毎朝の習慣になっていたのだ。

俺は水瓶を、アイ＝ファは昨晩の晩餐で使用した鉄鍋《てつなべ》および食器を受け持ち、みんなで仲良く水場を目指す。やがて到着《とうちゃく》した水場では、フォウとランの人々が先に仕事を始めていた。さらに、フォウの家に預けられている猟犬《りょうけん》も同行していたので、ブレイブはそちらと親交を深めることになった。

「今日はいよいよ、肉の市だね。何とか無事につとめあげてみせるから、見ててておくれよ、アスタ」

フォウの女衆の一人が鉄鍋を洗いながら笑いかけてきたので、俺は同じように洗い物を開始しながら「はい」とうなずいてみせた。

「俺は余計な口出しをせずに見守っていますので、どうか頑張ってください。でも、何か困ったことがあったら、すぐに声をかけてくださいね」

「ああ。今日だけでもアスタがそばにいてくれたら、あたしたちも心強いよ」

森辺の民が初めて参加する肉の市は、本日が開催日《かいさいび》となったのだ。それで俺はたまたま宿場町での仕事が休業日であったので、同行させていただくことに決めたのだった。もともと案内役としてはレイナ＝ルウが同行する手はずになっていたが、そこはそれ、俺もこの日でギバの肉が初めて市場で売られる光景を見届けておきたかったのである。

「それじゃあ、また後でね。ええと、三の刻の、四半刻だっけ？　とにかく、決められた時間までに準備をしておくからさ」

「はい、よろしくお願いします」

ともに仕事をしてもらう関係で、すでに近在の氏族はみんな日時計を設置している。三の刻の四半刻というのは、俺の感覚で言うと八時十五分ぐらいに相応する時刻であった。

「約束の時間まで、俺たちはどうしようか？　いつも通り、薪拾《まきひろ》いでいいかな？」

「うむ。身を清めぬまま町に下りるのは、気が進まぬしな」

現在はまだ日の出から半刻ていどしか経《た》っていないので、二時間ぐらいは自由に使うことができる。それだけあれば、身を清めた上で薪と香草の採集作業もこなせそうであった。

「……しかしまあ、びっくりするぐらい、いつも通りの日常って感じだな」

二人きりになったのでそのように呼びかけてみると、アイ＝ファは「うむ？」とけげんそうに首を傾げた。

「いや、ほら、いちおう今日はアイ＝ファと出会って一周年の記念日なわけじゃないか」

「ふむ。しかし、私が森でアスタを拾ったのは日の沈《しず》みかけた夕暮れ時であったからな。一年前のこの時間には、まだおたがいの存在すら見知ってはいないはずだ」

アイ＝ファはあっさりとそう言って、また洗い物に集中し始めた。

「祝いの言葉を交わすのは、晩餐の刻限で十分であろう。今は、自分の仕事を果たすがいい」

「はい、了解いたしました」

何ともドライな応対であったが、俺が物悲しくなることはなかった。こういう毅然《きぜん》とした態度もふくめて、俺はアイ＝ファに魅了《みりょう》されてしまっているのである。

（普段通りの日常を送れるってことが、一番の喜びだもんな）

そんな風に考えながら、俺も鉄鍋にこびりついた煤《すす》を落とすために集中することにした。


その後は、ブレイブもともなって森の端《はし》に入り、ラントの川で身を清めてから、薪と香草の採集作業である。

日が過ぎるにつれて、この辺りに実る果実もじょじょに数が減じてきている。あちこちの樹木に傷がついているのは、実が熟して落ちるのを待ちきれないギバが頭突《ずつ》きを繰り返した痕跡《こんせき》である。それに、ギーゴに似た草の根を掘《ほ》り返した痕《あと》も、そこら中に残されていた。

もうしばらくすれば、この一帯の森の恵《めぐ》みはあらかた食い尽くされることだろう。それはすなわち、この近在でも休息の期間が迫ってきているということだ。先日にはルウの血族の休息の期間が終了《しゅうりょう》したが、この近在の氏族はそれからおよそひと月ていどの後に休息の期間を迎《むか》えるのが通例であった。

「……しかし、前回の休息の期間が明けてから、すでに丸四ヶ月以上は過ぎているはずであったな」

「えーと、前回の休息の期間が明けたのは、たしか金の月の半ばだったっけ。それから、茶、赤、朱《しゅ》、黄、ときてるわりだから……うん、現時点でも四ヶ月以上は経ってるな」

「森の恵みの様子から考えるに、休息の期間を迎えるにはまだ半月ていどの猶予《ゆうよ》があろう。すると、前回からは五ヶ月ほどの期間が空くことになる」

「休息の期間がやってくるのは年に三度だから、五ヶ月だとやや長めってことになるのか。それには何か、特別な理由でもあるのかな？」

「それはおそらく、この近在ではこれまで以上にギバを収獲《しゅうかく》できるようになったために、狩《か》り場《ば》の恵みを食い尽くされるのに時間がかかるようになったということではないだろうか」

確かにファの家のみならず、フォウでもランでもスドラでもギバの収獲量は上がっているはずだった。しかも最近では猟犬まで導入されて、いっそう目覚ましい成果をあげているはずだ。

「だったら、ルウ家のほうでもそれは一緒なんだろうな。ルウ家の休息が終わってからひと月後に俺たちの休息っていう部分は崩《くず》れてないわけだから、あちらも五ヶ月ぐらいは期間が空いてるわけだ」

「うむ。ルウ家では銀の月に入ってすぐに狩人の仕事を再開させて、前回は朱の月の終わり頃に収穫祭《しゅうかくさい》を行ったのだから、やはり五ヶ月は空いていることになるな」

さすがは並々ならぬ記憶力《きおくりょく》を持つアイ＝ファである。俺はそんな風にすらすらとルウ家の休息の時期を思い出すことはできなかった。しかしまあ、銀の月の初めというのは年明けのことであるし、前回の収穫祭というのはジバ婆《ばあ》さんの生誕の日であったのだから、記憶に残りやすい日取りではあったかもしれない。

「我らがルウの血族に負けぬぐらいの収穫をあげているのだとすれば、それは誇《ほこ》らしいことだ。まあ、あちらは森の恵みが豊かであり、こちら以上に数多くのギバを収穫できるのであろうがな」

「うん。だけど、スドラなんかはギバの数が減ってきているように感じたから、スン家の狩り場に通うようになったんだよな。そう考えたら、やっぱりこちらでもかなり収穫の量が上がってるってことになるんじゃないだろうか」

「ああ、確かにな。……それもこれも、アスタが美味なる料理によって、近在の氏族にもルウの血族にもこれまで以上の力を与えたという証であろう」

地面から拾った薪を手に、アイ＝ファが俺《おれ》を振り返る。

「お前のことを、誇りに思っている。今後もたゆまず、森辺の同胞の力となるがいい」

「うん。アイ＝ファにそう言ってもらえるのが、一番嬉しいよ」

アイ＝ファは家長らしい凛然《りんぜん》とした表情のまま、「うむ」とうなずく。ただしその目には、俺を温かい心地《ここち》にさせてやまない優《やさ》しげな光が宿されていた。

そうして朝の仕事を終えて家に戻《もど》ると、もう出発の時間が迫っていた。ギルルを荷車につないで、ファの家のフルメンバーでフォウの家に向かう。この朝も、アイ＝ファは念のために同行すると言いたてていたのだった。

「ああ、アイ＝ファにアスタ、お待ちしていたよ」

フォウの家でも、出立の準備はできていた。なおかつそちらでも、一名だけ護衛役の男衆が付き添《そ》っていた。本日準備したギバ肉がすべて売れると、売り上げ金は最低でも赤銅貨三千四百二十枚に及《およ》ぶのだ。これではよからぬ思いを抱《いだ》く無法者が現れないとも限らないので、フォウでもダイでも一名ずつ護衛役を同行させることに決定されたのである。

商売を受け持つ女衆は、二名。さきほども水場で顔をあわせたフォウの分家の家長の伴侶と、ランの若い女衆。護衛役は、フォウの若い男衆であった。

「まあ、町の人間がそうそう森辺の女衆にちょっかいを出すとは思ってないんだけどさ。あたしらはこれまで、そんなにたくさんの銅貨を持ち歩くこともなかったから、いちおう用心しておこうと思ってねぇ」

「ええ、それは必要な措置《そち》だと思いますよ。余所《よそ》の町から流れてきた無法者ですと、森辺の民のこともよく知らないまま銅貨を狙《ねら》ってくるかもしれませんからね」

俺たちも、ダバッグの町では森辺の狩人を恐《おそ》れない無法者たちに襲われることになったのだ。ここは用心して然《しか》りの状況《じょうきょう》なのであろうと思えた。

ともあれ、まずはルウの集落に出発だ。俺たちはギルルの荷車で、フォウとランの人々はファファの荷車で道を南下する。どちらも少人数ではあったが、あちらは二百キロ以上のギバ肉を積んでいたので、荷車を分ける必要があったのだった。

ルウの集落には、二十分ていどで到着する。集落の入り口では、すでに四名のメンバーが俺たちを待ち受けていた。ジザ＝ルウ、ルド＝ルウ、レイナ＝ルウ、リミ＝ルウという顔ぶれである。

「お待たせしました。けっきょくそちらは、四名に落ち着いたのですね」

「うむ。案内役にはアスタもいるし、見届け役は俺一人でもかまわないぐらいであったのだがな」

ジザ＝ルウの言葉を受けて、ルド＝ルウは「俺はこいつらのお守りだよ」とあくびまじりに言った。

「たとえアスタが同行してくださっても、もともとはわたしが案内役であったのですから、自分の仕事を果たしたく思います」

レイナ＝ルウが生真面目《きまじめ》な面持ちで言うと、その小さな妹も「リミもー！」と便乗した。まあけっきょくは、レイナ＝ルウたちも俺と同じ心境であるのだろう。ギバの肉が本当に売れるかどうか、フォウとダイの人々が無事に仕事をつとめあげられるかどうか、この目で見届けずにはいられなかったのだ。

そんなわけで、ルウ家の四名もギルルの荷車に乗車する。あの混雑した市場の現場に向かうのに、むやみに荷車の数を増やすべきではないだろうという判断で、同乗することに決めていたのである。

そうしてさらに道を南下していくと、宿場町に通ずるT字路のあたりにダイ家の荷車が待ちかまえていた。前回の休息の期間に、ファの家が貸《か》し与えたトトスと荷車である。彼《かれ》らは律儀《りちぎ》に全員が荷台から降りて、その場に待機していた。

「お待ちしておりました。本日はどうぞよろしくお願いいたします」

若いが既婚《きこん》の装束を纏った二名の女衆と、やはりまだ若めの男衆だ。その男衆が、荷台から顔を覗かせているジザ＝ルウに深々と頭を下げた。

「おひさしぶりです、ジザ＝ルウ。覚えておいでではないでしょうが、わたしはダイの分家の家長、ディール＝ダイと申します」

「ディール＝ダイ？……ああ、貴方《あなた》か。ひさしぶりというか何というか……まあ、息災なようで何よりだ」

「はい。ダイの家の名を汚《けが》さぬよう、今日は懸命につとめさせていただきます」

それは、ずいぶんと物腰《ものごし》のやわらかい男衆であるようだった。背丈《せたけ》はそれなりであるものの、どちらかといえば細身であり、顔立ちも狩人にしては優しげであるかもしれない。それに、ジザ＝ルウを見つめる瞳《ひとみ》には畏敬《いけい》の念みたいなものまで感じられる気がした。

（ダイの家は、腰《こし》の低い人が多いんだよな。北と南を族長筋の集落にはさまれてるせいなんだろうか）

ダイとその眷族《けんぞく》であるレェンは、ルウとサウティの間に存在する唯一《ゆいいつ》の氏族なのである。ルウとサウティは族長筋になる前からスンに次ぐ大きな氏族であったので、そういう意味では色々と肩身《かたみ》がせまくなってしまうのかもしれない。――と、俺がそんな風に考えていると、彼らの背後にとめられていた荷車の荷台から、馴染《なじ》み深《ぶか》いタマネギ頭がひょっこりと覗いた。

「いつまで挨拶《あいさつ》してんのサ？　ぐずぐずしてたら、肉の市とやらが始まっちまうんじゃないの？」

　現場の人間の監督役《かんとくやく》という大事な役目を与えられた、ツヴァイ＝ルティムである。俺やルウ家の面々は見学であったり見届け役であったりだが、彼女はれっきとした仕事のメンバーだ。ルティムの集落はルウよりも南寄りであるため、ダイの人々が行きがけに合流することに定められていたのだった。

「それでは、出発いたしましょう」

　フォウの女衆の合図で、三台の荷車が西側の道へと進入した。ここから町までは下り坂であるので、震動《しんどう》が激しくなる。俺は転倒《てんとう》しないように壁にぴったりと背を預けながら、ジザ＝ルウに呼びかけてみた。

「ジザ＝ルウは、あのディール＝ダイという人物とお知り合いであったのですか？」

「知り合いというほどのものではない。一度だけ顔をあわせただけの仲だ。……父ドンダやダルム＝ルウなどは、家長会議で何度か顔をあわせたという話だったがな」

　彼は分家の家長と名乗っていたので、おそらくは本家の次兄《じけい》か何かであったのだろう。それならば、ダルム＝ルウと同様に、家長のお供で家長会議に参加する機会もあったはずだ。

「あれはたしか、リリンの家がルウの眷族となる祝いの宴《うたげ》であったかな……あのディール＝ダイが、祝宴をこっそり盗《ぬす》み見ていたのだ」

「ダイの人間が、ルウの祝宴を？　どうしてまた、そんなことを？」

「単なる好奇心《こうきしん》であったという話だ。ただ、その際にヴィナと色々あってな」

それでジザ＝ルウが口をつぐむと、レイナ＝ルウが耳打ちをしてきた。

「わたしも詳《くわ》しくは知らないのですが、あの男衆はその祝宴《しゅくえん》でヴィナ姉を見初《みそ》めてしまい、翌日には家長にも無断で嫁取《よめと》りを願ってきたらしいですよ」

「ええ？　それはずいぶん、大胆《だいたん》な話だね。……ていうか、リリンがルウの眷族になったのって、もうけっこう昔の話だよね」

「はい。ヴィナ姉は十五歳になったばかりであったはずですから、もう六年ぐらいは経っていると思います。まあ、ヴィナ姉はあの頃から大人びていて、たくさんの男衆から嫁取りを願われていましたけれど」

それは何とも、豪気《ごうき》な話である。そしてレイナ＝ルウは、さらに驚《おどろ》くべき話を俺に打ち明けてくれた。

「しかもあの男衆は、もともとはヤミル＝レイに懸想《けそう》していたそうです。……まだスン家の人間であった頃の、ヤミル＝レイにですよ？　なかなかすごい話ですよね」

俺は思わず、「ほへえ」という間抜《まぬ》けな声を発してしまった。レイナ＝ルウはくすくすと笑い、御者台《ぎょしゃだい》のアイ＝ファは背中を向けたまま「おかしな声をあげるな」と叱りつけてくる。

「そ、それはものすごい話だね。ヴィナ＝ルウとヤミル＝レイを天秤《てんびん》にかけるなんて、ラウ＝レイ以上の型破りだ。そんな無茶な真似《まね》をする男衆には見えなかったんだけど……」

「はい。わたしも姿を見たのは初めてのことですが、あのように線の細い男衆だとは思っていませんでした。人というのは、わからないものですね」

大人っぽさと子供っぽさの入り混じった表情で、レイナ＝ルウは楽しげに笑っていた。

「でも、当時はちょっとした騒ぎになりかけていたようですよ。ルウとスンのそれぞれの本家の長姉《ちょうし》に懸想してしまうなんて、とんでもない話ですからね。ダイの家長も家長会議では、床に額をつけてドンダ父さんとズーロ＝スンに詫《わ》びていたそうです」

確かに、当時のスンとルウの関係性を考えれば、そんなのは爆弾《ばくだん》を投《な》げ込むにも等しい行いであったのだろう。それでももしもヴィナ＝ルウやヤミル＝レイがその気になってしまっていたら、どちらかの面目《めんぼく》が丸つぶれとなり、一触即発《いっしょくそくはつ》であったルウとスンの危《あや》うい関係を崩壊《ほうかい》させていたかもしれないのだ。

「あ……そういえばずっと昔に、ヴィナ＝ルウがヤミル＝レイともめたことがあるって聞いたことがあるんだよね。あれはたしか……家長会議のちょっと手前ぐらいの頃だったかなあ」

「あ、はい、わたしもヴィナ姉やララから聞いていましたよ。ヤミル＝レイが、アスタの屋台を訪《おとず》れてきたのですよね」

「うん、そうそう。だから二人は、ずいぶん不穏《ふおん》な雰囲気《ふんいき》だったんだけどさ。でも、それが六年も昔の因縁《いんねん》だったとはね。こんなところで話がつながるとは、びっくりだよ」

「ええ。ですが、ディール＝ダイはその後すぐに分家の女衆を嫁《よめ》に取ったという話でしたから、何も騒ぎにはならなかったのですよ」

「え？　二人の女衆に懸想していたのに、すぐ別の女衆を嫁に迎えたのかい？」

「はい。スンとルウを騒《さわ》がせたけじめをつけさせるために、ヤミル＝レイがそのように命じたのだという話でした」

まだスン家であった頃のヤミル＝レイの毒蛇《どくへび》じみた眼光と血臭《けっしゅう》を思い出して、俺は心の底から「おっかない」と思ってしまった。ディール＝ダイは本当に、なんと豪胆《ごうたん》な神経をしているのだろうか。

（いや、豪胆っていうよりは、どこか感性がずれてるのかな。自分がどれだけ大それたことをしているか理解できていなかった、とか……なんとなく、ジョウ＝ランとイメージが重なっちゃうんだよな）

だけど何にせよ、それはもう六年ばかりも昔に終わった話であるのだ。その頃に婚儀《こんぎ》を挙げているのなら、可愛《かわい》い子供の一人や二人はこしらえているかもしれない。願わくは、誰もが森辺の民として幸福な生を送ってもらいたいものであった。

「お、そろそろ到着だな！」

リミ＝ルウと一緒にブレイブにかまっていたルド＝ルウが、はしゃいだ声をあげる。俺も御者台の横合いから外を覗いてみると、木々の向こうに建物の影《かげ》が見え始めていた。

下見のときはリミ＝ルウの誕生日で、本番の今日は俺の誕生日というのも、なかなか楽しい偶然《ぐうぜん》だ。初めて参加する肉の市で、いったいどのような結果を収めることができるのか。俺は胸を躍らせながら、その結果を見届けることにした。

2

以前、テリア＝マスに教えていただいた道のりを辿《たど》って、俺たちは肉の市が開かれる宿場町の広場を目指した。

ゆとりをもって出発したので、人通りはまだ少ない。が、広場に足を踏《ふ》み入れてみると、そこにはすでにいくつかの荷車が到着して、商売の準備に取り組んでいた。

「ああ、本当に来たのだな」

と、聞き覚えのある声に呼びかけられる。振《ふ》り返ると、そこには護民兵団の若き小隊長であるマルスが立ちはだかっていた。

「あ、マルス。ついに復帰されたのですね」

「ああ。まだ腕《うで》の力は完全には戻っていないが、いつまでも休んでいたら干上《ひあ》がってしまうのでな」

そのように語りながら、マルスは右手の指先を開閉させた。森辺に道を切り開く工事の際、ギバに襲われて大きな手傷を負ってしまった彼も、ついに衛兵として復帰することがかなったのだ。そんなマルスの姿に気づいたルド＝ルウも、「よー」と声をあげていた。

「折れた腕が、やっとくっついたのか。元気そうでよかったな」

「ああ、ルウ家の狩人か。その節は、世話になった」

しかつめらしい表情で、革《かわ》の鎧《よろい》に覆《おお》われた胸もとをそらしながら、マルスは毅然と謝辞を述べた。すると、ルド＝ルウの後ろからリミ＝ルウもにゅっと顔を出す。

「きちんと骨がくっついて、よかったね！　きっとギバの料理をたくさん食べたからだよ！」

休養の期間中、マルスは数日置きに俺たちの屋台に通ってくれていたのである。リミ＝ルウやレイナ＝ルウにとっても、彼はすでに顔馴染《かおなじ》みの常連客であるのだ。レイナ＝ルウにも笑顔《えがお》で挨拶をされると、マルスは居心地《いごこち》悪そうに鼻の頭をかくことになった。

「ええい、顔見知りが増えると、やりにくくてかなわんな。……お前たちは、ギバの肉を売りに来たのだろう？　それなら、さっさと準備を始めるがいい」

「はい。マルスは、巡回《じゅんかい》ですか？」

「巡回というか、この場の警護だ。銅貨の集まるところには、無法者も集まりやすいからな」

確かに前回見学した際も、衛兵の姿はちらほらと見かけた気がした。しかし言われてみると、今日はその人数がやや多いように感じられる。

「お前たちは屋台の商売を始めた際、さんざん町を騒がせていたろうが？　またそれと同じことが起きるのではないかという声があがり、警護を強化することになったのだ」

「町で騒ぎというと、東と南のお客さんが喧嘩《けんか》を始めそうになってしまった件についてでしょうか？」

「ああ。あれは、料理が品切れになってしまったがための騒ぎであったのだろう？　今日だって、同じ騒ぎにならないとは限るまい」

その点については、事前にポルアースからもアドバイスを受けていた。きっと宿場町でもギバ肉は取り合いになってしまうだろうから、抽選《ちゅうせん》の用意をしておくべきだと言われていたのだ。

「それでは、とりあえず準備を始めさせていただきますね」

俺たちは、荷車を壁際まで寄せていった。端から詰めていくのが作法であったので、三人がかりで木箱を下ろしている人々の隣に荷車を並べさせていただく。すると、その内の一人がうろんげな顔で俺たちを振り返ってきた。

「ああ、あんたがたが森辺の肉売りか。話は、聞いてるよ」

そのよそよそしい口調で、なんとなく相手の素性《すじょう》を察することができた。きっと彼らは、ダバッグから出向いてきたカロン屋の人々であるのだ。

「ついにギバ肉も、市場でお披露目《ひろめ》か。たいそうな評判を呼ぶに違《ちが》いないって話だけど、そうなのかね？」

「どうでしょうね。そうなることを期待してはいるのですが」

フォウやダイの人々も木箱を下ろすのに忙《いそが》しかったので、自然と俺が答えることになってしまった。ダバッグの商人は「ふうん」とうなりながら、額に浮《う》かんだ汗《あせ》をぬぐう。

「ま、お手並み拝見といこうかね。俺たちの今後の商《あきな》いにも、大きく関わってくることだからな」

「はい。どうぞよろしくお願いします」

彼らは牧場の人間ではなく、そこから肉を引き取って、余所《よそ》の町へと運び届ける商人である。昨日は城下町、今朝は宿場町で商売をして、またダバッグへと帰っていくのだ。城下町で宿泊《しゅくはく》することが許されているだけあって、身なりなどはなかなか整っているように感じられた。

（でも、さすがにちょっとピリピリしてるかな。俺たちがギバ肉を売れば売るほど、この人たちの損になる可能性があるんだもんな）

しかし、そうであるからこそ、こういう人々とも正しい縁《えん》を紡《つむ》げるように気を配るべきなのだろう。俺がそんな風に考えていると、広場にどよめきがわきおこり、いかにも立派な造りをした箱形の荷車がしずしずと進入してきた。

荷車の左右には、トトスを引いた衛兵たちの姿も見える。マルスたちよりも立派な甲冑《かっちゅう》を纏《まと》った、城下町の衛兵たちである。その数は四名で、一人につき一頭ずつ鞍《くら》つきのトトスを引いている。俺たちも城下町に出向いた際はしょっちゅうお世話になっている、トトスの騎兵《きへい》部隊であるのだ。

「ギバ肉を引き取りに参りました。責任者の方はおられますか？」

やがて、俺たちの前で車がとめられると、荷台から降りてきた上品そうな男性がそのように呼びかけてきた。フォウの家の荷下ろしを手伝っていたダイ家の女衆が、「はい」と進み出る。

「ギバの肉は、こちらの荷車に積んでおります。足の肉が五箱、肩の肉が四箱、胸と背中の肉がそれぞれ三箱ずつで、合計十五箱となります」

「ありがとうございます。商品は、こちらの者たちに運ばせますので」

あちらの車から、体格のいい男性が三名ほど姿を現した。その男たちが、ダイ家の荷車から自分たちの荷車へと木箱を移《うつ》し替えていく。城下町に受け渡《わた》す肉は、ダイ家が担当する段取りになっていたのだ。

「十五箱、確かに。それでは、こちらをお確かめください」

上品そうな男性が、小さな布の袋《ふくろ》を差し出してきた。小さいが、ずしりと重そうな袋だ。ダイの女衆がその中から一枚ずつ貨幣《かへい》を取り出し、レェンの女衆に受け渡していくと、ツヴァイ＝ルティムがさりげなくそちらに忍《しの》び寄っていった。

代金は赤銅貨千七百十枚であるから、銀貨一枚と白銅貨七十一枚に換算《かんさん》することができる。赤銅貨百枚、白銅貨十枚をまとめあげる貨幣が存在しないのが、いささか面倒《めんどう》なところであった。

「はい、間違《まちが》いありません。確かにお受け取りいたしました」

「では、こちらもお受け取りください。こちらは、割符《わりふ》と申します」

「わりふ……ですか？」

「はい。今後、ギバの肉を引き取りに来る人間は、割符のこちら側を携《たずさ》えて参ります。こうした商いを続ける内に、身分を偽《いつわ》って商品を受け取ろうとする人間が現れないとも限りませんので」

ポルアースによると、この人物は貴族ではなく問屋の商人であるはずだった。そこに衛兵の護衛がつけられているのは、これが貴族の関わる商売であると示すためであるらしい。

「それでは、失礼いたします」

必要以上の口はきかずに、その者たちはまたしずしずと立ち去っていく。その姿を見送りながら、ダイの女衆は銅貨を詰めなおした布袋《ぬのぶくろ》をディール＝ダイに受け渡した。これだけの大金は、確かに男衆が所持するべきであろう。

広場の中は、まだちょっとざわついている。城下町の人間が石塀《いしべい》の外まで商品を受け取りに来ることなど、そうそうありえない話であるのだ。しかし、俺たちの隣で準備をしているダバッグの肉売りたちは、さして興味もなさげな様子をしていた。彼らも城下町においては、ああいった問屋の商人を相手に商売をしているのだった。

「いささか緊張《きんちょう》してしまいました。あとは、この場で個別に売る分ですね」

ダイとレェンの女衆が、こちらに合流する。市場における販売《はんばい》に関しては、氏族の区別なく全員で取り組むのだ。

城下町の客人の相手をしている間に、他の肉売りもぞくぞくと集まってきていた。客と思《おぼ》しき人々も、あちらこちらに現れている。市の開始の四の刻も、もう目の前に迫っている頃合《ころあ》いであった。

「おやおや、あたしが一番乗りでしたか」

と、台車を引いた背の高い人影《ひとかげ》が近づいてくる。《ラムリアのとぐろ亭《てい》》の女主人、ジーゼであった。ルウ家の面々はジザ＝ルウ以外、全員見知った相手であるので、それぞれが挨拶を交《か》わす。フォウやダイの人々にも、彼女《かのじょ》を紹介《しょうかい》しておくことにした。

「きっとこれから、ちょいちょい顔をあわせることになるでしょうからねぇ。よろしくお願いいたしますよぉ、森辺のみなさんがた」

物腰がやわらかくて、丁寧《ていねい》で、ちょっとした仕草にも温かみの感じられるジーゼという人物は、きっと森辺の民にとって受け入れやすいタイプであることだろう。そうしてその場にいる全員と挨拶を交わした後、最後の一人の姿を目にして、ジーゼは「おや」と目を細めた。

「あなたは、おひさしぶりですねぇ。あたしのことを見覚えておいででしょうか？」

「……そりゃまあ、顔ぐらいはネ」

言わずと知れた、ツヴァイ＝ルティムである。彼女もまた、月の始めの寄り合いでジーゼとは顔をあわせた間柄《あいだがら》であるのだった。

「寄り合いではお世話になりましたねぇ。ミダ＝ルウという御方《おかた》は元気にされておりますか？」

「知らないヨ。ルウとルティムは血族だけど、別々の場所で暮らしてるんだからサ」

「そうなのですか……それはお寂《さび》しいことですねぇ」

ツヴァイ＝ルティムは、自分の過去の素性を明かしてはいない。だからジーゼは、彼女とミダ＝ルウがかつて兄妹《きょうだい》であったことも知らないはずだ。それでも、ツヴァイ＝ルティムが眉《まゆ》を吊《つ》りあげてミダ＝ルウを弁護し、しまいには森辺の集落から呼びつけてしまったことが、印象に強かったのだろう。ジーゼはにこにこと微笑んでおり、ツヴァイ＝ルティムは仏頂面《ぶっちょうづら》でそっぽを向いていた。

「……間もなく、四の刻となるな」

と、周辺を見回っていたマルスが、四名の部下を引き連れて舞《ま》い戻ってきた。

「ふむ。市が開かれる前から大勢の客が詰めかけるのではないかと危ぶんでいたのだが、それは杞憂《きゆう》であったか」

「はい。早いもの勝ちにすると大変な騒ぎになってしまうかもしれないというご忠告を受けたので、四の刻ちょうどに抽選のくじ引きをするという話を事前にお伝えしておいたのです」

「なるほど、それは準備のいいことだ。しかし、それにしても、ずいぶんと人が少ないような――」

マルスがそのように言いかけたとき、台車を引いた人々がぞろぞろと近づいてきた。おおよそは、宿屋のご主人がたである。

「うん？　衛兵さんが、何の用事だい？　まさか、俺たちの商売を邪魔《じゃま》しようってんじゃないだろうな？」

その先頭に立っていた大柄《おおがら》なご主人が、恐れげもなくマルスをにらみつける。マルスはこっそり溜息《ためいき》をついてから、そちらをにらみ返した。

「お前たちが騒ぎを起こさなければ、我々の出番はない。ジェノスの法を守りながら、せいぜい商いに励《はげ》むことだ」

マルスともう一名の衛兵を残して、三名の衛兵はご主人がたの後方にまで引きさがっていった。「ふん」と鼻息をふきながら、大柄なご主人は俺たちのほうに目を向けてくる。

「ギバの肉を買わせてもらいに来たぞ。ここで待っていればいいのだな？」

「はい。四の刻になるまで、少々お待ちくださいね」

俺はあくまで見届け役だが、顔見知りの人々を黙殺《もくさつ》するわけにはいかない。しかし今後はこうといった応対も、フォウやダイの人々に受け持ってもらわなくてはならなかった。
そのように思って売り場のほうに視線を転じると、女衆はみんな真剣《しんけん》な眼差《まなざ》しで俺とご主人のやりとりを見守っていた。屋台の商売にも参加したことのない彼女たちは、町の人々と交流を重ねる機会も少なかったのである。今後はどのような態度で町の人々と接していくべきか、それを懸命《けんめい》に学ぼうとしているように感じられた。

「……やはり、それなりの人数になるようだな」

売り場の横に控《ひか》えたマルスが、小声でつぶやく。確かに、その場にはぞくぞくと人が増えていた。見知った顔もあれば、見知らぬ顔もある。ご主人みずからが市場に出向いてくるとは限らないし、それに、宿屋の関係者ならぬ一般《いっぱん》の人々も少なからず集まってくれているようであった。

一般の人々には、大々的な告知をおこなったわけではない。しかしまた、隠《かく》しだてをしていたわけでもないので、クチコミで噂《うわさ》が広がっていったのだろう。ギバ肉の販売に関しては月の頭から企画《きかく》されていたので、噂が広まるには十分な時間であったのであろうと思われた。

「ふーん。これなら、肉が売れ残ることもなさそうだな」

ルド＝ルウがそのようにつぶやいたとき、広場の中心から鋭《するど》い笛の音のようなものが鳴り響《ひび》いてきた。広場の中心には大きな台座があり、そこに日時計が設置されている。それが四の刻を指し示したため、当番の衛兵が市の開始を告げたのである。

売り場の前に待機していた人々がぐぐっと押《お》し寄せてくると、フォウの年配の女衆は小さく呼吸を整えてから声を張り上げた。

「それでは、商売を始めさせていただきます。まず、ギバの肉を買いたいと願う方々は、手をあげていただけますか？」

けっこう後ろのほうまで詰めかけていた人々が、けげんそうな顔で手をあげていく。女衆が背後に目をやると、いつの間にか荷車の御者台にのぼっていたフォウの男衆が人々の姿を見回しながら「三十一人だ」と報告した。

「では、こちらの箱に三十一枚の木札をお入れしますので、お一人ずつそれを引いていただけますか？　その数の小さい方から、順番にギバの肉を買っていただきたく思います」

それが俺の考案した、抽選の方法であった。かつて俺は屋台でも数量限定の『ギバ・カツサンド』を売り出すために抽選を行っていたので、それを応用したのだ。まあ、べつだん難しい話ではなく、数字の書かれた木札を箱の中に入れて、それを引いてもらうだけのことである。それで数字の若い順にギバ肉を購入していただき、売り切れたらそこで終了というシステムであった。

ただ難儀《なんぎ》であったのは、森辺の民が文字の読み書きを習得していなかったことであろう。だから今回は、木札に記号が記されている。一から九までは小さな点、十の位は大きな点という、とても原始的な記号である。

木札は念のために「五十」まで準備していたので、その内の「三十一」までを木箱に投じる。木箱の上側には大人の手が入るぐらいの丸い穴が開けられているばかりであるので、引く際に内側を盗み見ることもできないはずだった。

「それでは、お一人ずつどうぞ」

ランの女衆が木箱を差し出すと、さきほどマルスとやりあっていたご主人がかたわらのジーゼを振り返った。

「あんたは一番に並んでたよな。だったら、あんたから引くといいさ」

「おや、そいつはありがたい話ですねぇ」

ジーゼはにこやかに微笑《ほほえ》みながら、木箱の穴に細い手を通した。そうしてまぶたを閉ざして、しばらくガラガラと木箱の中身をかき回してから、木札を取り上げると――そこには、小さな点がひとつだけぽつんと記されていた。

「あ……これは、一番の札です」

さすがにランの女衆も驚いた様子で声をあげると、あちこちから悲嘆《ひたん》のうめき声が合唱された。ジーゼに一番を譲《ゆず》ったご主人などは周囲の人々から肩《かた》などを小突《こづ》かれて、「俺のせいじゃねえや」と唇《くちびる》をとがらせている。

「では、この場でギバの肉を買っていただけますか？　それ次第《しだい》で、今後の人数も変わってきますので」

「あらあら、ありがたい話ですねぇ。……ここで十五箱すべてを買ってしまったら、この場のみなさんがたにはたいそう恨《うら》まれてしまいそうです」

ジーゼの言葉に、周囲の人々がぎょっと身をのけぞらせた。

「おいおい、ジーゼ婆さん。悪い冗談《じょうだん》は勘弁《かんべん》してくれよ？」

「うふふ……さすがにあたし一人で、十五箱も持って帰れませんですよぉ。欲をかいて売れ残りを出したら大変ですしねぇ」

ということで、ジーゼはロースとバラと肩をひと箱ずつ所望《しょもう》することになった。もっとも数の多いモモに手をつけなかったあたり、なかなか心憎《こころにく》いチョイスである。

「これで、お代はいかほどですかねぇ？」

「はい。少々お待ちください。ええと……」

ダイの女衆が、口もとに手をやって考え込《こ》み始める。その姿を、ツヴァイ＝ルティムは横からじっと観察していた。

「胸と背中が赤銅貨で百五十枚ずつ、肩が九十枚ですので……赤銅貨三百九十枚となりますね」

「では、白銅貨で三十九枚ですねぇ」

ジーゼは要求された銅貨を支払《しはら》い、三つの木箱を台車に載《の》せていった。細身かつ老齢《ろうれい》であるのに、十五キロもの重量を持つ木箱を持ち上げるのに不便はなさそうな様子である。

「どうもお世話様ですねぇ。また次にお会いできる日を楽しみにしておりますよぉ」

俺たちのほうにも頭を下げてから、ジーゼはすみやかに立ち去っていく。そうして仏頂面のご主人が「次は俺の番だ」と進み出のだが――そのご主人が引き当てたのは「二十二」であった。残り十二箱でこの数字は、なかなか絶望的である。ご主人は肉厚の肩を落として、すごすごと引き下がっていった。

その後も順々にくじが引かれていき、悲喜こもごもの様相を呈《てい》し始める。「三」のくじを引き当てた若者などは小躍《こおど》りせんばかりであったし、「七」を引き当てた男性などはひどく複雑そうな顔をしていた。肉は三箱ずつ購入《こうにゅう》すると業者割引の価格になるため、全員がその数量を購入したならば、五番手までで商品は尽《つ》きてしまうのだ。

そうしてちょうど折り返しぐらいの順番で、「二」の木札を引き当てた人物がいた。見覚えのない若めの女性であったが、どうやら宿屋の関係者であったらしい。彼女が「やったー！」と歓喜《かんき》の声をあげると、まだくじを引いていなかった人々は羨望《せんぼう》と落胆《らくたん》の視線を向けていた。

「では、足肉を二箱と、背中の肉を一箱、お願いします！」

「はい。それでは……ええと……九十枚が二箱で、百五十枚が一箱だから……三百……三百と二十枚……？」

ツヴァイ＝ルティムが「三百三十枚」と鋭く言い捨てると、ダイの女衆はそちらに頭を下げてから、娘《むすめ》さんから銅貨を受け取った。

「あのサ、箱で売る場合は赤銅貨じゃなく、白銅貨で勘定《かんじょう》すりゃいいって教えたでショ？　数は小さいほうが数えやすいんだからサ」

娘さんが木箱を積んでいる間に、さらにツヴァイ＝ルティムが小声で言いたてると、ダイの女衆は恐縮《きょうしゅく》しきった様子で「申し訳ありません……」とうなだれた。

「それじゃあ、俺も買わせてもらっていいのかな？」

と、さきほど「三」の木札を引き当てた若者が笑顔で進み出てくる。

「あ、はい、どうぞ。どの肉をお買いになりますか？」

「えーっとね、足の肉を二十人分お願いするよ」

宿場町の相場で言うと、肉の一人分は二百五十グラム、二十人分なら五キログラムである。

そんな若者の言葉を耳にすると同時に、周囲に詰《つ》めかけた内の半数ぐらいの人々が非難がましい声をあげた。きっと、宿屋の関係者たちなのだろう。小分けで買いつける人間が現れると、値引きの対象となる分が減じてしまうのだ。

「しかたないだろ。うちは五人家族なんだからさ。これでもありったけの銅貨を準備してきたんだよ」

そのように述べつつも、若者はご満悦《まんえつ》の表情であった。そして、非難の声をかきわけるようにして、誰《だれ》かが「そうだそうだ！」と声をあげている。きっと彼と同じように、小分けでギバ肉を買いつけようとしている誰かなのだろう。もしも先着の五名が全員宿屋の関係者で、値引きとなる三箱ずつを買いつけていたら、一般の人々には購入の機会が失われていたところなのである。

「足の肉を二十人分ですと……代金は、赤銅貨六十枚となります」

そのように述べてから、ダイの女衆が不安そうにツヴァイ＝ルティムを振り返った。ツヴァイ＝ルティムは、無言のまま腕を組んでいる。小分けで売る場合、モモは一キロで赤銅貨十二枚、一人分なら赤銅貨三枚に設定したので、不備はないはずだった。

（この日に備えて計算の勉強会を開いたりもしたけど、練習と本番じゃ感覚も違うからな。ち

ょっとぐらい手間取るのが当然だ）

それでも、俺たちはこれを機会に、肉の値段を設定しなおしていた。これまでは四種バラバラの値段であったのだが、価格の近かったロースとバラ、モモと肩を、中間を取る形で同じ価格に設定しなおしたのだ。これで、値段を暗記する手間と計算をする手間は半分ぐらいに緩和《かんわ》されているはずであった。

（俺やツヴァイ＝ルティムは規格外なんだから、他のみんなはじっくり時間をかけて慣れてもらうしかない。何も焦《あせ》ることはないさ）

俺がそんなことを考えている間に、着々とくじ引きは進められていく。そうして最後のくじが引かれる前に、「四」と「五」の木札が引き当てられて、それはどちらも宿屋の関係者であった。なおかつ、その内の片方が四箱も買いつけていったので、残る肉はバラがひと箱にモモが十キロ分ということになった。

その段階で、宿屋の関係者はみんな悄然《しょうぜん》と立ち去っていく。やはり、わざわざ割高の値段で買う気持ちにはなれなかったのだろう。後に残ったのは十名ばかりの人々であったので、どうやら三十一名中の二十名ぐらいは宿屋の関係者であったらしい。木札を返して立ち去る際に、それらの人々は「なるべく早めにまた売り出してくれよな」と言ってくれていた。

そうして残された人々から番号の若い順に買っていってもらうと、五人目で肉が尽きた。一人で三十人分も買いつけるような人もいたので、二十五キロ分の肉もあっという間に尽きてしまったのだ。

「いやあ、何とか買いつけることができました。これで家族も大喜びですよ」

最後に残ったバラとモモを十人分ずつ買ってくれた若い男性は、笑顔でそのように述べていた。その明るく輝《かがや》く茶色の瞳が、売り場にいる全員をぐるりと見回して、最後に俺のところで止められる。

「ファの家のアスタって、あなたですよね。いつも祖母がお世話になっています」

「え？　祖母ですか？」

「はい。俺は野菜売りのミシルの孫です」

俺は、心から驚くことになった。そんな俺の姿を眺《なが》めながら、若者はにこにこと笑っている。

「俺は買い出しの仕事で町に出ることも多いんで、ときどき屋台の料理を食べさせてもらっていたんですけどね。他の家族はなかなかそんな機会もないから、なんとしてでもギバ肉を買いつけてこいってうるさかったんですよ」

「そうだったのですか。それはどうも、ありがとうございます」

「お礼を言うのはこっちですよ。うちの嫁さんなんかはドーラの家に通って、美味《うま》い料理の作り方ってやつを手ほどきしてもらっていたんです。おかげさまで、最近は晩餐《ばんさん》の時間が楽しみでしかたありません」

あのミシル婆さんのお孫さんとは思えない、実に快活な笑顔であった。

「そういえば、ドーラの家の人間は見あたりませんでしたね。もちろん今日のことは知らせていたんでしょう？」

「はい。でも、ギバ肉を食べたことのない人間に機会を譲りたいから、しばらくは遠慮《えんりょ》すると言ってくれていました」

「ああ、なるほど。つまりは、俺の家の家族たちみたいな人間のためにってことですね。そいつはありがたい気づかいです」

肉を詰めた革袋《かわぶくろ》を手に、若者はぺこりとおじぎをする。

「せっかくのギバ肉ですから、お袋や嫁に腕をふるってもらいますよ。それじゃあ、また屋台のほうにも顔を出しますんで、そのときはよろしく」

「はい、こちらこそ。お買い上げありがとうございました」

そうしてその若者も立ち去っていくと、本日の仕事も終了《しゅうりょう》であった。四軒《けん》の宿屋と六軒の家に、二百キロ強のギバ肉を売ることができたのだ。そして、同じ量の肉を城下町にも売ることができた。それが、本日の成果である。

総売り上げは、赤銅貨で換算すると三千六百六十枚。二箱分は小分けで売られたので、その分の代金が割増しされた格好だ。初日としては、上々の成果であろう。森辺に豊かな生活をもたらしたいという願いから始められた商売の、それは新たなる一歩であったのだった。

3

「あんなていどの計算で手間取ってたら、お話にならないヨ！　まったく、先が思いやられるネ！」

商売の後、荷台の中でそのように騒ぎたてたのは、ツヴァイ＝ルティムであった。本日の仕事は終了したが、広場には大勢の人々が詰めかけていたため、トトスの引く荷車を動かすことは難しい。ということで、しばらくはこの場で反省会を行うことに取り決められたのだった。

荷車を動かすわけではないので、荷台には本来のキャパを超《こ》える人数が陣取《じんど》っている。フォウ、ラン、ダイ、レェンの女衆、ツヴァイ＝ルティム、俺《おれ》、レイナ＝ルウ、リミ＝ルウという顔ぶれで、荷台の前側からはアイ＝ファが、後ろ側からはジザ＝ルウが内部の様子をうかがっていた。

「足と肩は一人分で赤銅貨三枚、ひと箱で白銅貨九枚。胸と背中は一人分で赤銅貨五枚、ひと箱で白銅貨十五枚。たったこれだけのことなのに、何を手間取る必要があるのサ？」

「申し訳ありません」と、四名の女衆はうなだれてしまっている。途中《とちゅう》からはメンバーを入れ替《か》えて、四名全員に銅貨の計算を経験してもらったのだが、誰一人《だれひとり》としてツヴァイ＝ルティムを満足させることはできなかったようだった。

「森辺で手ほどきをしてやったとき、レェンのアンタなんかはけっこうスラスラ答えてたでショ？　どうして今日は、あんなにつっかえつっかえだったのサ？」

「は、はい……やはり、町の人間を相手にする商売というのが初めてだったので、いささか心を乱してしまっていたのかもしれません……」

「無法者がうろついてたわけでもないし、男衆だってそばについてたんだから、心を乱す理由なんてないでショ？　ダイのアンタなんて、足と胸の代金を取り違えてたしサ！　あのまま売ってたら大損するところだったヨ！」

「も、申し訳ありません。わたしもやっぱり、平常心ではなかったようです……」

しょんぼりと肩を落とす二人の女衆から、ツヴァイ＝ルティムは左側に視線を転じる。そこに座しているのは、一番年配のフォウの女衆であった。

「アンタなんかは、この中で一番すんなり計算できてたみたいだネ。とりあえずは、値段を間違えることもなかったしサ」

「ええ。年をくってる分、他のみんなよりは落ち着いていたのかもしれませんねぇ」

俺やアイ＝ファには気安く語りかけてくれるフォウの女衆も、族長筋に連なる者を相手にするときには口調を改めていた。ツヴァイ＝ルティムは「フン！」と鼻息をふいてから、俺のことをにらみつけてくる。

「本当にそれだけの話なのかネ？　足を十三人分、胸を七人分なんて、こっちの二人だったら手ほどきのときでもそんなにすんなり答えられなかったはずだヨ」

「ああ、そちらの方は、フォウの中でも数を数えるのが得意だということで、この仕事に選ばれたそうだよ。実際、俺が手ほどきしたときにも見事な手際《てぎわ》であったしね」

「ふうん？　コッチでは、年をくった女衆より若い女衆のほうが、数を数えるのが得意そうだったんだけどネ」

ツヴァイ＝ルティムがそう言うと、フォウの女衆が穏《おだ》やかに微笑みながら発言した。

「ファの家と縁を結びなおすまで、うちの家は貧しかったもんでねぇ。限られた銅貨でどうやりくりしていくか、そういうことに頭を使うことが多かったんですよ。あたしは分家の家長の嫁だったんで、なおさらにねぇ」

「なるほどネ」と、ツヴァイ＝ルティムは下唇《したくちびる》を突《つ》き出した。

「とにかく、これじゃあお話にならないヨ。今よりもたくさんの肉を扱《あつか》うようになったら、小分けで買おうとする人間も増えるはずなんだからネ。足を三人分、胸を十一人分、肩を十三人分、背中を四人分、なんて買い方をするやつがいたら、アンタたちに相手ができるのかい？」

ダイやレェンの女衆は、目を白黒させてしまっている。すると、ツヴァイ＝ルティムがまた俺のことをにらみつけてきた。

「アンタだったら、これぐらいは悩《なや》みもしないでショ？」

「いや、さすがにちょっとは迷うよ。……ええと、四十八枚に七十五枚で、合計は赤銅貨百二十三枚、かな？」

四名の女衆のみならず、レイナ＝ルウとリミ＝ルウも目を丸くしていた。

「すごーい！　アスクはどうして、そんなにすぐ答えがわかるの？」

「まずは、同じ代金である肩と足、胸と腹の数を足して、そこに値段の数字を掛《か》けるんだよ。……この、『掛ける』っていう計算に馴染みがないと、そりゃあ大変になっちゃうよね」

掛け算ぐらいは、森辺の民も日常的に使用している。そうでなければ、ギバ一頭分の牙《きば》と角から、アリアとポイタンをいくつずつ買えるのか、そういう計算にだって難渋《なんじゅう》してしまうことだろう。しかしそれは生活の中でつちかわれてきた技術であり、俺のように系統だてて学ばされたわけではない。逆に言うと、「九九」という明確な概念《がいねん》のない環境《かんきょう》でどのように掛け算をこなしているのか、俺には理解し難《がた》い部分があった。

「何なんだろうネ。三が三つあったら九だし、九が九つあったら八十一でショ？　何も難しいことはないと思うけど」

「い、いえ。さすがに九が九つという計算を、それほどすんなり行うことはできません。そんなことができるのは、アスタとツヴァイ＝ルティムぐらいなのではないでしょうか？」

レェンの女衆がおそるおそる言うと、ツヴァイ＝ルティムは「うーん！」と考え込んでしまう。そんな彼女に、俺はかねてよりの腹案を伝えることにした。

「ところでさ、売り上げの計算について、ちょっと提案があるんだけど」

「なにサ？　こっちの問題も片付かない内に、別の問題を持ち出すつもり？」

「いや、根っこは同じ問題だと思うんだよ。ちょっとこれを見てもらえるかな」

俺はかたわらに置いておいた荷袋から、この日のための秘密アイテムを取り出してみせた。すなわち、宿場町で購入しておいた帳面と筆である。

「フン。それは、町の連中が文字ってやつを書くのに使う道具だネ」

「うん。今後、この商売の売り上げはこの帳面に書き留《とど》めていくべきじゃないかと考えてるんだ。それでね、町の人にこの西の王国で使われている数字の書き方を教えてもらったんだよ」

Ｂ５サイズぐらいの帳面をめくると、そこにその成果が書き記されていた。西の王国セルヴァで使われている、「〇」から「九」までの数字である。それらの数字の隣《となり》には、小さな点でその数が記されている。

「フン。この何も書いてないやつが『〇』ってことだネ」

「うん、そうだよ。で、たとえば『二十四』だったら、左の側に『二』の数字を、右の側に『四』の数字を書くわけだね。だから、今日の売り上げの赤銅貨三千六百六十枚を表すには、こんな風に書くわけさ」

俺は次のページに、セルヴァの数字でその金額を書いてみせた。

「で、他の氏族から買いつけた肉の代金もここに記して、それを引いた純利益の数字も書き残していけば、森辺の民がこの商売でどれぐらいの豊かさを得られているかを家長会議で発表できるわけさ」

「なるほどネ……」とつぶやきながら、ツヴァイ＝ルティムは前のページを繰《く》った。その白目の目立つ三白眼が、一個の数字をじいっとねめつけていく。そして数秒後、ツヴァイ＝ルティムは元のページに戻《もど》すと、俺から奪《うば》い取った木の筆でさらさらと数字を書き記した。

「ダイとレェンで買い付けに使った代金は、これだけだヨ。確かにこれなら、ルウ家が貸し付けた銅貨をちょろまかされる心配もなくなるネ」

「ツ、ツヴァイ＝ルティムは、もうこの数字というものをすべて覚えてしまわれたのですか？」

ダイの女衆が感嘆《かんたん》の声をあげると、ツヴァイ＝ルティムはうろんげにそちらを振り返った。

「こんなの、ちょっと見たら覚えられるでショ？　どこに難しいことがあるのサ」

「い、いえ、とてもそのように短い時間で覚えられるとは……もちろん、この仕事に必要なことなのでしたら、覚えられるように努力はいたしますが……」

「覚えると、のちのち大きな役に立つのではないかと思います。特に、掛け算の修練をするのに有効だと思うのですよね」

そのように述べながら、俺は別の帳面に新しい数字を記していった。とりあえずは例文として、九九の二の段である。

「ここには、二に対して二から九までを掛けた数字がひと通り記してあります。二掛ける二は四、二掛ける三は六、という感じにですね。これをもっと大きな木の板か何かに書いて、時間のあるときに覚えられるように修練を積めば、計算をする際にとても有効なのではないかと思うのです」

「はあ……そういうものなのでしょうか……？」

「まずは数字の読み方を覚えないとピンとこないかもしれませんが、長い目で見ればいい修練になると思いますよ。あとは、ににんがし、にさんがろく、という音の響きまで加えると、いっそう覚えやすいのではないでしょうか」

「あはは。なんか、シムのおまじないの言葉みたい！」

リミ＝ルウは、子犬のようにはしゃいでいる。その隣では、レイナ＝ルウが真剣な眼差しで帳面を見つめていた。

「数字を書き残すというのは、とても興味深いですね。わたしたちもその技術を習得すれば、料理を作る際にもすごく便利になりそうです」

「うん。食材の分量とか、煮込《にこ》む時間とか、そういうのを数字で残せれば、すごく便利だと思うよ。人に手ほどきをするときも、口で伝えるだけじゃなかなか手間がかかるからね」

だけどまずは、肉の市の商売に関してだ。いささかならず不安そうな顔をしている四名の女衆に、俺は力強く笑いかけてみせた。

「これは初めての試みですから、習得するには長い時間がかかると思います。でも、こういう商売を子々孫々まで伝えていくつもりであるなら、きっと無駄《むだ》にはならないはずですよ」

「はい……ですが、わたしたちなどにやりとげられるのでしょうか……?」

「それは実際に試《ため》してみないことには、わかりません。でも、俺は大丈夫《だいじょうぶ》だと思っています。数字を書き記すことや、系統立った掛け算というものも習わないまま、今ぐらいの計算ができているということ自体が、俺にはむしろすごいことだと思えてしまうのですよね」

それは、俺の本心であった。料理や商売の手ほどきをするにあたって、森辺の女衆はメモのひとつも取らずにここまでの成果をあげてきたのである。それは彼女たちに、きわめて高い計算能力や記憶力《きおくりょく》が備わっているがゆえであると思えてならないのだった。

「掛け算に関しても、これまでは頭の中だけで計算していたのでしょう? そこに、こういう表を見たり、計算式を口にすることで、目や耳まで使うようになれば、いっそう身につけることができるようになると思うのです。あまりに苦痛になるようであれば、別の方法を考えるべきだと思いますが、まずはこのやり方を試してみてはいかがでしょう?」

「……面白《おもしろ》いネ」と、ツヴァイ＝ルティムがまた低くつぶやいた。その目は、まだ帳面の数字をにらみつけている。その姿を確認《かくにん》してから、ダイの女衆が決然とした面持《おもも》ちで俺を見つめてきた。

「わかりました。試しもせずに、あきらめるわけにはまいりません。それに……わたしが駄目《だめ》でも、他の女衆ならこの方法で力を得ることができるかもしれません。まずは、手ほどきをお願いしたく思います」

他の女衆も、真剣な面持ちでうなずいていた。その光景を、ジザ＝ルウとアイ＝ファが無言で見守っている。さしあたって、俺の温めていた腹案は森辺の同胞《どうほう》たちに受け入れてもらえたようだった。


半刻ほど経《た》つと、ようやく広場の賑《にぎ》わいも収まってきたので、俺たちは森辺の集落に帰還《きかん》することができた。

まずはルウ家に腰《こし》を落ち着けて、さきほどの案の実践《じっせん》である。大きな木の板に九九の表を書き記して、フォウとダイの女衆に託《たく》す。帳面と筆は必要なだけ買い求めていたので、それもまとめて配分することになった。

「で、実はルウ家でも必要かと思って、余分に購入しておいたんだよね」

俺が帳面と筆を手渡《てわた》すと、レイナ＝ルウはとてもびっくりしていた。

「それではやっぱり、アスタもこれらの技術が調理の役に立つと考えていたのですね？」

「うん。以前に城下町で黒フワノの取り扱いの勉強会をしたとき、食材の分量を帳面に書きつけている人がいただろう？　あれを見たときから、いずれ森辺でもそのやり方を取り入れてみたいなと考えてたんだ」

「ありがとうございます！　さっそく後で、さまざまな料理の内容を書き留めておこうかと思います！」

　こんなに喜んでもらえるならば、もっと早くから提案しておけばよかったと、そのように思うことしきりの俺であった。

　ともあれ、肉売りの仕事に関しては、これにて終了である。

「肉の市は、三、四日ごとに開かれます。最初から連続で参加というのは慌《あわ》ただしいので、間に一回休みをはさんで、六日後か七日後あたりの市に参加するというのはいかがでしょう？」

「はい。今回と同じ量でよろしいのでしたら、何の問題もないかと思います」

「それじゃあ、もしもゆとりがあったら、何箱か追加するという形にしましょうか。いちおう城下町からは倍の数でも引き取れるというお話をいただいていますし、宿場町で売れ残ったら買い取ってくれるとも言ってくれていましたからね」

　話は、それでまとまった。めいめいに挨拶《あいさつ》をして、帰り支度《じたく》を始める。その際に、ツヴァイ＝ルティムがこっそり俺のほうに近づいてきて、こう囁《ささや》いた。

「……次は、負けないからネ」

「え？　何の話だい？」

俺の質問には答えずに、ツヴァイ＝ルティムはさっさとダイ家の荷車に乗り込んでしまう。

俺が首を傾《かし》げていると、たまたま近くにいたレイナ＝ルウが笑いかけてきた。

「あれはきっと、自分が手ほどきをした女衆よりアスタの手ほどきをした女衆のほうがしっかりと計算できていたために、悔《くや》しかったのではないでしょうか？」

「ええ？　あれは本人が優秀《ゆうしゅう》だったおかげで、俺は関係ないのになぁ」

「でも、ツヴァイ＝ルティムにとっては悪い話でもないのでしょう。ツヴァイ＝ルティムは、ダイやレェンの女衆に対してとても厳しい態度でしたが、あれは何だか……身内の人間として扱っているようにも見えました」

「ああ、それはそうかもしれないね」

それにツヴァイ＝ルティムは、女衆の一挙手一投足をとても懸命に見守っていた。そしてまた、ダイやレェンの女衆はツヴァイ＝ルティムのことをとても信頼《しんらい》し、尊敬しているようにも見えたのだった。

「口の悪さは相変わらずですけれど、ツヴァイ＝ルティムは変わってきているのだと思います。そうでなければ、ガズラン＝ルティムがルティムの氏を与《あた》えるわけがありませんしね」

「うん。俺もそう思ってたよ」

その後は、ミケルの家であれやこれやの雑務をこなしてから、ファの家に帰ることになった。レシピをメモするという新しい試みに挑《いど》むには、西の文字を知る人間の協力が不可欠であったのだ。また、ミラノ＝マスを始めとする宿場町の人々は、数字や簡単な文字ぐらいしか知識になかったので、城下町育ちのミケルほど心強い存在はなかったのである。

そこでかなりの時間を費《つい》やしてしまったので、ファの家に帰りついた頃《ころ》にはもう中天も目前であった。アイ＝ファとブレイブは、森に向かう刻限だ。しかし本日は、仕掛《しか》けた罠《わな》の確認だけで終わらせる、いわゆる半休の日と定められていた。

「では、二刻ほどで戻ってくる。私の言葉を忘れてはいまいな？」

「うん。今日はこれからフォウの家にお邪魔することになってるから、大丈夫だよ」

本日は俺の生誕の日であったため、アイ＝ファが祝いの料理をこしらえることに決められていた。なおかつ、余人がいると集中できないので、かまどの間を空けておくようにと厳命されていたのである。

「それではな。お前も日が沈《しず》むまでには戻ってくるのだぞ」

「うん。そっちも気をつけて。無事な帰りを森に祈《いの》ってるよ。……ブレイブも、しっかりな」

めったに声をあげることのないブレイブは、賢《かしこ》そうな黒い瞳《ひとみ》を瞬《まばた》かせながら短い尻尾《しっぽ》を振《ふ》っていた。

そんなブレイブとアイ＝ファが森へと遠ざかっていく姿を見送ってから、俺は荷車でまたフォウの家を目指す。明日の商売の下ごしらえと料理の勉強会は、そちらのかまどの間を借りることになっていたのだ。

フォウの家に到着《とうちゃく》すると、すでに大勢の人々が集まっていた。フォウとガズとラッツを親筋とする氏族の女衆である。フェイ＝ベイムやリリ＝ラヴィッツは屋台の商売の帰り道でしか仕事を手伝うことはないので、これが本日のフルメンバーであった。

そのように考えてから、俺は大事なメンバーがひとり欠けていることに気づいた。ベイムやラヴィッツと同じくファの家の行いに反対する氏族の血筋でありながら、ただひとりフル稼働《かどう》で俺の仕事を手伝ってくれている重要人物――すなわち、トゥール＝ディンの姿がなかったのだ。

「あ、アスタ。今日は朝からお疲《つか》れ様《さま》でした。今、肉の市というものの話をフォウの女衆から聞いていたのですよ」

灰褐色《はいかっしょく》のサイドテールを揺《ゆ》らしながら、ユン＝スドラが笑いかけてくる。確かに他の女衆も、九九の表が記された木の板を取り囲みながら、熱心に話を聞いていた様子だった。

「うん。初日としては文句のない結果だったよ。……ところで、トゥール＝ディンはまだ来ていないのかな？」

「はい。日時計もちょうど中天を指したところですし、そろそろ――」

ユン＝スドラがそのように言いかけたとき、広場のほうから荷車を引く音色が聞こえてきた。ぺちゃくちゃと喋《しゃべ》っていた女衆も、それで押し黙《だま》る。やがて、フォウの本家のかまど小屋の前にまで、その荷車は近づいてきた。

「遅《おく》れてしまって申し訳ありません。まだ仕事は始まっていませんでしたか？」

荷台から降りたトゥール＝ディンが、深々と頭を下げてくる。それはザザ家の荷車であり、手綱《たづな》を握《にぎ》っているのはスフィラ＝ザザであった。

「俺もついさっき来たところだよ。スフィラ＝ザザも、お疲れ様でした」

「……これは弟のゲオルが言い出したことですし、それを認めたのは家長なのですから、あなたにねぎらわれるような話ではないかと思います」

ここのところ、トゥール＝ディンは休業日の前日の昼下がりから翌日のこの時間まで北の集落に出向き、料理の手ほどきに取り組んでいたのである。それは確かに、スフィラ＝ザザが言った通りの経緯《けいい》で始まったことだった。

トゥール＝ディンを運んできたのが顔馴染《かおなじ》みのスフィラ＝ザザであったので、その場にいた女衆の緊張も解けている。ザザの眷族《けんぞく》たるディンやリッドとは友となった彼女たちでも、まだ北の集落の人々はルウ家以上に畏敬《いけい》の対象であったのだった。

「では、トゥール＝ディン。また五日後に。失礼いたします」

「あ、ちょっとお待ちを。実は、北の集落の方々にもお伝えしたいことがあったのですよね」

俺がそのように呼びかけると、スフィラ＝ザザはけげんそうに眉をひそめた。

「何でしょう？　町でギバ肉を売り始めたことに関しては、家長会議まで何も聞く必要はないかと思いますが」

「いえ、それとは別件です。ちょうどこれから話をしようと思っていたところですので、時間があったら聞いていってください」

スフィラ＝ザザは眉をひそめたまま、それでも手綱をそのへんの木にくくって、かまど小屋のほうに近づいてきてくれた。

「他のみなさんも、下ごしらえの仕事を始める前に聞いてください。実は、そちらの板に書かれている数字についての話なのです」

そうして俺は、調理をするにあたって食材の分量や火にかける時間を書き留めることがどれほど有効であるかを、あらためて説明することになった。

「べつだん、セルヴァの文字を事前に暗記する必要はありません。その文字がどの数を表すかは、また別の場所に書き留めておけばいいのです。こうやって、文字の隣にその数の点を記しておけば、間違《まちが》えることもないでしょう？」

「なるほどねえ。確かに、ややこしい料理を覚えるには便利そうだ」

そのように述べたのは、ガズの年配の女衆であった。その隣から、ラッツの若い女衆が「でも」と声をあげる。

「その数字がどの料理の分量を示しているのかは、どうやって見分ければいいのでしょう？ひとつやふたつの料理なら間違えることもありませんが、五つや十にも増えていったら、どれがどれだかわからなくなってしまいそうです」

「いや。まずその前に、どの数字がどの食材の分量なのかは、どうやって見分けたらいいんだい？」

そのあたりのことも、俺は事前に考えていた。

「最初の内は、絵や色で見分けるしかないと思います。肉団子だったら丸い絵を描《えが》くだとか、塩は赤い字で書くだとか、そんな感じにですね。ただ、それと並行《へいこう》して、セルヴァの文字を記号として覚えていってはいかがでしょう？」

「セルヴァの文字を、記号として？」

それは、実践で見せたほうが早かった。

「宿場町でも、それほど多くの文字というものは使われていなかったのですよ。だからこれは、ルウ家の客人であるミケルに教わったものなのですが……こちらには、赤で塩、青で砂糖、黄色でタウ油と書かれています」

セルヴァおよびジャガルで使われているのは、象形文字を思わせる不可思議な文字であった。帳面を覗《のぞ》き込んだ女衆は、みんな感心したような声をあげている。

「最初の内は、色を頼《たよ》りに見分ければいいと思います。染料《せんりょう》はこの三色しかありませんが、色を混ぜれば十色ぐらいは使い分けられるでしょう。それで、食材と調味料はそれぞれ別に分けて使えば、しばらくは不便もないと思います」

「うーん。だけど今度は、その色がどの食材であるかを覚えるのが大変じゃないかねぇ？」

「それはですね、食材をしまっている場所にその色で名前を書き留めておけばいいのですよ。調味料だったらその容器に書いてしまえばいいですし、野菜だったら棚《たな》や籠《かご》にこの帳面を張りつけておけばいいのです。そうして毎日見ていれば、やがてその文字が何を意味するかも自然に覚えられて、色を変える必要もなくなるのではないでしょうか？」

まったくゼロの状態から、見知らぬ文字を覚えるというのは大変だ。俺自身、そのようなことにあまり労力はかけられないと考えている。だからこれは、俺もこの方法だったら食材や調味料の文字ぐらいは覚えられるかもな、という意識で考案した作戦であった。

「あとは肝心《かんじん》の、料理名ですよね。これればかりは、ひとつずつ覚えていくしかないと思います。二、三種類ぐらいから始めれば、間違えることもないのではないでしょうかね」

「あたしは、くりーむしちゅーってやつの作り方をきちんと覚えたいんだよね。家で作っても、なかなかアスタみたいに上手《うま》くいかないからさ」

「クリームシチューというのは俺の故郷の言葉なので、それをそのまま文字で表すことはできないそうです。でも、さっき何とかミケルに考えていただきました」

セルヴァの文字は、表意文字なのである。十文字ぐらいで構成されたその一文には、調味料の欄《らん》に記された『カロン乳』の文字も含《ふく》まれていた。これで、『カロン乳仕立ての具だくさんの汁物《しるもの》料理』という意味合いになるらしい。

「このクリームシチューという文字を赤で書いて、他の料理を青や黄色で書けば、ひとまず三種類ぐらいは見分けられるのではないでしょうか。それで混乱しなくなった頃合《ころあ》いで、新しい料理を増やしていけばいいと思います」

そうして俺は、最後にスフィラ＝ザザを振り返った。

「いかがでしょう？　この方式を取り入れれば、トゥール＝ディンの手ほどきもよりすみやかに行えるのではないかと考えたのですが」

「……トゥール＝ディンは、どう思いますか？」

質問を丸投げされてしまい、トゥール＝ディンは「は、はい！」と上ずった声をあげる。

「と、とても素晴《すば》らしいと思います。最初は大変かもしれませんが、行く末を考えればかなり苦労が減るのではないでしょうか」

「そうですか。……しかし、その筆や帳面というのも、決して安いものではないのでしょうね」

「安くもなく高くもないという感じでしょうか。あくまで、俺の感覚ですが」

塗料《とりょう》も帳面もごく近在の町で大量に生産されているらしく、それほど値の張るものではなかった。特にこの帳面で使われているのは、パプラという樹木から作られた割安な紙であるということ。これまで宿場町で目にする機会はなかったが、宿屋のご主人がたも裏ではこれらを使って帳簿《ちょうぼ》をつけているのだという話であった。

「わかりました。家長と相談いたしましょう。それでトゥール＝ディンの苦労が減るのでしたら、銅貨を惜《お》しむこともできません」

「あ、いえ、わたしは何でもかまわないのですが……でも、そうやって食材の分量などを書き記すことができるようになれば、親から子へ、またその子へと教えを伝えていくのに、とても便利だと思うのです」

「……そうですね」と、スフィラ＝ザザが薄《うす》く微笑んだ。最近見せるようになった、大人びた表情だ。それを見て、トゥール＝ディンもまたはにかむように微笑んだ。

「では、家長らにもそのように伝えます。……アスタ」

「はい、何でしょう？」

「……わたしたちにも分けへだてなく知識を授《さず》けようというあなたのお気持ちには、感謝いたします」

俺に笑顔《えがお》が向けられることはなかったが、それでもそれは十分に心のこもった言葉であった。

そうしてスフィラ＝ザザがトトスの荷車で帰っていくと、サリス・ラン＝フォウが俺のほうに近づいてきた。

「アスタ、わたしからもお礼の言葉を言わせてください。みんなはまだあまりわかっていないようですが、これは本当に素晴らしいことだと思います。……そして、驚《おどろ》くべき話だとも思います」

「そうですか。意外にみなさんが前向きに受け止めてくれたので、俺もありがたく思っています」

「ええ。これでわたしたちは、いっそう美味なる料理で家族たちを喜ばせることができるようになるでしょう。アイ＝ファがアスタを見出《みいだ》した今日という日を、わたしも心から祝わせていただきたく思います」

そのように述べてから、サリス・ラン＝フォウはにこりと微笑んだ。

「でももちろん、晩餐の時間に押《お》しかけたりはしないのでご安心ください。アイ＝ファと二人で、心ゆくまで喜びを噛《か》みしめてくださいね」

「は、はい。お気づかいありがとうございます」

「……あと、アイ＝ファの料理がどのようなものであったとしても、怒《おこ》ったり悲しんだりしないであげてくださいね？　アイ＝ファはアスタから料理の手ほどきをされたこともないという話なのですから」

「もちろんです。どのような料理であっても、アイ＝ファが作ってくれたというだけで、俺にはかけがえのないことですよ」

いささか気恥《きは》ずかしかったが、相手が他ならぬサリス・ラン＝フォウであったため、俺は包み隠《かく》さず本心を語ってみせた。

そんな晩餐の刻限まで、時間はまだまだたっぷりと残されていた。

4

けっきょく俺がファの家に帰りついたのは、太陽が半分がた西の果てに沈みかけた頃合いであった。

明日のための下ごしらえを終えた後は、各氏族の食料庫を巡《めぐ》って、食材の棚や壺《つぼ》に名札をつける作業をこなすことになったのだ。今日だけでフォウ、ガズ、ラッツ、ディンの本家では作業を終えることができたので、明日以降はそれを分家や眷族にまで広めてもらう手はずになっていた。

「いやあ、何とも慌ただしい一日だったなぁ」

そんな独《ひと》り言《ごと》が飛び出してしまうぐらい、今日は多忙《たぼう》な一日であった。何せ朝方には、宿場町の市場に参加してきた身であるのだ。それに、ガズやラッツはそれなりに遠い家であるので、俺がこれほどあちこち動き回るというのはなかなかに珍《めずら》しい話であったのだった。

ファの家に到着した俺は御者台《ぎょしゃだい》の上で大きくのびをしてから大地に降り立ち、母屋《おもや》の戸板をノックする。窓から明かりが漏《も》れているので、アイ＝ファが在宅であることは知れていた。

「アスタだ。帰ったよ」

「うむ。間もなく、晩餐も仕上がるところだ」

戸板ごしに、アイ＝ファの声が聞こえてくる。アイ＝ファの無事を森に感謝しながら、俺はこっそり微笑《ほほえ》んだ。

「下ごしらえの済んだ食材をかまど小屋に運んでくるから、ちょっと待っててくれ」

「うむ」というアイ＝ファの返事を聞いてから、俺はギルルとともにかまど小屋へ移動した。乾燥《かんそう》パスタやカレーの素、それに切り分けたギバ肉の木箱などを、食料庫に収納していく。それからかまどの間のほうも覗いてみると、そこにはまだいくぶん熱気が残されているような気がした。

家にはひとつのかまどしかないので、最後の仕上げ以外はすべてこの場で済ませたのだろう。アイ＝ファが一人で調理をしている姿を想像すると、俺は何だかむやみに幸福な気持ちになってしまった。

アイ＝ファが俺のために、俺のためだけに料理をこしらえてくれたのである。俺が病魔《びょうま》で倒《たお》れたときも、アイ＝ファはトゥール＝ディンたちに調理をお願いしていたのだから、俺がアイ＝ファの料理を口にするというのは――本当に、俺たちが出会った最初の夜以来なのではないかと思われた。

（ずっと昔は、祝宴《しゅくえん》の準備を手伝ってくれたりもしていたけど、最近は荷物運びぐらいしか手を出してなかったもんな。もしかしたら、ポイタンを焼くのだって初挑戦《はっちょうせん》だったんじゃないか？）

サリス・ラン＝フォウは、とても不出来な料理になるかもしれないと心配していたが、俺は何ひとつ気にしていなかった。たとえギバ肉が黒焦《くろこ》げであっても、ポイタンが生焼けであっても、それはアイ＝ファが俺のためにこしらえてくれた料理であるのだ。その幸福感の前に、料理の完成度などは二の次であったのだった。

（……って、俺と出会う前から肉を焼いたりはしてたんだから、そこまで見くびるのは失礼か）

俺はかまどの間の戸板を閉めて、母屋に戻ることにした。

途中でギルルを荷車から解放し、手綱を手に玄関《げんかん》へと向かう。再びノックをしてから戸板を開けると、ギバの大腿骨《だいたいこつ》をかじっていたブレイブが土間から俺たちを見上げてきた。

ギルルはその向かいで丸くなり、俺は革《かわ》のサンダルを脱《ぬ》ぎ捨てる。アイ＝ファは上座で片膝《かたひざ》を立てたあぐらをかき、いつも通りの姿で俺を待ち受けていた。

「今日も一日、ご苦労であったな。晩餐の支度は済んだので、座《すわ》るがいい」

「うん。アイ＝ファもお疲れ様」

俺は、アイ＝ファの正面に腰をおろす。俺たちの間には、いくつもの木皿が並べられていた。だけどその前に、まずは生誕の日の儀式《ぎしき》である。俺が着席するなり、アイ＝ファはおごそかな表情と口調でその言葉を口にした。

「家人アスタの十八度目の生誕の日を、ここに祝福する。これからも、ファの氏に恥《は》じない人間として、健《すこ》やかなる生を送ることを願う」

「はい。ファの家人として、母なる森に恥じない生を送ります」

リミ＝ルウのお誕生会で学んだ言葉を、俺は返してみせた。アイ＝ファは「うむ」とうなずいてから、料理の皿を迂回《うかい》して俺のほうに近づいてくる。

「祝福の花を捧《ささ》げる。お前はこれまで通り、自分が正しいと信じた道を歩むがいい」

「うん、ありがとう」

実に立派な花弁をしたミゾラの花が、俺の胸に飾《かざ》られた。かつてシン＝ルウがララ＝ルウに贈《おく》ったのと同じ、黄色のミゾラの花である。

「では、祝いの晩餐を始めるとしよう」

アイ＝ファの言葉に従って、俺は食前の文言を詠唱《えいしょう》した。そこにアイ＝ファの名前しか組《く》み込《こ》まれていないというのも、初めての体験だ。その喜びを噛みしめるように、俺はゆっくりとその言葉をなぞっていった。

「それでは、いただくよ。すごく豪勢《ごうせい》な晩餐だな」

「それは、祝いの晩餐であるからな」

とりあえず、俺はこの品数だけでも大したものであるように思えてならなかった。主菜がひと皿、スープがひと皿、さらに大量の肉野菜炒《いた》めと、生野菜サラダ、そして焼きポイタンというラインナップである。

主菜は、当然のようにハンバーグであった。アイ＝ファがハンバーグをこしらえるなんて、もちろん初めてのことである。しかしとりあえず外観は申し分ない仕上がりで、こんがりとした焼き色も実に美味《うま》そうであったし、パテの上には赤褐色《せきかっしょく》のソースが掛けられて、焼いたチャッチやネェノンまで添《そ》えられている。俺が普段《ふだん》作るハンバーグを、そのまま再現したかのような仕上がりだ。

「すごいな。これを本当に、アイ＝ファが一人で作ったのか？」

「……私が一人で作らねば、他の人間をしめだした意味がなかろうが？　冷《さ》めぬ内に食するがいい」

「うん。それじゃあ、いただきます」

俺は木皿を取り上げて、そのハンバーグからいただくことにした。見れば見るほど、素晴らしい仕上がりだ。肉汁《にくじゅう》と果実酒をベースにしたソースの香りも、俺の空腹感と幸福感を同時に刺激《しげき》してくれた。

俺は木匙《きさじ》で、ひと口分の肉を切り分ける。すると、クリーム色のチーズがとろりとあふれだしてきた。これは、『乾酪《かんらく》・イン・ギババーグ』であったのだ。

「す、すごいな。正直、アイ＝ファが一人でここまでのものを作れるとは思っていなかったよ」

「……この夜は、私がもっとも美味だと思う料理を作るべきだと考えたのだ。しょせんは、見よう見まねだがな」

厳粛《げんしゅく》な面持ちをしたアイ＝ファに見守られながら、俺《おれ》は乾酪をまぶしたパテを口に運んだ。

きっとこれが、最後に仕上げた料理なのだろう。パテからあふれる肉汁もとろけた乾酪も、十分な熱を保っていた。

パテにはきちんとみじん切りのアリアまで使われており、口の中でほろほろとほどけていく。熱の入れ方も、塩やピコの葉の加減も、甘《あま》くて香り高いソースの仕上がりも、すべてが十二分の完成度であった。

「うん、美味《おい》しいよ。美味しすぎて、びっくりした」

「……それはいささか、言葉が過ぎぬか？」

「そんなことないよ。しつこいようだけど、これをアイ＝ファが一人で作ったなんて、なかなか信じられないぐらいだ」

「そうか」と、アイ＝ファは初めて笑顔を見せた。

とても幸福そうな、とても魅力的《みりょくてき》な笑顔である。

「そこまでの出来ではないと思うが、お前が虚言《きょげん》を吐《は》くはずはないと信じよう」

「本当だってば。最初からアイ＝ファの料理をけなすつもりなんてなかったけど、だからといって大げさにほめるつもりもなかったぞ？」

「うむ。こと料理に関して、お前が妥協《だきょう》を許すはずもないからな」

アイ＝ファは自分の胸《むな》もとに手をやって、ふっと小さく息をついた。

「そのはんばーぐには一番の力を注いだので、お前に美味と思ってもらえたのならば嬉《うれ》しく思う。……なんだか、手足から力が抜《ぬ》けていきそうだ」

「俺のほうこそ、嬉しいよ。本当にありがとうな、アイ＝ファ」

「うむ」と、アイ＝ファは目を細める。その幸福そうな表情を見ているだけで、俺もいっそう幸福な心地《ここち》になってしまった。

「だけど本当に、よくここまでの料理を作れたな。誰《だれ》かに手ほどきをお願いしたわけでもないんだろう？」

「見よう見まねだ。お前がはんばーぐを作る姿は、何度となく目にしているからな」

「すごいなあ。どこに出しても恥ずかしくない出来栄《ば》えだよ」

とても甘やかな幸福感にひたりながら、俺は次の皿を取り上げた。汁物料理、ギバ・スープである。香りや色合いからしてタウ油仕立てであり、具材にはアリアとチャッチとネェノンと、それにマ・ギーゴとシィマも使われている。ギバ肉と野菜からしっかりと出汁《だし》が出ており、タウ油の味つけにも不備はない。サトイモのごときマ・ギーゴとダイコンのごときシィマの食感がやや固めかな、というぐらいで、それも不満の声をあげるほどではなかった。

（だいたい、アイ＝ファがマ・ギーゴやシィマを使うのは初めてのはずだもんな。それでこの仕上がりなら、十分以上だ）

この胸中に満ちた幸福感をさっぴいたって、それは素晴らしい仕上がりであった。無粋《ぶすい》を承知で他者と比較《ひかく》するならば、俺から手ほどきを受けているフォウやランの女衆にも劣《おと》る出来栄えではないだろう。

そして生野菜サラダは、シィマとギーゴを短冊《たんざく》切りにしたものであった。いくぶん形は不格好であるが、それで味が落ちるわけではない。潰《つぶ》した干しキキをタウ油で和《あ》えたディップも、素朴《そぼく》でほっとする味わいであった。

「本当に、どれを食べても美味しいなぁ。アイ＝ファはもともと手先も器用だし、かまど番としても才能があるんだろうな」

そのように告げながら、俺は最後の料理に手をつけた。これまた色々な食材の使われた、肉野菜炒めである。祝いの料理ということで、惜しみなく食材を使ったのだろう。アリア、ネェノン、プラ、マ・プラに、ロヒョイとぺぺとブナシメジモドキまで使われていた。

「ふむふむ。これも美味しそうだな」

俺は木匙にたっぷりと載《の》せたその料理を口に入れた。

とたんに、得も言われぬ味わいが口の中に広がっていく。

タウ油のしょっぱさとママリア酢《ず》の酸味が、ものすごい。それでいて、砂糖の甘さも際立っていた。それらのバラバラな味がおたがいを支え合い、不可思議なハーモニーを生み出して——などという、ヴァルカスじみた魔法《まほう》が働くこともなく、俺は「んぐ」とおかしなうめき声をあげてしまった。

「……やはり、そればかりはお前にも許容できなかったか」

アイ＝ファは、とても申し訳なさそうな顔になっていた。

「何か味が足りない気がして色々と加えてみたのだが、けっきょく満足な仕上がりには至らなかったのだ。不出来なものを食べさせてしまって、すまなく思っている」

「い、いや、そんなことはないよ。とても個性的な味だけれど」

「では、他の料理と差のない出来だとでも言うつもりか？」

と、アイ＝ファは切なげに眉《まゆ》をひそめてしまう。

「虚言は罪だぞ。不出来なら不出来とはっきり述べるがいい」

「いや！　アイ＝ファの作ってくれた祝いの料理に、文句をつけるつもりはない！」

「……ならば、なぜ泣いている？」

「これは、ママリアの酢が目にしみただけだ」

俺は芯《しん》の残ったプラをガリガリと噛み砕《くだ》いて呑《の》み干《ほ》してから、アイ＝ファに笑いかけてみせた。

「だけどまあ、ほとんど一年ぶりにかまどに立ったアイ＝ファがそこまで完璧《かんぺき》だったら、他の女衆の立つ瀬《せ》がないだろう？　だから、これでいいんだと思うよ」

「……つまりは、不出来だということではないか」

アイ＝ファは、唇《くちびる》をとがらせてしまった。

「遠まわしに言われると、余計にみじめな気持ちになるのだ。言葉を飾らずに、率直《そっちょく》な気持ちを述べてみせよ」

「そ、そうなのか？　それじゃあ、えーと……ハンバーグやスープが素晴らしすぎて、同じ人間が作ったとは思えないような仕上がりだな」

「……それのどこが率直なのだ」

「これぐらいで勘弁《かんべん》してくれよ。俺はアイ＝ファが作ってくれたっていうだけで、この上もなく幸福なんだからさ」

アイ＝ファはしばらくすねた顔をしていたが、やがて気を取りなおした様子で木皿を取った。

そういえば、アイ＝ファはずっと俺の様子をうかがっているばかりで、まだ自分のほうはひと口も食していなかったのだ。

ハンバーグを食べ、スープをすすり、肉野菜炒めに口をつける。そののちに、アイ＝ファは苦笑《くしょう》気味の表情を浮《う》かべた。

「うむ。やはり不出来だ。いったいどうやったらこれほど不出来な料理を作れるのかと、我ながら不思議になるぐらいだな」

「炒め物は、手早く仕上げないと具材が焦《こ》げついちゃうからな。作りながら味を修正するのが難しいんだよ」

「ふむ。これならば、タウ油や砂糖や酢などを使わぬほうが、よほど美味であることであろう。祝いの料理であるからと、使いなれぬ食材を使いすぎてしまった結果だ」

そうしてアイ＝ファは、また穏《おだ》やかな感じに微笑んだ。

「私の胃袋《いぶくろ》にもう少しゆとりがあれば、こんな不出来なものはすべて自分の腹に収めてしまい、作りなおすこともできたのだがな。はんばーぐだけで手一杯《ていっぱい》であったのだ」

「うん？　ハンバーグがどうしたって？」

「だから、はんばーぐの失敗作を始末するだけで、ずいぶん腹がふくれてしまったのだ。はんばーぐをまともに仕上げられるようになるまでに、三回は失敗してしまったしな」

そうしてアイ＝ファは、くすりと笑い声をもらした。

「それでもともに祝いの晩餐《ばんさん》を食したかったので、これ以上は胃袋を満たすこともできなかったのだ。許せ」

「許すも何も――」と、俺は言葉に詰《つ》まってしまった。

熱いものが、胸の奥《おく》からせりあがってくる。ちょっと恥ずかしそうに、ちょっと甘えるように微笑むアイ＝ファの姿が、俺には愛《いと》おしくてたまらなかった。

「この不出来な料理も、半分は私が受け持つので、なんとか腹に収めるがいい。たとえ不出来でも、捨ててしまうわけにはいかんからな」

「……もちろん、残したりするもんか」

なんとかそれだけの言葉を返しながら、俺も食事を再開した。

幸福感のあまり胸苦《むなぐる》しくなってしまうというのは、俺にしてみても希少な体験だ。だけどどんなに苦しくとも、俺が幸福であることに変わりはなかった。アイ＝ファと二人きりで過ごす、それはかけがえのない幸福なひとときだった。

そうして幸福な時間を過ごしていると、俺の頭にはさまざまな思い出が駆《か》け巡っていく。

その中で、もっとも古い記憶《きおく》となるのは――俺のほうに刀を突《つ》きつけて、青い瞳を炎《ほのお》のように燃やしているアイ＝ファの姿だ。アイ＝ファは敵対する人間と相対するとき、ドンダ＝ルウにも負けない凄《すご》みと迫力《はくりょく》をかもし出すわけであるが、初対面の俺にもそういった殺気が遠慮《えんりょ》なくぶつけられていたのだった。

当時の俺はアイ＝ファにとって、正体不明の闖入者《ちんにゅうしゃ》に他ならなかった。それも、勝手に狩《か》り場《ば》に踏《ふ》み込んだあげく、アイ＝ファの仕掛けたギバ狩《が》りの罠を台無しにするという、許されざる闖入者であったのだ。おまけに俺は、自分がどうしてこのような場所にいるのかもわからないなどと言い張っていたのだから、本当にその場で処断されていてもおかしくないぐらいであったのだった。

しかしアイ＝ファは、そんな俺をファの家まで連れ帰って、食事の面倒《めんどう》まで見てくれた。それが俺にとって、アイ＝ファの手料理を食べる最初で最後の機会であったのだ。

ただしあれは、手料理などと呼べるような出来栄えではなかった。ぐらぐらと熱した鍋《なべ》の中に、適当に刻んだギバ肉とアリアとポイタンをぶちこみ、熱が通ったらそれで完成という代物《しろもの》であったのだ。血抜《ちぬ》きをしていないギバ肉は獣臭《けものくさ》さがとてつもなく、タマネギに似たアリアは生煮《なまに》えで、溶《と》けたポイタンは泥水《どろみず》のような食感を生み出していた。それで辟易《へきえき》した俺は、翌日から自分に料理を作らせてほしいと頼《たの》み込んだのだった。

しかしファの家にはギバ肉とアリアとポイタンしかなかったので、それで美味なる料理を作りあげるというのは至難の業であった。それでも日中にひょんなことからギバを退治する現場に立ちあうことになった俺は、故郷で培《つちか》ったなけなしの知識で血抜きと解体の作業を行い、へとへとになりながら渾身《こんしん》のスープを作りあげ——そうして初めて、アイ＝ファの優《やさ》しい微笑《びしょう》を目にすることがかなったのだった。

食事とは生きるための手段であり、美味《うま》いも不味《まず》いもない。当初のアイ＝ファは、そのように言い張っていた。しかし、俺がどれだけの苦労をして料理を作りあげるかを見届けたアイ＝ファは、それを正しい行為《こうい》であると認めて、俺の料理を「美味い」と言ってくれたのだ。

俺の運命を決定づけたのは、あのときのアイ＝ファの言葉と笑顔であった。

すべてを失って未知なる世界に放《ほう》り込まれてしまった俺は、アイ＝ファに喜んでもらえるように美味なる料理を作りあげよう、と――それを自分の生きる意味に定めることに相成ったわけである。

もちろんそれから一年が経って、現在の俺はさまざまなことに尽力《じんりょく》している。

しかしそれらも突き詰めれば、すべてはアイ＝ファのためであった。

アイ＝ファが属する森辺のために、森辺の民が属するジェノスのために、ジェノスの属するこの世界のために――最初に出会ったアイ＝ファが俺という存在を受け入れてくれたからこそ、俺もこの世界で生きていく覚悟《かくご》を固めることができたのだ。

アイ＝ファがこの世界にいてくれたからこそ、俺もこの世界で生きることができている。

この一年間でさまざまな変転を迎《むか》え、俺たちを取り巻く環境《かんきょう》も激変することになったが、俺の中心に据《す》えられている想《おも》いには何の変わりもなかったのだった。

「……何をそのように、人の顔をしみじみと眺《なが》めているのだ？」

アイ＝ファがいぶかしげに問うてきたので、俺は「うん」と無防備な笑顔をさらすことになった。

「今までのことを思い出してたんだよ。この一年間、本当に色々なことがあったよな」

「うむ。ルウ家との和解から始まり、スン家とトゥラン伯爵家《はくしゃくけ》の大罪を暴《あば》くことになり……宿場町では屋台の商売を始め、城下町の貴族とも懇意《こんい》になって……本当に、わずか一年しか経っていないのかと驚嘆《きょうたん》するほどだな」

そう言って、アイ＝ファもまたしみじみと息をついた。

「ファの家でひとり朽《く》ち果てていくはずであった私が、それほどの騒動《そうどう》に巻き込まれることになった。それもすべて、お前をファの家に連れ帰ったことが始まりであるわけだな」

「あはは。文句だったら、いくらでも受け付けるぞ」

「……文句など、あるわけがあるか」

と、アイ＝ファはやわらかく口もとをほころばせた。

初めて俺の料理を食べてくれたときと、同じ微笑――ただし、その青い瞳にはあの頃よりもさらに深い情愛がたたえられている。この一年で、俺たちはそれだけ深い絆《きずな》を結ぶことがかなったのだった。

そうしてついに幸福な晩餐が終わってしまうと、さらなる喜びが俺を待ち受けていた。食器を片付けたのち、「ちょっと待っていろ」と言い残して、アイ＝ファが物置部屋に消えてしまったのである。やがて再び姿を現したとき、アイ＝ファの手には細長い包みが握られていた。

「アスタよ、お前にこれを捧げる」

「え？　何だろう、これは？」

「……生誕の、祝いの品だ」

アイ＝ファが俺の正面に膝《ひざ》をつき、その包みを差し出してくる。

俺はきょとんと目を丸くしながら、それを受け取ることになった。

「祝いの品って……森辺では、花を捧げる習わししかないんだよな？」

「しかしお前は、事あるごとに祝いの品を捧げてきたではないか。最初はこの首飾《くびかざ》りで、生誕の祝いには髪《かみ》飾りなどを捧げてきた。ならば私も、お前の習わしに従おうと思う」

そうしてアイ＝ファは、こらえかねたように微笑をもらした。

「私は飾り物など求めていなかったが、それでもまたとない喜びを得ることができた。それなら私も、同じ喜びをお前に与えたいと思ったのだ。文句を言わずに、受け取るがいい」

「も、もちろん、文句なんて言わないさ」

俺はまだ半分がた夢見心地で、その綺麗《きれい》な布の包みをほどくことになった。

そこから現れたのは、革の鞘《さや》に収められた巨大《きょだい》な調理刀である。ゆっくり鞘から引き抜いてみると、白銀の光がきらめいた。刃渡《はわた》りは、三十センチ以上もあるだろう。その大きさに見合った厚みと重量感を持つ、それは見事な肉切り刀であった。柄《つか》も金属で、滑《すべ》り止《ど》めのために波状の模様が彫《ほ》られている。研《と》ぎ澄《す》まされた刀身の輝《かがや》きは、うっとりと目を奪《うば》われるほどであった。

「こ、これってジャガルの肉切り刀だよな。こんなの、どこで手に入れたんだ？」

「あの、ヤンという料理人に城下町から取り寄せてもらったのだ」

「ヤ、ヤンに？　アイ＝ファが？　どうやって？」

「……お前が宿場町に下りた後、近在の氏族からファファを借り受けて、あのヤンという料理人が働く宿屋を訪《おとず》れたのだ。祝いの品は受け渡《わた》す当日まで正体を悟《さと》られぬように努めるのが、お前の流儀《りゅうぎ》であるようだったからな」

　俺の顔を見つめながら、アイ＝ファはそう言った。

「お前も肉を切るための刀は自分で買っていたが、ギバの肉を骨から外す際などには、私が授けた刀を使っていたであろう？　あれは父ギルの大事な形見であるが、もともとは枝や蔓草《つるくさ》を切り払《はら》うための刀だ。かまど番たるお前には、肉を切るための刀が相応《ふさわ》しかろうと思って、それを取り寄せた」

「そうか……だけどこいつは、ずいぶん値も張っただろう？」

「うむ。しかし、私が捕《と》らえたギバの角や牙《きば》の代価は、ほとんど手つかずで残されていたからな。何も困ることはなかったぞ」

　アイ＝ファの青い瞳がとても優しげな光をたたえて、俺を見つめている。

「お前がその刀を使って美味なる料理をこしらえてくれれば、私も嬉しく思う。どうか大切に使ってほしい」

「ああ、もちろんだよ。ありがとう、アイ＝ファ。……本当にありがとう」

　その見事な肉切り刀を鞘に収めて、俺は精一杯《せいいっぱい》の笑顔を返してみせた。

するとアイ＝ファも、ますます嬉しそうに笑《え》みを広げる。

やわらかい静寂《せいじゃく》が、その場にたちこめた。幸福感のあまり、俺はまた胸が詰まってしまいそうであった。そんな俺の姿を見つめながら、アイ＝ファはずっと微笑んでいる。

「……お前の喜びが、我が身《わみ》のことのように伝わってくるぞ、アスタよ」

やがてアイ＝ファは、囁《ささや》くような声音《こわね》でそう言った。

「お前がそれほどまでに幸福でいてくれて、私も幸福だ」

「……うん」

「お前をファの家の家人として招いて、一年もの日が過ぎた。最初にお前を見たときは、なんと得体の知れない人間だと思ったものだがな」

アイ＝ファの声はとても小さくひそめられていたが、静かな夜の中では聞きもらす恐《おそ》れもなかった。

「だけどお前は、とても苦しんでいるようにも見えた。故郷も家族も同胞《どうほう》も失って、私以上に孤独《こどく》であるように思えた。だから私は、お前のことを放っておけなかったのだろうと思う」

「うん」

「だけどいつしか、私はお前に救われていた。お前のことを、本当の家人だと思えるようになっていた。お前との出会いは森の導きであり、お前とともにあることが一番の正しい道であるのだと、そんな風に信ずることができた」

「うん。俺もだよ、アイ＝ファ」

「……お前のその言葉が、真情であると信ずることができる。それが私の喜びであり、幸福だ」

アイ＝ファの瞳《ひとみ》が、ふいにゆらめいた。

それは、涙《なみだ》の皮膜《ひまく》がアイ＝ファの瞳を覆《おお》ったのだと思われた。

「しかもお前は、私のみならず、森辺の民そのものに幸福を与《あた》えんと、その身の力を振《ふ》り絞《しぼ》ることになった。その行いが実を結び、ついに今日、町でギバの肉を売る運びとなった。森辺の民が、町の人間の中にまざってギバの肉を売るなどと、そんな行く末を予見できた人間は一人として存在すまい。ガズラン＝ルティムと語り合い、ドンダ＝ルウの力を借りて、宿場町での商売を始めて、およそ一年――お前はついに、これほどかけがえのない仕事を果たすことになったのだ、アスタよ」

「それは、アイ＝ファを始めとする森辺のみんなの力あってのことだよ。それに、まだまだ道は半ばだしな」

「その通りだ。しかし、お前が大いなる仕事を果たしつつあるという事実に変わりはない。お前は私の誇《ほこ》りであり、私の喜びそのものであるのだ」

アイ＝ファは床《ゆか》に手をついて、さらに身を乗り出してきた。

半分泣いているようなアイ＝ファの笑顔が、ほとんど鼻先にまで迫《せま》ってくる。

「アスタ、私は……私はひとつだけ、お前に願いたいことがある」

「うん、何かな？　アイ＝ファの願いだったら、俺は何でも受け入れてみせるよ」

「そんな軽はずみに応じるものではない。私はまったく公正でない、自分本位な願いを口にしようとしているのだ」

それでも俺が、アイ＝ファの願いを退けることはありえないだろう。

そんな思いを込めながら、俺はアイ＝ファの瞳を見つめ返してみせた。

「私は、狩人として生きたいと願っている。狩人でない自分というのは、想像することさえかなわない。だけど、それでも――」

「うん」

「それでも、いつか――かつてライエルファム＝スドラが言っていた通り、一年後か、五年後か、十年後か――いつかは狩人としての仕事を果たし終えたと思える日が来るかもしれない。そのときは――」

「うん」

「……私を、アスタの伴侶《はんりょ》として迎えてもらえないだろうか？」

俺は床に座したまま、立ちくらみのような感覚を覚えることになった。

「そんなの……俺が断るわけないだろう？」

「そうではない。私は、本当に来るかもわからない日のために、お前の行動を縛《しば》りたいと願ってしまっているのだ。私は――自分が狩人としての仕事を捨てる覚悟もないまま、お前を他の女衆に渡したくないと願ってしまっている。こんな浅ましい話は――」

「浅ましくなんてないよ。アイ＝ファにそんな風に言ってもらえるなんて、俺には一番嬉しいことなんだからさ」

もしかしたら、俺も泣き笑いのような表情になっているのかもしれなかった。

「一年後でも五年後でも十年後でもいい。アイ＝ファの伴侶になることができたら、俺は幸せだ。今でも十分に幸せだけど、それ以上の幸せだよ」

「……お前が真情を述べているのだと、信ずることができる」

アイ＝ファが微笑み、そのはずみで瞳にたまっていた涙がこぼれた。

俺は指先で、その涙をそっとすくいあげてみせた。

わずかに触《ふ》れたアイ＝ファの頬《ほお》から、強い温《ぬく》もりが伝わってくる。俺は力まかせにアイ＝ファを抱《だ》きすくめたいという衝動《しょうどう》をこらえながら、右手の小指を差し出してみせた。

「アイ＝ファ。俺の故郷では、約束をするのにこういう習わしがあるんだ。お前も指を出してくれないか？」

「うむ？」と小首を傾《かし》げながら、アイ＝ファが小指を出してくる。そのしなやかな指先に、俺は自分の小指をからめてみせた。

「いつの日か、アイ＝ファが狩人の仕事を果たし終えたと思えるときが来たら、婚儀《こんぎ》をあげよう。その日まで、俺はアイ＝ファだけを待ち続けるよ」

「……私もこの先、アスタだけを愛すると誓《ちか》おう」

アイ＝ファの小指から、温もりと想いが伝わってくる。

俺たちは今、確かに同じ幸福と喜びを分かち合っていた。

アイ＝ファが言っていた通り、相手を信ずることのできる、それこそが大いなる喜びそのものであるのだ。

いつかアイ＝ファは、森に朽ちてしまうかもしれない。

いつか俺は、この世界から消え失《う》せてしまうかもしれない。

そんな不幸で救いのない想像など割《わ》り込む余地もないぐらい、俺たちは至上の幸福を見出していた。

そうして俺とアイ＝ファの満ち足りた一年間は、ここで終わりを告げたのだった。

明日からは、どのような日々が待ちかまえているのか。そんなことはわからなかったが、俺たちは希望と喜びを胸に、また新しい一歩を踏み出せるはずだった。

箸休め〃〜勉強会の後日談〜

宿屋の裏口に回り込んだトゥール＝ディンが扉《とびら》を叩《たた》こうとしたとき、その内側から男のわめき声が聞こえてきた。

気の小さいトゥール＝ディンはびくりと身をすくめて、手を引っ込めてしまう。その隣《となり》では、ヤミル＝レイがうろんげに眉をひそめていた。

「今の声は、何かしらね。押し込み強盗《ごうとう》でも入ったのかしら」

「ヤ、ヤミル＝レイ。そんな恐ろしいことを言わないでください。ここはユーミたちの宿屋なのですよ？」

大きな不安に見舞《みま》われたトゥール＝ディンは、思わずヤミル＝レイのしなやかな腕《うで》に取りすがってしまう。そんなトゥール＝ディンの姿を見下ろしながら、ヤミル＝レイは「冗談《じょうだん》よ」と肩《かた》をすくめた。

「いくら無法者の多い貧民窟《ひんみんくつ》といっても、こんな明るい内から強盗が入ることはないでしょうよ。どうせあのユーミとかいう娘《むすめ》が父親と言い争いでもしているに決まってるわ」

確かに現在は、中天まで一刻以上も残している朝方である。今日はトゥール＝ディンとヤミル＝レイが宿屋にギバの肉を運ぶ当番であったため、屋台の商売を始める前にこの宿屋――ユーミが暮らす《西風亭《せいふうてい》》を訪れたところであったのだった。

《西風亭》は主街道《かいどう》から裏道に入ってしばらく進んだ、貧民窟という場所にある。この辺りには食《く》い詰めた無法者がたくさん身をひそめており、夜には一人で歩くことも危険であるとされていたのだった。

「で、でも、本当に強盗であったらどうしましょう？　扉を叩く前に、衛兵を呼んでくるべきなのでしょうか？」

「だから、さっきのは冗談だってば。ただの親子喧嘩《けんか》で衛兵なんかを呼びつけたら、こちらのほうが何かの罪に問われてしまうかもしれないわよ」

そんな風に言いながら、ヤミル＝レイは空いている左手で長い前髪《まえがみ》をかきあげた。

「ところで、あなたはいつまでわたしの腕に取りすがっているのかしら？　同じ女衆で人目をはばかる必要はないのでしょうけれど、いささか落ち着かない心地であるのよね」

「あ、ど、どうもすみません」

トゥール＝ディンは顔を赤くしながら、ヤミル＝レイの腕から身を離《はな》す。それを見下ろすヤミル＝レイは、切れ長の目に皮肉っぽい色をたたえていた。

「だいたいわたしは、あなたよりも腕力《わんりょく》で劣るような軟弱者《なんじゃくもの》であるのよ？　そんな相手に取りすがったって、何の助けにもならないでしょうにね」

「え、でも……ヤミル＝レイは、狩人《かりうど》のように頼もしいお人なので……」

「頼もしいが聞いて呆《あき》れるわね。おたがいがスン家の家人であった時代、わたしがどれだけ暴《ぼう》虐《ぎゃく》な真似《まね》をしていたのかも忘れてしまったのかしら？」

ヤミル＝レイがそのような話を軽々しく口にするのは、きわめて珍しいことである。それでトゥール＝ディンは一瞬《いっしゅん》ひるみそうになってしまったが、すぐに「いえ」と言ってみせた。

「た、確かにあの頃《ころ》のヤミル＝レイはとても恐ろしげな雰囲気《ふんいき》でしたし、スン家の間違《まちが》った掟《おきて》をわたしたちに強要していましたけれど……その間違いを正すことができなかったのは、わたしたちの罪であり、弱さです。ヤミル＝レイたちに罪のすべてをなすりつけることは許されません」

「……わたしなんかの冗談口《じょうだんぐち》をいちいち真に受けていたら、身がもたないわよ？」

「いえ。たとえ冗談であったとしても、わたしはヤミル＝レイの気持ちをすべて受け止めて、正しく絆を深めたく思っています」

ヤミル＝レイはけだるげに息をつきながら、くびれた腰《こし》に片手を置いた。

「あなた相手に冗談口など叩くべきではなかったわね。とっとと仕事を片付けて、屋台の準備に戻《もど》るとしましょう」

「あ、だけど、扉の向こうはまだ騒《さわ》がしいようですし、やっぱり衛兵でも呼んできたほうが……」

「そんな手間をかけるのは、まっぴらよ」

トゥール＝ディンが止める間もなく、ヤミル＝レイは扉に拳《こぶし》を打ちつけた。

しばらくして、言い争いの声が消えるのと同時に、扉が開かれる。そこから現れたのは、いつも通りの陽気な笑みをたたえたユーミの顔であった。

「やあ！　今日はトゥール＝ディンとヤミル＝レイだったんだね！　ギバ肉の到着《とうちゃく》を待ってたよ！」

「ど、どうもお疲《つか》れ様《さま》です。あの、ユーミ……何か大変な騒ぎであったように思うのですが、大丈夫《だいじょうぶ》でしょうか？」

「あはは。扉の外にまで聞こえちゃってた？　うちの馬鹿親父《おやじ》が、うるさくてさー」

「馬鹿はどっちだ！　この馬鹿娘が！」

野太い男の声が、ユーミの肩越《かたご》しに聞こえてくる。それはまぎれもなく、ユーミの父親たるサムスの声であった。

「ま、とにかくギバ肉をよろしくね！　今、銅貨の準備をするからさ！」

ユーミは相変わらずの様子であったので、トゥール＝ディンとヤミル＝レイは荷車に積んでいた木箱を扉の内側に運び入れることになった。

そこは、《西風亭》の厨《くりや》である。そしてその場に足を踏み入れるなり、トゥール＝ディンの鼻に異臭《いしゅう》が届けられてきた。

「あの、何か料理を焦がしてしまったのですか？」

「うん。料理じゃなくて、菓子《かし》だけどね。トゥール＝ディンたちが教えてくれたほっとけーきってやつに挑《いど》んでみたら、まんまと焦がしちゃってさぁ」

ユーミがそのように答えると、厨の真ん中に立ちはだかっていたサムスが「ふん！」と鼻を鳴らした。

「売れるあてもないもんに手を出したあげく、大事な食材を無駄《むだ》にしやがって！　うちの宿に来るような連中が、あんなもんに銅貨を出すもんかよ！」

「うっさいなー。親父が横からあれこれ口を出すから、失敗しちゃったんでしょ？　それに、うちのお客連中が菓子に銅貨を出すかどうか、まずは食べさせてみないとわからないじゃん」

サムスは厳《いか》つい容貌《ようぼう》をしているが、ユーミは恐れげもなく舌を出している。そして、森辺の狩人に見慣れているトゥール＝ディンも、今さらサムスの強面《こわもて》に恐れをなすことはなかった。

「でも、どうして失敗してしまったのでしょう？　今のユーミであれば、ほっとけーきを作ることも難しくはないかと思うのですが……」

「だから、親父のせいなんだよ。親父が横からぎゃあぎゃあわめくから、手もとが狂《くる》っちゃったんだろうねー」

「手前の失敗を棚《たな》に上げて、勝手なことを抜かすんじゃねえ！　手前が黒焦げにした生地《きじ》には、砂糖や卵やカロンの乳までぶちこまれてたんだぞ！　砂糖なんざ、ひと袋《ふくろ》でいくらすると思ってやがるんだ？」

「ああもう、これだから貧乏人《びんぼうにん》は嫌《いや》だよねー。ま、こんな騒ぎはいつものことだから、トゥール＝ディンも気にしないでよ」

ユーミから銅貨の袋を受け取りつつ、トゥール＝ディンは「いえ」と首を横に振ってみせた。

「ユーミが失敗してしまったのは、わたしたちの手ほどきに落ち度があったからかもしれません。いったいどのような失敗であったのか、確認《かくにん》させていただけませんか？」

　すると、サムスが怖《こわ》い顔で「おい」と詰め寄ってきた。

「こっちの話に余計な口出しはしないでもらいてえな。また大事な食材を黒焦げにされたら、たまったもんじゃねえからよ」

「でも、わたしたちの手ほどきに落ち度があったのなら、ユーミの失敗もわたしたちの責任です。もしも食材を無駄にしてしまったら、わたしがその分の銅貨をお支払《しはら》いしますので……どうか確認させていただけませんか？」

「……こいつが失敗したのは、こいつの腕が悪いからだ。お前さんがたに、責任はねえよ」

　そんな風に言いながら、サムスはしかめ面《つら》で頭をかいた。そのかたわらで、ユーミは白い歯をこぼしている。

「でも、トゥール＝ディンに見てもらったら、失敗の理由もわかるかもね！　銅貨なんて必要ないから、ちょっとあたしの手際《てぎわ》を確認してみてよ！」

「はい。よろしくお願いします」

「じゃ、まずはこれが、さっきの失敗作ね。鍋にべったりへばりついて、ひっぺがすのもひと苦労だったんだー」

　と、ユーミが作業台に置かれていた木皿を指し示してくる。そこに載せられていたのは、無《む》惨《ざん》に焼け焦げたポイタンの生地であった。

「これはひどいですね。やっぱり、ユーミがこのような失敗をするなんて、わたしには信じられません」

「えへへ。トゥール＝ディンにそんな風に言われると、逆に心苦しくなっちゃうなー。あたしなんて、そんな大したかまど番じゃないんだからさ！」

「いいえ。ユーミはもともと手際もいいですし、復活祭の期間にはおこのみやきを屋台で作りあげていました。ポイタンの焼き方に関しては、ひときわ手馴《てな》れているはずです」

「あたしもそのつもりだったんだけどねー。でも、このほっとけーきっていうのは、なんか勝手が違《ちが》うんだよなー」

そのように語りながら、ユーミは深皿にホットケーキの材料を投じ始めた。かつて宿屋の寄り合いや勉強会で手ほどきした通りの、正しい分量である。それを木の串《くし》で混ぜ合わせる手際にも、まったく不備は見られなかった。

そうして熾火《おきび》の残されていたかまどに新たな薪《まき》を加え、乳脂《にゅうし》の容器に手をのばそうとする。それと同時に、サムスが「おい」と声をあげた。

「乳脂に余分はねえんだから、無駄に使うなって言ってんだろ。ちょうどギバ肉が届いたんだから、そっちの脂《あぶら》をひっぺがせよ」

「えー？　ギバの脂は美味しいけど、ほっとけーきには合わないでしょ！　ほんとにケチくさいなー」

ユーミは父親をにらみつけてから、乳脂の容器にのばしかけていた手を引っ込める。そこでトゥール＝ディンは、慌《あわ》てて声をあげることになった。

「ちょ、ちょっと待ってください！　もしかして、さっきも乳脂をひかずに生地を焼こうとしたのですか？」

「うん。馬鹿親父がうるさいから、このまま鉄鍋《てつなべ》にぶちこんだんだよ。もしかして、それがまずかった？」

「は、はい。ほっとけーきの生地には砂糖も加えているので、余計に焦げつきやすいはずです。それではきっと、まともに焼きあげることもかなわないでしょう」

　ユーミはきょとんと目を丸くしてから、勝ち誇ったように「ほらー！」と言いたてた。

「やっぱり、親父のせいだったじゃん！　乳脂を惜《お》しんで他の食材を黒焦《くろこ》げにするなんて、なんかの格言になりそうな大失敗だね！」

「う、うるせえ！　お前だって、何も考えずにぶちこんでたろうが！」

「だって、ただのポイタンだけだったら、そんな簡単に焦げることもなかったしさー。ほっとけーきは、勝手が違うんだね！」

　そうしてユーミは乳脂を使い、ホットケーキを手順通りに焼きあげることになった。ほどよい褐色《かっしょく》の焼き目がついた、見事な仕上がりである。

「あはは。簡単に焼けちゃった！　乳脂ひとつで、ずいぶん変わるもんだねー！」

「はい。乳脂がないときは、レテンの油でもかまいません。でも、ほっとけーきにはこの乳脂の香りも大事だと思います。アスタの故郷では、後から乳脂を添えるという作法も存在したそうですよ」

「うんうん！　乳脂の香りは、あたしも大好き！　きっとこの香りだけで、お客どももも銅貨を出そうって気になるんじゃないかなー！」

そう言って、ユーミはにっこりとトゥール＝ディンに笑いかけてきた。

「ありがとうね、トゥール＝ディン！　これからも頼《たよ》りにしてるから、どうぞよろしくね！」

「いえ。ユーミのお力になれて、わたしも嬉しく思います。……では、わたしたちは屋台の商売がありますので」

トゥール＝ディンはほっと安堵《あんど》の息をつきつつ、ヤミル＝レイとともに厨を出ようとした。すると、仏頂面《ぶっちょうづら》のサムスが「おい」と声をかけてくる。

「世話をかけて、悪かったたな。……しかし、お人好《ひとよ》しもほどほどにしておかんと、いつか痛い目を見ることになるぞ」

「何それ？　いちいち余計な言葉をひっつけないと、気が済まないの？　まったく、偏屈《へんくつ》者なんだから！」

「う、うるせえ！　手前は、黙《だま》ってろ！」

そうしてホットケーキが無事に完成しても、《西風亭》の賑《にぎ》やかさに変わりはないようであった。

トゥール＝ディンはもういっぺん頭を下げてから、厨の外に出る。そうして扉を閉めるなり、ずっと無言であったヤミル＝レイが「ふふん」と鼻を鳴らした。

「あの親子は、怒鳴《どな》り合うことが愛情表現なのかしらね。まったくもって、理解し難《がた》い関係だわ」

「ええ。森辺ではあまり見られない光景ですよね。でも、ユーミとサムスは乱暴な態度を取りつつも、心の中ではおたがいをきちんと慈《いつく》しみ合っているようですので、わたしはとても好ましく思います」

「ふん。怒鳴り合う相手がいるだけ、まだしも幸福ということかしら」

ヤミル＝レイのそんな言葉が、トゥール＝ディンの不安をかきたてた。それでトゥール＝ディンは、再びヤミル＝レイの腕に取りすがってしまう。

「ヤ、ヤミル＝レイは父たるズーロ＝スンと血の縁《えん》を絶たれた上に、あと十年もお会いできない立場であったのですよね。何か悲しい思いをさせてしまったのなら、申し訳ありません」

「あのねぇ……あなただって、スンと血の縁を絶たれた身の上でしょう？」

「でもわたしは、父とだけは親子でいることを許された身ですし……」

「わたしとズーロ＝スンの間に、あなたの思うような親子の情は存在しないわよ。本当に、お人好しもほどほどにしておくことね」

ヤミル＝レイは苦笑をこらえているような面持《おもも》ちで、トゥール＝ディンを見下ろしてくる。トゥール＝ディンは何とはなしに気恥《きは》ずかしい心地で、ヤミル＝レイの腕から手を離すことになった。

「そ、それであの……さきほどの話についてなのですけれど……」

「さきほどの話？　いったい何の話のことかしら？」

「わ、わたしに冗談口などを叩くべきではなかったという話についてです。さきほどはそこでヤミル＝レイが扉を叩いてしまったため、話が途中《とちゆう》になっていたでしょう？」

トゥール＝ディンがそのように言葉を重ねると、ヤミル＝レイはいぶかしげに眉根《まゆね》を寄せた。

「べつだん話を途中で終わらせたつもりはなかったけれど、それが何だというのかしら？」

「は、はい。わ、わたしはヤミル＝レイと正しく絆を深めたく思っていますので……冗談口でも何でも、ご遠慮なく語ってほしく思います」

ヤミル＝レイは深々と息をつき、トゥール＝ディンの額を指先でぴんと弾《はじ》いてきた。ヤミル＝レイにそのような真似をされたのは初めてであったので、トゥール＝ディンは思わず立ちすくんでしまう。

「な、なんでしょう？　わたしはまた、ヤミル＝レイを不愉快《ふゆかい》な心地《ここち》にさせてしまったでしょうか？」

「うるさいわね。黙らないと、次は髪《かみ》を引っ張るわよ」

不穏《ふおん》な言葉を吐《は》きながら、ヤミル＝レイは荷車のほうに歩いていく。普段《ふだん》のトゥール＝ディンであれば、たちまち不安な気持ちに見舞われるところであったが――何故《なぜ》だか今は、温かい気持ちが満ちていた。それはどうやら、ヤミル＝レイに触れられた額から生じた温もりであるようであった。

Cooking with wild game.

群像演舞

城の少女と森辺の少女

1

オディフィアの一日は、上りの三の刻の鐘《かね》とともに始まる。

もっとも、オディフィアは眠《ねむ》りが深いため、窓を開けられていても鐘の音色など聞こえた試《ため》しはない。それでもその刻限が訪れると、乳母《うば》の無慈悲《むじひ》な手によって無理やりにでも揺《ゆ》り起こされてしまうのである。

「おはようございます、姫様《ひめさま》。沐浴《もくよく》の準備ができております」

眠い目をこすりながら身を起こすと、さっそくそんな声がかけられてくる。これも毎朝のことであった。

やわらかい屋内用の靴《くつ》を履《は》かされて、寝所《しんじょ》のすぐ近くにある浴堂にまで連れていかれる。五歳《さい》を過ぎてからは手を引かれることもなくなったので、どんなに眠くとも転ばないように気をつけなくてはならなかった。

扉を開けると、薄物《うすもの》を纏《まと》った二名の女官が待ち受けている。その女官たちのたおやかな指先が、オディフィアの着ていた夜着をするすると剥《は》ぎ取っていった。

生まれたままの姿となり、浴堂に導かれる。白い蒸気のたちこめた、石造りの一室である。蒸気には、香草《こうそう》や花の香りが混じっている。オディフィアがぼんやりとその香りにひたってい る間に、女官たちがやわらかい布で身体《からだ》を清めてくれるのだ。

身体を清めたら、ぬるい湯で満たされた浴槽《よくそう》の中に座《すわ》らされる。水面には、たくさんの花びらが浮かべられていた。オディフィアが腕を動かすと、花びらたちがくるくると回る。べつだんそれが楽しいわけでもなかったが、女官たちが髪を洗い終えるまで、オディフィアには他に為《な》すべきことも残されていないのだった。

黙って座って湯に浸《つ》かっていると、うっかり眠ってしまいそうになる。だからオディフィアは、今日も懸命《けんめい》に花びらを躍《おど》らせて、眠気《ねむけ》を撃退《げきたい》するという大事な仕事に取り組むことにした。

そうしていい加減に腕がくたびれてきたところで、女官たちが仕事の終わりを告げてくる。

小部屋に戻って、水気を拭《ぬぐ》われ、髪をくしけずられるとともに、香油《こうゆ》を全身にすりこまれていく。オディフィアはあんまりこの香油というやつの香りが好きではなかったが、これを塗《ぬ》らないとジェノスの民はすぐに肌《はだ》が黄色く焼けてしまうのだという話であった。

(どうしてきいろくなったらいけないんだろう)

オディフィアの祖父にあたるマルスタインは、とても黄色い肌をしている。だけどそれが格好悪いとは思わないし、そもそも男であれば黄色い肌をした人間はたくさんいた。もしかしたら、男は香油というものを塗っていないのかもしれない。

しかし、オディフィアの父親であるメルフリードみたいに、男でも白っぽい肌をした人間はいる。それは、メルフリードの母親が色の白い北部の生まれであるからだと聞いたような覚えがあった。

メルフリードの母親、つまりオディフィアの祖母にあたる人物は、オディフィアが生まれる前に亡《な》くなっていた。だから、オディフィアは名前も覚えていない。王宮に飾《かざ》られた肖像画《しょうぞうが》を見る限り、確かに色が白くて美しい女性であるように思われた。

それにその女性は、色の淡《あわ》い灰色の瞳をしていた。オディフィアやメルフリードの瞳が灰色であるのは、その女性の血筋であるのだという。祖父などは顔をあわせるたびに、オディフィアがどんどんその女性に似ていくようだと笑いながら頬ずりをしてくれていた。

「お待たせいたしました。それでは、母上様のお部屋に参りましょう」

気づくと、オディフィアはすべての準備を整えられていた。香油のすりこまれた身体には、ひだの飾りがたくさんついた白い装束《しょうぞく》を着させられている。母親のエウリフィアが白色を好んでいるために、オディフィアはこういった装束を着させられることが多かったのだった。

乳母と侍女《じじょ》に前後をはさまれて、回廊《かいろう》を歩く。すれ違う人間は、全員女官だ。ここはジェノス城の後宮であり、原則としては男性の立ち入りが禁じられていた。

「おはよう、オディフィア。今日も素敵《すてき》な衣装《いしょう》ね」

部屋に入ると、エウリフィアが笑いかけてきた。オディフィアは膝《ひざ》ぐらいの高さのひだ飾りをつまんで、「おはようございます、かあさま」と応じてみせる。

エウリフィアの部屋の、応接の間である。エウリフィアは長椅子《ながいす》にゆったりと腰かけており、その手には赤児《あかご》が抱かれていた。先の銀の月で二歳となった、オディフィアの妹だ。しかし妹は藍《あい》の月の生まれであったので、まだとても小さかった。オディフィアは席につく前に、その妹の顔をよく見ておくことにした。

まん丸の顔をした、赤児である。肌の色はオディフィアよりも白くて、ぱっちりと見開いた瞳は明るい茶色をしている。妹は、母親と同じ目の色で生まれたのだ。

「さわってもいい？」

「いいけれど、優しくね。せっかく今日は大人しくしているのだから」

この妹は、ちょっとしたことでもすぐに火がついたように泣いてしまうのだ。オディフィアも、この朝のお茶の時間で妹が泣きわめく姿を何度となく目にしている。

妹を泣かせたくはなかったので、オディフィアは優しくその頬に触れた。とてもやわらかくて心地《ここち》好い感触《かんしょく》だ。幸い、妹は泣いたりせずに、きょとんとオディフィアを見つめ返してくるばかりであった。

「オディフィアは、赤《あか》ん坊《ぼう》の頃からほとんど泣かない子供だったのにね。やっぱり、お父様に似たのかしら」

エウリフィアは、幸福そうに微笑《ほほえ》んでいる。確かにオディフィアは、母親よりも父親に似ていると言われることのほうが多かった。ほとんど泣かない代わりにほとんど笑うこともない、そういうところが父親に似ているのだそうだ。

「あんなに幼いのに泣いたり笑ったりしないっていうのは、さすがにちょっと普通《ふつう》ではないんじゃないだろうか？」

そんな風にこそこそと噂《うわさ》されているのを耳にしたこともあった。オディフィアは同世代の子供とあまり触れ合う機会がないのだが、普通の子供はもっと頻繁《ひんぱん》に泣いたり笑ったりするものであるようなのだ。

オディフィアには、よくわからないことだった。オディフィアだって、嬉《うれ》しいことがあれば喜ぶし、つらいことがあれば悲しくなる。自分では、それを隠《かく》しているつもりもなかった。ただ、周囲の人々のように顔が大きく動いたりしないだけであるのだった。

「……どうしたの、オディフィア？」

と、エウリフィアが不思議そうに尋《たず》ねてくる。

「なにが？」と問い返すと、エウリフィアはころころと笑い始めた。

「だって、座りもせずに、自分の頬をぐいぐい引っ張っているのですもの。自分と妹のどちらの頬がやわらかいか、確かめているのかしら？」

どうして自分の顔はあんまり動かないのだろうと考えている内に、そんな珍妙《ちんみょう》な真似をしてしまっていたらしい。オディフィアは両手を下ろしてから「なんでもない」と答えて、母親の向かいに着席した。

「……オディフィアがどんな気持ちでいるかは、わたくしやお父様には全部わかっていますからね。無理に表情を動かす必要はないのよ？」

オディフィアは何も言っていないのに、母親にはすべて伝わってしまっていた。

「それでは、お茶にしましょうね。今日はアロウのお茶でいいかしら？」

「うん」

部屋の隅《すみ》に控《ひか》えていた母親の侍女が、甘酸《あまず》っぱい香りのするアロウの茶をいれてくれた。

「お父様は、今日も忙《いそが》しいみたい。でも、ひさびさに晩餐《ばんさん》を一緒《いっしょ》にとれるはずだと言っていたわ」

「うん」

「わたくしも中天の軽食を済ませたら、ちょっと出かけなければならないの。下りの三の刻には戻れると思うから、あなたもお稽古《けいこ》をしっかりね」

「うん」

何の代《か》わり映《ば》えもしない、いつも通りの朝の光景であった。

そうして言葉を重ねる内に、上りの四の刻の半の鐘が鳴ってしまう。

「それでは、学業の時間ね。また中天に」

「うん」

次の間に控えていた侍女とともに、自分の部屋に戻る。

部屋の前では、教師役の老女が待ちかまえていた。

「おはようございます、オディフィア姫《ひめ》。本日は、文字の書き取りの修練でございます」

「はい。おねがいいたします」

貴婦人の礼を返して、オディフィアは老女とともに入室する。

五歳になってから、オディフィアは勉強というものを課せられるようになった。オディフィアは六歳であり、すでに現在は黄の月も終わりかけていたから、すでに一年と半分はこのような生活に身を置いていることになる。

勉強のほとんどは、文字の読み書きというものであった。ただ最近は、少しずつ計算の勉強というものも行われるようになってきている。それでいずれ読み書きに不自由がなくなったら、今度は王国の歴史や法などを学ばされるのだという。

そういった勉強は朝の内に行われて、昼からは宮廷《きゆうてい》内の礼儀《れいぎ》作法などについて習わされている。さらに年齢《ねんれい》を重ねれば、そこに裁縫《さいほう》や舞踏《ぶとう》やトトスの乗り方なども加えられるはずであった。ただしその中で、トトスの乗り方だけは必ずしも学ばなくてもよいらしい。男子にとっては必須《ひっす》であったが、女子でそれを学ぶのは半々ぐらいであると聞いていた。

しかしオディフィアにとって、一番楽しみであるのは、そのトトスの乗り方についてであった。特別な理由はない。ただ、頭を使うよりは身体を使うほうが楽しかったし、舞踏よりもトトスに乗るほうがより楽しそうだな、と思ったまでである。

エウリフィアも、時間があればトトスに乗っていた。貴婦人がトトスにまたがって外に出ることなどはありえないが、健康な身体を保つのにトトス乗りというのは非常に有用であるらしい。男のような装束を纏って、城内の広場を颯爽《さっそう》と駆《か》けるエウリフィアの姿は、オディフィアから見ても格好がよかったし、楽しそうであった。

「では、次の文字ですね。これらの文字の読み方は覚えておられますか？」

教師役の老女が、手本の文字を指し示してくる。そこには、「トトス」「カロン」「キミュス」と記されていた。

ちょうどトトスのことを考えていたので、オディフィアは愉快《ゆかい》な心地になる。しかし老女は何も気づいていない様子であったので、オディフィアは質問の答えのみを返してみせた。

「はい、正解であります。オディフィア姫は、とても優秀《ゆうしゅう》であられますね」

王宮内の人間は、誰《だれ》もがオディフィアに親切であった。ときたま聞こえてくる親切でない言葉は、いずれもオディフィアに聞かれているとは知らぬままに発せられたものだ。そういう者たちも、オディフィアの前ではみんな親切にしてくれた。

だからこの老女も、陰《かげ》ではオディフィアの悪口を言っているのかもしれない。だけど、それでオディフィアが悲しい気持ちになることはなかった。悲しくなるのは、家族の悪口を聞いてしまったときだけだった。

妹はまだ幼いので、それほど悪口を言う者はいない。ただ、泣き声が大きすぎると嘆《なげ》く人間がいるぐらいである。だから家族というのは、両親と祖父についてであった。

エウリフィアは、我《わ》が儘《まま》である。

メルフリードは、冷酷《れいこく》である。

マルスタインは、横暴である。

そんな悪口を、オディフィアはわずかながらに耳にしたことがあった。冷酷だとか横暴だとかいう言葉は、意味がよくわからない。だからそれをエウリフィアに尋ねて、意味を知った上で、とても悲しい気持ちを抱くことになったのである。

「きっとオディフィアは身体が小さいから、そばにいることにも気づかれなかったのね。まあ何にせよ、そのようなものを気にする必要はないのよ、オディフィア」

エウリフィアはそのように言って、オディフィアの頭を優《やさ》しく撫《な》でてくれた。

「お父様はジェノスの規律を守るために、お祖父様《じいさま》はジェノスの繁栄《はんえい》を守るために、それぞれ厳しい態度を取らなくてはならないの。だから、それで損をしたり苦労をしたりする人たちが、こっそり文句を言っているだけなのよ」

「……かあさまは、なにをまもっているの？」

「わたくしは、ただ我が儘なだけかもしれないわね。だから、文句を言っていた人たちのほうが正しいのかもしれないわ」

エウリフィアは、楽しそうに笑っていた。

しかしオディフィアは、悲しくなる一方であった。

「陰でこっそり悪口を言うだけで気持ちが晴れるなら、それでいいのよ。お父様やお祖父様はジェノス侯爵《こうしやく》家の人間として果たすべき仕事を果たしているだけなのだから、そのような陰口《かげぐち》など気にも止めないことでしょう」

「…………」

「あら、まだ納得《なつとく》がいっていないのね。……それじゃあ聞くけれど、オディフィアはその陰口を、どこで誰から聞いたのかしら？」

「……だれかはわかんない。おしろのうたげできいた」

「それは、貴族だった？　小姓《こしょう》や侍女たちだった？」

「きぞくだった」

「やっぱりね。お父様やお祖父様は、小姓や侍女たちに冷酷だとか横暴だとか言われるようなお人柄《ひとがら》ではないもの。お父様やお祖父様がジェノスにとって正しい決断をすることで不満に思う人間の陰口なんて、なおさら気にする必要はないわ。文句を言いながらもきちんとお祖父様たちの言いつけに従ってくれれば、それで十分であるのよ」

　そうしてエウリフィアは、にっこりと微笑んだ。

「わたくしにしても、それは同じことね。小姓や侍女たちに我が儘だと陰口を叩かれていたら少なからず悲しいけれど、そうではなかったのでしょう？」

「うん。かあさまをわるくいってたのも、きぞくだった」

「だったら、放っておきましょう。わたくしを我が儘呼ばわりする貴族なんて、どうせわたくし以上に我が儘な人間であるのでしょうからね」

　そう言って、エウリフィアはオディフィアの身体をきゅっと抱きしめてくれた。

「貴族というのはね、貴族としての顔と、人間としての顔と、ふたつの顔を使い分けなければならないの。友人としての絆《きずな》を結んでいない限り、貴族は貴族に対して貴族としての顔しか見せないものであるのよ」

「うん」

「だから、貴族としての顔しか知らない相手に何を言われても、それは着ている宴衣装《うたげいしょう》に文句を言われているようなものなの。わたくしは、家族と友人に愛されていれば、それで十分よ」

エウリフィアの言葉は難しかったが、それでもオディフィアは何とか悲しい気持ちをなだめることができた。しかし、その代わりに別の疑念を抱くことになった。

オディフィアは、なかなか表情が動かない気質であるのだ。これでは、オディフィアがどのような人間であるのかも、なかなか余人に伝わらないのではないだろうか。

近い家族は、みんなオディフィアのことをわかってくれている。両親や祖父が、オディフィアの機嫌《きげん》を見誤ることは決してなかった。祖父などはそれほど顔をあわせる機会もないのに、きちんとオディフィアの心情を汲《く》み取ってくれるのである。

自分も大人になったら、きちんと笑ったり泣いたりすることができるようになるのだろうか。目下のところ、オディフィアが気になっているのはその一点だけであった。

「……では、終了《しゅうりょう》の刻限ですね。オディフィア姫、本日もお疲れ様でした」

上りの六の刻の半の鐘が鳴ると、老女が恭《うやうや》しくそのように述べてきた。

間に三回の休憩《きゅうけい》をはさんで、二刻に及《およ》ぶ勉強の時間が終わったのだ。老女が一礼して退室するのを見届けてから、オディフィアはぐったりと卓《たく》に突《つ》っ伏《ぷ》した。壁際《かべぎわ》の席でその様子をうかがっていた侍女が、くすくすと笑いながら立ち上がる。

「それでは、食堂に参りましょうか。それとも、少し休んでいかれますか？」

「ううん。いく」

重くなった頭を何とか持ち上げて、オディフィアも席を立った。部屋を出て、回廊を歩く内に、とくとくと胸が高鳴っていく。今日は、当たりの日か。外れの日か。それは、食堂におもむくまで知ることができないのだった。

「あら、ずいぶん早かったのね。そんなに食事が待ち遠しかったのかしら？」

すでに席についていたエウリフィアが、やわらかく笑いかけてくる。妹は乳母に預けられているので、中天の軽食はたいていエウリフィアと二人きりで食することになるのだ。お茶好きのエウリフィアは、また一人でお茶を楽しんでいたようだった。

「まだ中天には時間があるけれど、食事を運ばせる？」

「うん」

「では、わたくしの分もお願いね。あと、新しいお茶も」

「かしこまりました。少々お待ちくださいませ」

オディフィアは、侍女の引いてくれた椅子《いす》にちょこんと腰かけた。その間に、いっそう胸は高鳴っていく。エウリフィアは、口もとに手をやって笑っていた。

「数日置きに、大変ね。それだったら、きちんと日付を知っておくべきなのじゃないかしら」

オディフィアは、「ううん」と首を振《ふ》ってみせる。エウリフィアの言う日付とは、当たりの日付のことだった。その日程は、基本的に事前に定められていたのである。

ただし、日程通りにいくとは限らない。何か不慮《ふりょ》の事態が生じれば、その日程は当日にいきなり崩《くず》れることもありうると聞いていた。だったらその日程は自分に知らせないでほしいと、オディフィアのほうから言いだしたのだ。当たりの日だと思って食堂まで出向いてきてからその期待が裏切られたら、自分は失意の底に沈《しず》んでしまうだろう。そんな悲しい思いはしたくなかったので、あえて日程は聞くまいと決心したのである。

当たりの日は、三日に一度やってくる。しかし、ときたま四日に一度という日取りにもなる。そこにはきちんと法則性があるのだという話であったが、それもオディフィアは聞かずに済ませていた。

そして、前回の当たりの日から、今日は三日目であった。不慮の事故がなければ、今日か明日のどちらかが当たりの日であるのだ。期待はしすぎまいと念じながら、それでもオディフィアは足がぱたぱたと動いてしまうのを止めることはできなかった。

そんなオディフィアの前に、侍女が皿を運んでくる。

「お待たせいたしました。本日は、トゥール＝ディン様からお預かりした焼き菓子でございます」

本日は、当たりの日であったのだ。

オディフィアは、その皿に載《の》せられた菓子を食い入るように見つめることになった。

黄色くてふわりとした生地に、桃色《ももいろ》の粒《つぶ》が散っている。どうやら、フワノだかポイタンだかの焼き菓子に、ミンミの果肉がまぶされているようだった。

「この焼き菓子には、こちらを掛《か》けてお召《め》し上がりいただきたいとのことでございました」

銀色の小さな容器が、そこに添《そ》えられる。濃《こ》い褐色の、とろりとした汁《しる》だ。ギギの葉というものを使った、甘《あま》い調味料である。オディフィアは、いっそうせわしなく足を動かすことになった。

「あら、彼女《かのじょ》がミンミを使うのは珍《めずら》しいわね。ちょっぴり苦みのあるギギの葉とあうのかしら」

エウリフィアの前にも、同じ皿が並べられている。昼の食事はたいてい二人で食することになると告げると、トゥール＝ディンはエウリフィアの分までこしらえてくれると申し出てくれたのだった。

「では、いただきましょう。お茶は、チャッチにしましょうね」

エウリフィアの言葉を聞きながら、オディフィアはすでにギギの葉の汁を菓子に掛けていた。つやつやと照り輝《かがや》く汁が、フワノだかポイタンだかの生地を包み込《こ》んでいく。オディフィアにとって、それは宝石のきらめきよりも美しく感じられた。

三《み》つ又《また》の串と刀を使って、菓子を切り分ける。何かその生地は、普段よりもいっそうやわらかく感じられた。黄色っぽい断面が覗《のぞ》き、そこにまた褐色のきらめきが滴《したた》っていく。

オディフィアはどきどきと胸を高鳴らせながら、串に刺《さ》した菓子を頬張《ほおば》った。とたんに、ギギの葉の香りが口の中に広がっていく。もともとギギの葉というのは苦いお茶の材料であると聞いていたが、トゥール＝ディンが「ちょこそーす」と呼ぶこのとろりとした汁はとても甘かった。砂糖と、カロンの乳と、それに乳脂も使っているらしい。オディフィアは、特にこのギギの葉の調味料が大好きであったのだった。

そして本日は、さらなる驚《おどろ》きも待ちかまえていた。最初に感じた通り、フワノだかポイタンだかの生地が普段以上にやわらかかったのである。ほとんど噛《か》む必要もないぐらい、生地が口の中で溶《と》けていく。綿のように軽《かろ》やかで、甘くて、美味《おい》しい、夢のような菓子であった。

「まあ。少し前にも焼き菓子が届けられていたけれど……これは格段に美味であるようね」

エウリフィアも、驚きの声をあげていた。

「以前にヴァルカスが作った、ふわふわとした菓子と少し似ているかしら……ううん、でもこちらはきちんとフワノやポイタンも使われているようだし……とにかく美味しいわねぇ」

「うん」

「ミンミの実は、どうやら干したものであるようね。最初はギギの葉に風味も味も隠されてしまうけれど、最後まで口の中に残っているから、その味わいも楽しむことができるわ。……ああ、だからこうして、干したものを使ったのかしら。ミンミがやわらかいままであったら、生地と一緒にするすると流れていってしまうものね」

「うん」

「あら、オディフィア。もう食べ尽《つ》くしてしまったの？　わたくしはまだひと口しか食べていないのに」

確かにオディフィアは、あっという間にその菓子を食べ尽くしてしまっていた。普段よりもやわらかくて軽やかであった分、至極《しごく》あっさりとなくなってしまったのだ。

何だか、とても物足りない。あんなに幸福であったのに、それを上回る悲しみがじわじわとせりあがってきてしまう。すると、卓のそばに控えていた侍女がおとなしやかに笑いかけてきた。

「こちらの菓子は身が詰《つ》まっていないので、二枚で一食分なのだそうです。もしも多いようでしたら晩餐にというお言葉をトゥール＝ディン様からお預かりしているのですが、いかがいたしましょう？」

「すぐたべる」

「かしこまりました。少々お待ちくださいませ」

悲しい気持ちが、嘘《うそ》のように消えていく。そんなオディフィアを見つめながら、エウリフィアもまた微笑んでいた。

「本当に幸せそうね。目がきらきらと輝いているわよ、オディフィア」

「うん」

「城で出される菓子だって、これに負けないほど美味であると思うけれど……でも、やっぱり調理の作法が異なるのよね。トゥール＝ディンがアスタから習い覚えたこの菓子が、オディフィアの口には一番あうのでしょうね」

「うん」とうなずいてから、オディフィアは母親の笑顔《えがお》を見つめ返した。

「かあさま。まだトゥール＝ディンをおちゃかいによべないの？」

「ええ。以前に言った通り、王都の方々の視察が終わるまでは、森辺の民に厨を預けることはできないのよ。まさか、黄の月の終わりになっても視察団がやってこないとは思わなかったけれど」

「うん……」

「もう少しの辛抱《しんぼう》よ。きっと緑の月か青の月にはやってくるでしょうからね」

エウリフィアは、先月にも先々月にも同じようなことを言っていた。雨季が明ければすぐにでもその者たちはやってくるであろうという見込《みこ》みであったのに、五つもの月が巡《めぐ》ってもいまだに姿を見せていなかったのだった。

「そんなに悲しそうな目をしないで、オディフィア。わたくしまで悲しい気持ちになってしまうわ」

エウリフィアが手をのばして、オディフィアの髪を撫でてくれた。

「……そういえば、《銀星堂》の食事会に、トゥール＝ディンがやってくるのかもしれないのよね」

「え？」

「つい昨日、お父様が話しておられたのよ。東のお客人を歓待《かんたい》する食事会に、森辺の民も招かれることになったの。トゥール＝ディンは熱心な料理人なので、きっとヴァルカスの料理を食べたがるのじゃないかってポルアースが話していたようなのよね」

「それなら、オディフィアもいきたい」

エウリフィアは、目を細めて微笑んだ。

「トゥール＝ディンは、お客人として招かれるのよ？　その日はトゥール＝ディンの菓子を食べられるわけじゃないのに、それでも行きたいのかしら？」

「うん」

　オディフィアがうなずくと、エウリフィアがまた髪を撫でてきた。

「わかったわ。それじゃあ、オディフィアも連れていってもらえるように、お父様とポルアースにお願いしてみましょう。ヴァルカスは辛《から》い料理や苦い料理も作るけれど、失礼のないていどには口をつけるようにね」

「うん」

　オディフィアの胸に、何か温かいものが満ちていた。トゥール＝ディンと、ひさしぶりに顔をあわせることができる。それを想像しただけで、トゥール＝ディンの菓子《かし》を前にしたときと同じような幸福感がわきおこってきたのである。

　トゥール＝ディンは、元気に過ごしていただろうか。またあの優しそうな顔で、オディフィアに微笑みかけてくれるだろうか。二枚目の皿が運ばれてくるまでの間、オディフィアはずっとそのようなことを考えながら、足をぱたぱたと動かし続けることになった。

2

《銀星堂》という料理店における食事会が行われたのは、黄の月の二十二日のことであった。

　朝から昼までは文字の勉強、昼からは礼儀作法の勉強と、いつも通りの日課をこなしてから、母親とともにジェノス城を出立する。多忙《たぼう》な父親は、本日の食事会に出席できないのだそうだ。

「だから、今日の取り仕切り役はポルアースなの。無理を言ってオディフィアの席を空けてもらったのだから、きちんと御礼《おれい》を言うのよ？」

「うん、わかった」

トトスの車に揺られながら、オディフィアはまたわずかに胸が高鳴っているのを感じていた。けっきょくトゥール＝ディンが来るか来ないかは、その場に出向いてみないとわからない状《じょう》況《きょう》であったのだ。これもまた、昼の軽食が当たりの日であるか外れの日であるかを待ち受けるのと同じような心境であった。

それなりの時間が過ぎた後、トトスの車が停止する。まずはエウリフィアが、それからオディフィアが、それぞれの侍女をともなって車から降りる。六歳になって、オディフィアはようやくこの高い階段を一人で降りられるようになっていた。

地面に降り立つと、白い甲冑《かっちゅう》を着込《きこ》んだ武官たちがずらりと立ち並んでいる。その間を通って、オディフィアたちは建物の扉《とびら》をくぐった。

「お待ちしておりました。ご予約の、エウリフィア様とオディフィア様でございますね。お連れ様は、すでにお待ちになられています」

優しそうな面立《おもだ》ちをした老女が、笑顔でそのように出迎《でむか》えてくれた。エウリフィアに対して、「ジェノス侯爵家第一子息夫人」という仰々《ぎょうぎょう》しい肩書《かたが》きを述べてこようとしないのが、オディフィアには少し新鮮《しんせん》であった。

ここは城下町の、平民の住まう区域の料理店であるそうなのだ。それでいて、非常に高額な料理が売られているために、顧客《こきゃく》のほとんどが貴族であるのだという。両親のお供であちこち連れ回されることの多いオディフィアであるが、こういった類いの料理店というものを訪《おとず》れるのは初めてかもしれなかった。

「おお、お待ちしておりましたよ、エウリフィア。よろしければ、そちらの壁側の席にお座りください」

部屋に入ると、ポルアースがそのように述べてきた。大きな卓が左右に並べられており、すでに何名かの人間が座している。オディフィアにわかるのは、ポルアースの伴侶《はんりょ》メリムと、トゥラン伯爵家《はくしゃくけ》のトルスト、それに占星師のアリシュナぐらいのものであった。

「あら、ずいぶん不思議な席順であるようね。これはあなたが考えたものであるのかしら？」

「考えた、というほどのものではありません。ただ、できるだけさまざまな立場のお相手と交流を結ぶことができれば幸いと思いまして」

どちらの卓でも、ジェノスの貴族と東の民が入り乱れるように席が決められていたのだ。ポルアースが指し示す左側の席では、二名の東の民と一名の貴族らしき人物が座しており、向かいの五席はまるまる空いていた。

「なるほど。どちらの卓でも五名ずつの森辺の民を迎《むか》えられるように配置されているのね。あなたらしい愉快なやり口だわ」

エウリフィアは左右の卓に等分に笑《え》みをふりまきながら、指定された席に向かった。オディフィアは、その後をちょこちょこと追いかける。そうして二人が席に着くと、ポルアースがあらためて声をあげた。

「《黒の風切り羽》の方々にご紹介《しょうかい》いたします。そちらはジェノス侯爵家の第一子息メルフリード殿《どの》の伴侶であられる貴婦人エウリフィア、そしてその第一息女たるオディフィア姫であります」

そしてこちらにも、他の客人たちが紹介される。アリシュナを除く三名の東の民はみんな《黒の風切り羽》という商団の人間で、見知らぬ貴族は外務官という職にある人物であった。

オディフィアの隣《となり》には二名の東の民が並んでおり、その向こうに外務官が座している。二名の東の民は、商団の副団長とそれに次ぐ立場の人間であるということであった。

「本来であれば、外務官の御方《おかた》がもう一名参席されるはずでしたのよね。その席を奪《うば》ってしまって、非常に心苦しく思っておりますわ」

エウリフィアに視線を向けられて、オディフィアは「ごめんなさい」と頭を下げてみせた。外務官は、「滅相《めっそう》もない」と慌《あわ》てた様子で手を振っている。

「もとより、貴婦人がお一人のみというほうが心苦しい話でありましたからな。本来であればメルフリード殿が参席するところであったのですから、そのご息女たるオディフィア姫ほどその場に座るのに相応《ふさわ》しい御方はおられぬことでありましょう」

「とてもかんしゃしています」と、オディフィアはもう一度頭を下げておくことにした。これは自分の我が儘であるのだから、母親のことを悪くは思ってほしくなかった。

そうして取り仕切り役のポルアースにも御礼の言葉を申し述べると、その隣に座っていたメリムが「まあ」と微笑んだ。

「少し見ない間に、オディフィア姫はとても大人びたようですね。もう立派な貴婦人に見えてしまいますわ」

オディフィアは、覚えたての丁寧《ていねい》な言葉を使っているばかりであった。よほど気を張らなくては、こんな言葉も出てこない。立派な貴婦人への道のりはまだまだ遠かった。

そうして老女の手によってお茶がいれられて、しばらく歓談《かんだん》が続けられた後、森辺の民の到着《とうちゃく》が告げられた。しばらく収まっていた胸の高鳴りが、またやってくる。オディフィアは卓の陰で装束の裾《すそ》を握《にぎ》りしめながら、そこに森辺の民が現れるのを待ち受けることになった。

見覚えのあるようなないような、褐色《かっしょく》の肌をした若い人間たちがぞろぞろと入室してくる。森辺の民は、十名も招かれているのだ。その中で、黄色い肌をした人間が二人いた。アスタという料理人と、見覚えのない十歳ぐらいの少女だ。

その二人の陰に隠れるようにして、トゥール＝ディンがいた。それを見て取ったオディフィアは、思わず卓の下でぱたぱたと足を動かしてしまった。

しかし、トゥール＝ディンのほうはオディフィアの存在に気づいていないようだった。大勢の人間がいるとき、たいていトゥール＝ディンは目を伏《ふ》せてしまっているのだ。そうしてトゥール＝ディンがアスタと一緒に反対側の卓に向かってしまったので、オディフィアは思わず「あ……」と声をあげてしまった。

「あら、トゥール＝ディンもそちらに座られてしまうの？　オディフィアが、あなたと話したがっているのだけれど」

すかさずエウリフィアがそのように声をあげると、トゥール＝ディンはおどおどと視線をさまよわせた。トゥール＝ディンのそばにいた黄色い肌の娘《むすめ》が、笑顔でその腕《うで》にからみつく。

「それでは、わたしと一緒にあちらの卓に行きませんか？　わたしは、トゥール＝ディンと一緒がいいです」

それはトゥール＝ディンと同じように髪を首の横でふたつに結わえた、可愛《かわい》らしい娘であった。年齢も背格好も、トゥール＝ディンと同じぐらいだ。ただ、トゥール＝ディンとは正反対で、にこにこと元気そうに微笑んでいる。その身なりからして、城下町の外に住む民であるようだった。

ともあれ、トゥール＝ディンはこちらの卓に着席してくれた。ただし、オディフィアとはちょっと席が離《はな》れてしまっている。オディフィアの正面はシーラ＝ルウという森辺の料理人で、トゥール＝ディンはその左隣《ひだりどなり》であった。

「あら、あなたはシーラ＝ルウであったのね。髪が短いし、装束も普段と違《ちが》っているから、見《み》違《ちが》えてしまったわ」

エウリフィアがそのように呼びかけると、シーラ＝ルウは「はい」とたおやかに微笑んだ。

「森辺の女衆は、婚儀《こんぎ》を挙げると髪を切って、装束も新しいものにあらためるのです」

「まあ、それではあなたも婚儀を挙げたということね。もしかしたら、お相手はそちらのダルム＝ルウであるのかしら？」

シーラ＝ルウは、また「はい」と微笑んだ。ちょっと恥《は》ずかしそうな、それでいて幸福そうな微笑《びしょう》であった。

「やっぱりね。ダレイム伯爵家の舞踏会《ぶとうかい》でお目にかかってから、いずれあなたがたが伴侶となるのではないかと感じていたわ。とてもお似合いの、素敵な夫婦《ふうふ》ね」

「ありがとうございます、エウリフィア」

静かに微笑むシーラ＝ルウの隣で、ダルム＝ルウは目だけで礼をしていた。このダルム＝ルウという人物は、オディフィアも舞踏会で目にした記憶《きおく》がある。あのときは城下町の宴衣装を纏っていたし、髪も綺麗《きれい》にくしけずられていたが、今日の彼《かれ》は別人のように粗野《そや》で迫力《はくりょく》があるように感じられた。

きっと森辺の狩人《かりうど》というのは、これが普通であるのだろう。オディフィアは他にも何名かの狩人を目にしたことがあるが、たいていはこういう武官とも異なる不思議な気配を漂《ただよ》わせていたのだった。

しかし今はそれよりも、トゥール＝ディンである。トゥール＝ディンは最初に会釈《えしゃく》をしたきり、あとは隣の少女とばかり喋《しゃべ》っていた。

いや、トゥール＝ディンは気弱そうに目を伏せており、それを元気づけるように少女が話しかけているのだ。トゥール＝ディンがこちらを見てくれないので、オディフィアはだんだん悲しい気持ちになってきてしまった。

「……あなたがミケルという料理人の娘御《むすめご》であるのね。お噂は、かねがねうかがっているわ」

エウリフィアが遠い席から呼びかけると、少女は「はい」と笑顔で振り返った。

「トゥランのミケルの娘で、マイムと申します。貴《とう》き方々に礼を失してしまわないように心がけますので、ご同席をお許しください」

「今日は格式張った会食でもないのだから、何も堅苦《かたくる》しくかまえる必要はないわ。……あなたがたは、今でも森辺の集落に身を寄せているのよね？」

「はい。父の怪我《けが》もずいぶんよくなってきたのですが、トゥランの治安が改善されるまでは滞《たい》在《ざい》を許していただくことがかないました」

「護民兵団の綱紀粛正《こうきしゅくせい》というものね。わたくしの伴侶もそれには一役買っているはずなので、一日も早くトゥランに安息がもたらされるのを願っているわ」

そのように述べてから、エウリフィアはちらりとオディフィアのほうを見てきた。

「オディフィア、あなたもトゥール＝ディンに御礼を言うのじゃなかったの？」

オディフィアは「うん」とうなずいたが、なかなか言葉が出てこなかった。その間に、トゥール＝ディンがオディフィアのほうに目を向けてくる。

「お、おひさしぶりです、オディフィア。わたしの菓子は毎回、無事に届いていますか？」

「うん」

「それなら、よかったです」

ほっとしたように、トゥール＝ディンが息をつく。それでオディフィアが御礼の言葉を口にしようとしたとき、料理人のヴァルカスが部屋に入ってきてしまった。

「お待たせいたしました。下りの五の刻となりましたので、料理をお出しいたします」

トゥール＝ディンの目も、そちらに向けられてしまう。オディフィアは無念でならなかったが、食事会の開始を邪魔《じゃま》するわけにもいかなかった。

その後は、ぞくぞくと料理が届けられてきた。ジェノスでも一、二を争うと評判の、ヴァルカスの料理である。しかし正直に言って、オディフィアはあんまりヴァルカスの料理が得意ではなかった。ヴァルカスは、ジェノスでもっとも香草を扱《あつか》うのに長《た》けているという評判であるのだ。オディフィアもその物珍《ものめずら》しい料理には驚かされることが多かったが、彼の料理はいくぶん辛さや苦さが強すぎるように感じられてならなかった。

「子供の舌というのは鋭敏《えいびん》すぎて、味を強く感じすぎてしまうのよ。ヴァルカスの料理は大人のために作られた料理であるのだから、オディフィアにはちょっと刺激《しげき》が強すぎるのでしょうね」

いつだったか、エウリフィアはそのように述べていた。確かに城の料理人たちは、オディフィアの食べるものと大人たちの食べるもので味をいくぶん変えてくれていた。オディフィアには、そちらのほうが美味であるように感じられるのである。

それに、森辺の料理人アスタの料理だ。彼もまた、ヴァルカスほど香草を使ったりしないので、オディフィアには非常に美味であると感じられることが多かった。

そしてやっぱり、トゥール＝ディンである。アスタやリミ＝ルウという娘の菓子も、美味だとは思う。だけどやっぱり、オディフィアにとって一番美味だと思えるのはトゥール＝ディンの菓子であるのだ。エウリフィアは城の料理人が作る菓子もトゥール＝ディンには負けていないとしょっちゅう言っているが、オディフィアにはそれが信じられないぐらいであった。

トゥール＝ディンの菓子を口にすると、オディフィアは心の底から幸福な気持ちになれる。城の料理人が作る菓子より森辺の料理人が作る菓子のほうが美味しく感じられるし、その中でもトゥール＝ディンは別格に感じられてならないのだった。

「……オディフィア、きちんと食べているわね」

と、エウリフィアがこっそり囁《ささや》きかけてきた。シャスカという不可思議な料理をちゅるちゅるとすすりながら、オディフィアはうなずいてみせる。

このシャスカも、いささか辛さがきついように感じられた。しかし隣の東の民などは、別に出された後入れの調味料を丸ごと投じてしまっている。そんなに辛くしたら、オディフィアにはひと口も食べられそうになかった。

それでも何とかここまでは、すべての料理を残さずに食べることができている。オディフィアの料理は大人の半分ぐらいの量しかなかったし、前菜も汁物《しるもの》料理もそれほど刺激の強い料理ではなかった。また、他の人を押《お》しのけて参席した身であるのだから、出された料理はすべて食べきるのが自分の果たすべき使命であるのではないかとオディフィアは考えていた。

トゥール＝ディンは、新しい料理を出されるたびに瞳《ひとみ》を輝かせてマイムと議論を交《か》わしている。トゥール＝ディンにとって、これらはきわめて美味なる料理であるのだろう。そして、料理人であるトゥール＝ディンは美味なる料理を前にしたときだけ、とても熱っぽく振る舞《ま》う気質であるのだった。

オディフィアは、早くすべての料理を食べきって、トゥール＝ディンとゆっくり言葉を交わしたいと、そのようなことばかりを考えている。そんな中で、四種目となる野菜料理が出されることになった。

「まあ、これはとりわけ不思議な料理ね」

エウリフィアは、そう言っていた。オディフィアは、悪い意味で同じ気持ちであった。その料理は、オディフィアが苦さや辛さと同じぐらい苦手にしている、酸《す》っぱさを主体にした料理であったのだ。

オディフィアは、ママリアの酢《す》も苦手である。砂糖をたくさん使って甘く仕上げてもらえれば、何とか口にできるという感じだ。しかしこの料理はママリアの酢ばかりでなく、得体の知れない酸っぱさの塊《かたまり》であった。

甘さも感じられるのだが、酸っぱさが邪魔である。せっかくの甘さも酸っぱさと混じり合って、気持ちの悪い味になってしまっている。ヴァルカスには申し訳ないが、こればかりはとうてい美味とは思えなかった。

「すごいですね！　どうしたら、こんな不思議な味を作りあげることができるのでしょう！」

と、トゥール＝ディンの声がこちらにまで聞こえてきて、オディフィアを驚かせた。こちらの卓の人間がいっせいに振り返ったので、トゥール＝ディンは「も、申し訳ありません……」とうつむいてしまう。その後はみんなの視線から逃《に》げるようにして、トゥール＝ディンはひたすらマイムとばかり言葉を交わしていた。

その姿を見ている内に、オディフィアはどんどん悲しい気持ちになってきてしまった。オディフィアはまだ幼いので、その会話の中に入ることもできないのだ。トゥール＝ディンの感じた喜びや昂《たか》ぶりを、ともに分かち合うことができない。こんなに食べづらい料理も、トゥール＝ディンたちにとっては美味に感じられるのだ。

それに、オディフィアは城下町の貴族であり、トゥール＝ディンは森辺の料理人であった。料理というものに対する心がまえが、最初から異なっているのだろう。オディフィアは食べる側であり、トゥール＝ディンは作る側であるのだから、それが当然であるのだ。

だけどオディフィアは、悲しい気持ちを止めることができなかった。

オディフィアは、美味しい菓子という存在を通して、トゥール＝ディンを知ることになったのである。オディフィアとトゥール＝ディンを結びつけているのは、美味しい菓子の存在であるのだ。その存在を同じ気持ちで分かち合うことができないというのは、何だかものすごく残念なことであるように感じられてしまった。

「これはさすがに、オディフィアの口にあわないかしら。無理して全部を食べる必要はありませんからね？」

エウリフィアが、またこっそりと囁きかけてくる。オディフィアはぷるぷると首を横に振って、おかしな味のする野菜を無理やり口の中に詰め込んだ。ここで料理を残したら、いっそうトゥール＝ディンとの間に高い壁ができてしまうように感じられたのだ。

最後はほとんど噛まずに呑《の》み込んで、それをお茶で流《なが》し込んだ。涙《なみだ》がにじむほど苦しかったが、それで何とか皿を空にすることはできた。

ふと正面に目を向けると、ダルム＝ルウが仏頂面《ぶっちょうづら》で酒杯《しゅはい》をあおっていた。こちらの卓の男性たちは、みんなお茶でなく酒を飲んでいたのだ。シーラ＝ルウはレイナ＝ルウという娘とせわしなく語らっており、トゥール＝ディンはマイムと語らっている。そんな娘たちにはさまれて、ダルム＝ルウはオディフィアと同じぐらい静かであった。

「……ダルム＝ルウも、お口にあわなかったのかしら？」

と、客人が静かになると、エウリフィアがすかさず水を向ける。ダルム＝ルウは仏頂面のまま、それを見返した。

「肉でも一緒に出されていれば、ここまで苦労することもなかったのだがな。今の料理は、少なからず食べにくかった」

「森辺の民は、料理を残してはならないという習わしをお持ちなのよね。いっそ、奥方《おくがた》に分けて差し上げたらよかったのじゃないかしら」

「……そんな子供じみた真似《まね》ができるか」

ダルム＝ルウは不機嫌《ふきげん》そうに言い捨てて、エウリフィアは愉快そうに笑う。そうしてエウリフィアは、東の民や外務官にも声をかけていた。森辺の娘たちが料理に夢中になってしまっていたため、彼らもずいぶん静かになっていたのだ。

エウリフィアが声をかけると、そういった静けさが追いやられて、楽しく浮《う》き立った空気が生まれることになる。エウリフィアは、いつでもこうして他者のことを一番に考えているのだった。

そんなエウリフィアのことを我が儘であると陰口を叩《たた》くような人間は、きっと何もわかっていないのだろうと思う。オディフィアは、自分の母親ほど優しくて思いやりのある人間はいないと信じていた。そして――自分も大人になったら、母親のように他者のことを思いやれる人間になれるのだろうかと、オディフィアはいつもそんな風に考えさせられてしまうのだった。

「あら、これはまた見事な料理ねえ」

と、エウリフィアの明るい声音《こわね》が響《ひび》いた。ついに主菜の肉料理が卓に並べられたのだ。こちらもいささか辛みが強かったが、オディフィアでも無理をせずに食べられる料理であった。

カロンとキミュスと魚の肉を使った料理である。魚というのは、あまり食べなれない。それでも、大人は美味だと感じるのだろうなと想像することはできる。この中では、キミュスの胸肉が一番オディフィアの口にあうようだった。

料理人たちのほうは、もう大絶賛である。トゥール＝ディンも他の娘たちも、喜びと驚きの表情で三種の肉を頬張っている。礼を失しないように気持ちを抑《おさ》えているのであろうが、それでも彼女たちが昂揚《こうよう》の極《きわ》みにあることは明らかであった。

ダルム＝ルウも、今度は満足そうな面《おも》持ちで料理をたいらげている。東の民は感情が読めなかったが、ときおり放たれるのはすべて賞賛の言葉であった。やはり、大人にとってはこの上なく美味な料理であるのだ。マイムと語るトゥール＝ディンも、きらきらと瞳を輝かせていた。

そんな中、オディフィアの心はこれ以上ないぐらい打ち沈んでしまっている。この場所を訪れるまで、期待に胸を弾《はず》ませていたのが嘘のようであった。

もしかしたら、今日はこの場に来るべきではなかったのだろうか——そんな風に考えてしまう自分のことが、たまらなく嫌《いや》であった。

最後に甘い菓子が届けられても、オディフィアの気持ちが変わることはなかった。美味しい菓子であるのだろうとは思う。しかし、オディフィアが求めているのは、この味ではなかった。お腹《なか》はいっぱいなのに胸の中が空っぽで、そこにひゅうひゅうと冷たい風が吹《ふ》いているような心地《ここち》であった。

「それではすべての料理をお食べいただきましたので、弟子《でし》たちとともにご挨拶《あいさつ》をさせていただきたく思います」

ヴァルカスの言葉とともに、その弟子たちが招き入れられる。その後はしばらくヴァルカスたちを交えて会話がなされていたが、オディフィアの耳にはまったく入ってこなかった。ただ、最後にポルアースが大きく声を張り上げたので、それだけは何とか聞き取ることができた。

「それでは、食後の酒を楽しみながら、我々も交流を深めさせていただこうか。城門の守衛には話をつけてあるので、一刻ばかりはお相手をお願いするよ、森辺の皆様方《みなさまがた》」

卓の上の食器が片付けられて、新しいお茶が配られた。

しかしオディフィアは、それに手をのばす気持ちにもなれなかった。

あと一刻、こうして石のように静かにしていれば、この空虚《くうきょ》な時間も終わりを告げるのだろうか。そのように考えていると、エウリフィアに肩《かた》を揺《ゆ》さぶられた。

「どうしたの、オディフィア？　さっきから、トゥール＝ディンがあなたを呼んでいるわよ」

「え……？」

ぼんやり視線を巡らせると、トゥール＝ディンがオディフィアを見つめている。その顔は、とても心配そうな表情を浮かべていた。

「だ、大丈夫《だいじょうぶ》ですか？　さきほどから、ずいぶん元気がないようですが……」

「うん……」

食事が終わって、みんな声が大きくなってきている。トゥール＝ディンの言葉を聞くには、卓の上に身を乗り出す必要があった。

「それであの、さきほどのお話なのですが……」

「さっきのおはなし？」

「はい、ですからその……」

隣の卓から響いてきた笑い声に、トゥール＝ディンの声がかき消された。酒の入ったポルアースとトルストが、談笑《だんしょう》を始めたのだ。席の端《はし》と端にいる両者が語らうには、こちらの卓にまで届く声を張り上げる必要があるようだった。

トゥール＝ディンの言葉をしっかり聞きたくて、オディフィアはいっそう身を乗り出してみせる。すると、隣に座《すわ》っていた東の民がすうっと立ち上がった。

「席、移動する、失礼でしょうか？」

「え？　どういうことかしら？」

エウリフィアが不思議そうに尋《たず》ねると、東の民は「はい」とうなずいた。

「賑《にぎ》やか、なってきましたので、彼女たち、会話、難しそうです。私、席、交換《こうかん》する、いかがでしょう？」

「それはありがたい申し出ですけれど、トゥール＝ディンのほうはいかがかしら？」

トゥール＝ディンはガタガタと椅子を鳴らして立ち上がってから、申し訳なさそうにマイムのほうを見た。

「あ、あの、マイム。非常に申し訳ないのですが……」

「わたしのことは気にしないでください。トゥール＝ディンはさっきから、ずっとオディフィア姫《ひめ》のことを心配そうに見守っていましたものね」

にこにこと笑いながら、マイムは東の民のほうを見た。

「よろしければ、シムのお話を聞かせてください。シャスカやギャマや香草《こうそう》について、シムの方々に詳《くわ》しいお話をうかがいたかったのです」

「はい、存分に」

東の民は、ひたひたと向かいの席に回り込んでいく。そちらにぺこりと頭を下げてから、トゥール＝ディンがオディフィアのほうにやってきた。お茶や酒杯は、給仕《きゅうじ》の老女がさりげなく移動してくれた。

「失礼いたします。やっとゆっくりお話ができますね」

席についたトゥール＝ディンが、まずはそのように述べてきた。

「あの、本当にお気分は大丈夫ですか？　食事の途中《とちゅう》から、ずいぶん元気をなくされているように見えたのですが……」

「……しょくじのとちゅうから？」

「はい。野菜料理を出されたぐらいからでしょうか。途中からは、オディフィアが泣いているように見えてしまったぐらいです」

トゥール＝ディンは、とても心配そうにオディフィアを見つめていた。

オディフィアの知る、優《やさ》しそうなトゥール＝ディンの眼差《まなざ》しだ。

オディフィアは、普段《ふだん》とは少し異なる感じで胸が高鳴っていくのを感じた。

「何度も呼びかけようと思ったのですが、わたしは大きな声を出すのが苦手なので……最初から、もっと席が近ければよかったのですが……」

「うん」

「部屋に入って挨拶をしたときも、途中で食事が始まってしまい、ずっと心残りになっていました。中途半端《ちゅうとはんぱ》な挨拶になってしまって申し訳ありません」

そうしてトゥール＝ディンは、ふいに口もとをほころばせた。

「本当におひさしぶりです。最後にお顔をあわせたのは雨季の終わり頃《ごろ》でしたから、もうふた月以上も経《た》ってしまっているのですね。オディフィアは元気にお過ごしでしたか？」

オディフィアは何だか胸が詰まってしまって、「うん」としか言えなかった。トゥール＝デインは「そうですか」と、いっそう優しげに微笑《ほほえ》む。

「あの、これまでたくさんの贈《おく》り物をありがとうございました。オディフィアにいただいた髪《かみ》飾《かざ》りなどは、この前の宴《うたげ》で身につけることになって……色々な人たちから、立派な飾《かざ》り物だと言ってもらうことができました」

「……おくりもの、めいわくじゃなかった？」

「迷惑《めいわく》だなんて、そんなことは……驚きましたし、申し訳ない気持ちもありましたが、とても嬉《うれ》しかったです」

トゥール＝ディンは、まだ十一歳《さい》ぐらいのはずだった。それなのに、どうしてこんな風に大人びた顔で微笑むことができるのだろう。いつも気弱そうで、なかなか人と目をあわせようとしないのに、トゥール＝ディンはときたまこんな風に大人っぽい顔で微笑んでくれるのだった。

「でも、以前にお伝えした通り、代価の他に贈り物はもう不要です。わたしはオディフィアに菓子を買ってもらえるだけで、十分に嬉しいのですから」

「……うれしいの？　めいわくじゃない？」

「嬉しいです。わたしなどの作るものを、そこまで欲《ほっ》してくださるのですから」

オディフィアは、空っぽであった胸の中にぐんぐんと温かいものが満ちていくのを感じた。悲しい気持ちが、トゥール＝ディンの笑顔と言葉で溶かされていく。それはまるで、魔《ま》法《ほう》のようだった。

トゥール＝ディンも、自分のことを気にかけてくれていたのだ。表情の動かない自分の気持ちを、家族のように察してくれていたのだ。そのように考えると、幸福感が血の流れに乗って手足のすみずみにまで行き渡《わた》っていくような心地であった。

「それで、さきほどのお話なのですが……」

「うん。……オディフィアは、トゥール＝ディンのこえがきこえてなかったの」

「そうみたいですね。周りが、騒《さわ》がしかったですから」

そう言って、トゥール＝ディンはにこりと微笑んだ。

「あの、お茶会のお話です。王都という場所から訪ねてくる方々がジェノスを出ていくまで、わたしたちがかまど番として招かれることはないということで……とても残念ですね」

「……ざんねん？」

「はい。最近また、アスタに新しい菓子の作り方を教えていただいたのです。でもそれは、くりーむというものを生地《きじ》の周りに塗《ぬ》らなくてはいけないので、森辺で作ったものを城下町にお届けすることが難しいのです」

「うん……」

「でこれーしょんけーきという菓子なのですけれど、早くそれをオディフィアにも食べていただきたいです。だから、またお茶会というものに呼んでいただける日を、楽しみにしています」

そこまでが、オディフィアの限界であった。

オディフィアは弾みをつけて席を降りると、せいいっぱい腕をのばしてトゥール＝ディンの首を抱《だ》きすくめた。

「ど、どうしたのですか、オディフィア？」

トゥール＝ディンの慌てた声が、耳のすぐそばから聞こえてくる。それにはかまわず、オディフィアはトゥール＝ディンの温かい頬《ほお》に自分の頬をすりつけた。

「あらあら、また幼子《おさなご》に戻《もど》ってしまったわね」

エウリフィアの笑いを含《ふく》んだ声が、後ろのほうから聞こえてくる。

それでもオディフィアは、この温かい存在を手放すつもりはなかった。

「だ、大丈夫ですか？　やっぱり、お加減が悪いようですね」

温かい感触《かんしょく》が、頭や背中に触《ふ》れてきた。きっとトゥール＝ディンが、オディフィアの小さな身体《からだ》を抱きとめてくれているのだろう。

もしかしたら、今のオディフィアであれば、さすがに表情が動いているのかもしれなかった。笑っているのか泣いているのかはわからないが、こんなにも心を揺さぶられてしまっている。

オディフィアがこれほどの激情に見舞《みま》われるというのは、かつてないことであった。

だけどオディフィアはトゥール＝ディンの肩に顔をうずめているので、誰《だれ》にもそれは確認《かくにん》できないはずだったが――オディフィアは、それでかまいはしなかった。オディフィアはこんなにも幸福で、その手にトゥール＝ディンを抱きしめている。今のオディフィアにとって、それ以外のことはどうでもよかったのだった。

「トゥール＝ディン、だいすき」

オディフィアが言うと、トゥール＝ディンはくすりと笑ったようだった。

「ありがとうございます。わたしもオディフィアのことは、大好きです」

トゥール＝ディンの温かい手が、オディフィアの背中をぽんぽんと叩いてくる。

それを心地よく感じながら、オディフィアはいっそう強い力でトゥール＝ディンを抱きすくめたのだった。

来し方と行く末

1

ライエルファム＝スドラは、悪夢にうなされていた。

それは彼ほどの狩人《かりうど》が魂《たましい》を蝕《むしば》まれて、苦悶《くもん》の絶叫《ぜっきょう》をあげたくなるほどの悪夢であった。これまでに彼が見届けてきた数多くの死者たちが、青白い顔で周囲を取り囲んでいるのだ。

その中には、父や母の姿もあった。

兄や妹の姿もあった。

分家の家人や、眷族《けんぞく》の姿もあった。

この手で殺《あや》めた大罪人の姿もあった。

そして――幼くして失った子供たちの姿もあった。

（許して……許してくれ……俺《おれ》だって、誰ひとり失いたくはなかったのだ……）

ライエルファム＝スドラは泣きながら、彼らに懇願《こんがん》した。

しかし彼らは、誰もライエルファム＝スドラを恨《うら》んだりはしていなかった。ただ悲しそうに、無念そうに、ライエルファム＝スドラを見つめているばかりであるのだ。それがまた、ライエルファム＝スドラにこの上ない悲嘆《ひたん》と絶望をもたらしているのだった。

（俺もうじき、そちらに行く……だから、だから俺を許してくれ……お前たちを救えなかった、俺のことを……）

そこでライエルファム＝スドラは、目を覚ました。

しかししばらくは、恐怖《きょうふ》の余韻《よいん》で動くこともできなかった。

全身が、粘《ねば》ついた汗《あせ》にまみれている。心臓は激しくあばら骨を叩き、それにあわせてこめかみの血管がどくどくと脈打っていた。

ちかちかと明滅《めいめつ》していた視界がやがて焦点《しょうてん》を結んでいくと、そこには見慣れた屋根の裏や梁《はり》が見える。それでようやく、ライエルファム＝スドラは大きく息をつくことができた。

（……夢だったのか……）

手の平で顔の脂汗《あぶらあせ》をぬぐってから、かたわらに視線を向ける。

しかしそこには、誰もいなかった。

ライエルファム＝スドラは何とも言われぬ不安感に見舞われて、身を起こす。そのままよろよろと歩を進めて、震《ふる》える指先で戸板を引き開けると、「あら」という優しげな声が聞こえてきた。

「ようやくお目覚めになったのですね。そろそろ起こしたほうがいいのではと考えていたところであったのですよ」

ライエルファム＝スドラの伴侶、リィ＝スドラが広間の真ん中に座して、草籠《くさかご》を編んでいた。

ライエルファム＝スドラは心からの安堵《あんど》を覚えて、また深々と息をついた。

「どうされたのですか？　何かお加減が悪いようですが」

「いや、何でもない。……リィひとりなのか？」

「ええ。他のみんなはピコの葉を乾《かわ》かしたり、薪《まき》を割ったりしています。家のすぐ外にいますので、何も心配はいりません」

ライエルファム＝スドラは伴侶のかたわらに膝《ひざ》をつくと、その手の先をそっとすくい取った。

リィ＝スドラは、目を細めて笑っている。

「本当にどうされたのですか？　わたしも腹の子も、元気に過ごしておりますよ」

「ああ、わかっている……わかっているのだ」

ライエルファム＝スドラは逆の手を、伴侶の腹にあてがってみせた。すらりと引きしまっていたリィ＝スドラの腹が、嘘《うそ》のようにふくれあがっている。彼女《かのじょ》が子を孕《はら》むのは三度目のことであったが、ここまで腹が大きくなることはかつてなかった。

「腹の子が産まれるまで、あと半月から二十日といったところでしょう。待ち遠しいことですね」

「ああ、そうだな」

ライエルファム＝スドラは力を込《こ》めすぎないように細心の注意を払《はら》いながら、伴侶の腹を撫《な》でた。するとリィ＝スドラが床《ゆか》から布切れを取り上げて、ライエルファム＝スドラの頬をぬぐってきた。

「ずいぶん汗をおかきになっていますね。今日はスンの集落に向かう日なのですから、早めに身を清めたほうがいいのではないですか？」

リィ＝スドラは、ゆったりと微笑んでいる。子を孕んでいるさなかにあって、彼女がこれほどに安心しきった表情をしているのは初めてのことであった。これまでは、子を授《さず》かった喜びの裏側に、果たして無事に産めるのか、無事に育てられるのか、という不安と焦燥《しょうそう》を常にまとわせていたのである。

そのリィ＝スドラのやわらかい笑顔《えがお》が、ライエルファム＝スドラの心中に残っていた悪夢の残滓《ざんし》を溶《と》かしてくれた。ライエルファム＝スドラは最後に伴侶の手をぎゅっと握ってから、身を起こした。

「それじゃあちょっと、ラントの川まで出向いてくるか。くれぐれも無理をするのではないぞ、リィよ」

「ええ、わきまえております」

ライエルファム＝スドラは大きくうなずいてから、家を出た。

それでようやく、普段通りの日常が始まったようだった。

それからしばらくして、ライエルファム＝スドラは三名の男衆とともにスンの集落を目指していた。

この日だけは荷車を使わせてもらえるようにと、他の氏族の人々には話をつけてある。スドラの狩人がスン家まで出向くのは、せいぜい五、六日にいっぺんのことであったので、どこからも文句の声があがることはなかった。

荷車を北に走らせながら、皆《みな》はめいめい女衆から託《たく》された食事をかじっている。それは、焼いた肉と野菜をポイタンの生地ではさみ込んだ、女衆の心尽《こころづ》くしであった。

「……今日のはまた、格別に美味《うま》いな」

男衆の一人が、ぽつりと言った。確かに今日の食事は、普段以上に美味であるように感じられる。肉にも野菜にも焼き色がついているのに、内側のほうはしっとりとやわらかく、そして香草で風味がつけられている。狩《か》りの前でなければ、腹いっぱい食べたいぐらいの味であった。

「これはあの、ルウ家の客人に習って造りあげた、石窯《いしがま》というものを使って作られているらしい」

そのように答えたのは、この中でもっとも若いチム＝スドラであった。

最初に声をあげた男衆が、にやりと笑ってそちらを振《ふ》り返る。

「さすがに詳しいな。伴侶が教えてくれたのか？」

「……そうだとしたら、何かおかしいのか？」

「いや、仲睦《むつ》まじくて羨《うらや》ましいと思ったまでだ」

チム＝スドラは不機嫌そうに顔をしかめて、残りの食事を口に放り入れる。ただその若い面には、うっすら血の気がさしているようだった。

そんな二人のやりとりを見届けてから、ライエルファム＝スドラは御者台《ぎょしゃだい》のほうに足を向ける。

「おおかた食べ終わったので、運転を代わろう。お前も腹を満たしておけ」

トトスを走らせたまま手綱《たづな》を受け取ると、御者《ぎょしゃ》の役を果たしていた男衆は荷台に引っ込んでいった。空いた御者台に座りつつ、ライエルファム＝スドラは腰《こし》の物入れから干し肉を引っ張り出す。

たとえ日中にきちんとした食事をとるようになっても、干し肉を食べる習慣はなくさないほうがいい——そのように言い出したのは、美味なる料理を森辺にもたらした張本人、ファの家のアスタであった。この固い干し肉を噛《か》みちぎることのできる歯の強さ、顎《あご》の強さは、狩人として維持《いじ》するべきであると、アスタはそのように述べていたのである。

それ以外でも、アスタは日新しい料理をお披露目《ひろめ》するたびに、何やかんやと言葉をつけ加えることが多かった。塩や砂糖やタウ油を使いすぎないこと、脂《あぶら》の多い料理を口にするときは野菜や酸っぱいものもたくさん食べること、ギバの内臓を食べるときはくれぐれも腐敗《ふはい》に気をつけること——などなど、幼子に言いきかせる母親のような口うるささであったのだ。

（アスタはアスタで、自分の存在が森辺の毒になってしまわないようにと、常に懸命《けんめい》であるのだろう）

そのようなことを考えながら、ライエルファム＝スドラは干し肉をかじり取った。城下町に売りつけている『ギバ・ベーコン』ではなく、以前のままの干し肉である。しかし、血抜《ちぬ》きをした肉で作られて、香草の使い方も変えたこの干し肉は、これだけでも十分に美味であった。

「家長、そういえば、干し肉についてなのですが」

と、チム＝スドラが背後から呼びかけてきた。

「この干し肉ではなく、城下町で売られるベーこんと腸詰肉《ちょうづめ》についてです。あの仕事は、ガズの家に引き継《つ》がれるのですよね？」

「ああ。フォウの眷族は、市場で生の肉を売る仕事を受け持ったからな。ひとつの氏族ばかりが仕事を抱《かか》え込むのは正しくないというのが、ルウ家の考えだ。俺もそれは、正しい考えだと思っている」

「それなら、よかったです。さすがにフォウとランとスドラの女衆だけでは、手に余ってしまいそうでしたからね」

「何だ、やっぱり伴侶《はんりょ》のことが心配なのか？」

それはもちろんライエルファム＝スドラではなく、さきほどの男衆の言葉であった。彼もいずれランから嫁《よめ》を取る予定になっているが、それは収穫祭《しゅうかくさい》の後にと取り決められてしまったので、早々に婚儀を挙げたチム＝スドラをやっかんでいるのかもしれない。しかし、それもまたスドラの家が平和で健《すこ》やかな生を過ごしている証であった。

これまでのスドラ家は、婚儀を挙げることも子を生すこともあきらめて、ひたすら滅《ほろ》びを待つだけであったのだ。それがフォウ家と血の縁《えん》を結び、もはや飢《う》えの心配もなく、婚儀や出産の日を待つことができている。これほどの喜びが、他に存在するとは思えなかった。

（それもすべて、ファの家のおかげであるのだ。アスタにもアイ＝ファにも、どれだけ感謝し

たって足りないぐらいだろう）

　そんなことを考えている間に、スンの集落に到着《とうちゃく》した。巨大《きょだい》で古びた祭祀堂《さいしどう》を迂回《うかい》して荷車を進めていくと、本家の前に人だかりができている。どうやら他の氏族の狩人たちは、すでに集結しているようであった。

「待たせてしまって申し訳なかった」

　御者台の上からライエルファム＝スドラが呼びかけると、巨大な人影《ひとかげ》がこちらを振り返った。

「べつだん、お前たちが遅《おく》れたわけではないだろう。太陽を見る限り、まだ中天は過ぎておらん」

　北の集落から出向いてきた、ジーンの狩人である。ザザの狩人と同じように頭からギバの毛皮をかぶっている彼らであるので、その姿を見間違《みまちが》えることはない。御者台を降りて、トトスを荷車から解放してやりながら、ライエルファム＝スドラはその場に集まった狩人たちの姿を見回した。

「何やら今日は人数が多いように感じられるのだが、俺の気のせいか？」

「いや。今日はハヴィラとダナからも二名ずつの狩人を連れてきた。急な話だが、了承《りょうしょう》してもらいたい」

　ジーンの狩人の言葉とともに、四名の狩人が前に進み出た。ハヴィラとダナもまた、ザザの眷族だ。しかし、北の集落の狩人のように、毛皮や頭骨をかぶったりはしていない。体格も、ひょろ長かったり小太りであったりと、まちまちだ。

「こちらはいっこうにかまわんが、いちおう理由は聞いておこう。ジーンとスンとスドラの狩人で、十分に人数は足りているように思えるが」

「人数の話ではない。こやつらにも、猟犬《りょうけん》の扱い方《かた》を学ばせたいのだ。北の集落でも学ばせてはいるが、何せ猟犬は一頭しかいないので、なかなか話が進まなくてな」

「ああ、そういうことか」

ルウ家で購入《こうにゅう》された猟犬は、各氏族の親筋に一頭ずつ貸し出されている。その中で、ザザは六つもの眷族を抱えているのだから、手が回らないのが当然であるように思えた。

「だったら、ディンやリッドの狩人たちにもその機会を与《あた》えてほしいものだな。リッドの家長などは、猟犬を扱いたくてうずうずしているようであったぞ」

「わかっている。しかしまずは、ハヴィラとダナからだ」

すると、後ろに引っ込んでいたスンの狩人が、その貴重な猟犬を引き連れながら進み出てきた。

「我々は他に眷族も持たないのに猟犬を預かってしまい、心苦しいばかりです。やはりこれは、ザザやサウティなど眷族の多い氏族に引き渡すべきではないでしょうか？」

「余計な気を回す必要はない。それはあくまでルウ家の猟犬であるのだから、どの氏族に預けるかはルウ家が決めるべきであろう」

「ですが、同じ族長筋のザザやサウティが異議を申し立てれば――」

「ルウ家のやり口に文句があれば、最初から言っている。何も言わないということは、他の族長たちもドンダ＝ルウに賛同したということだ」

　そのように述べてから、ジーンの狩人は横目でスンの狩人をねめつけた。

「……だいたい、その猟犬がスン家に預けられたからこそ、我々もこうして頻繁《ひんぱん》に扱うことができるのだ。余計なことを言いたててその猟犬をサウティにでも奪《うば》われてしまったら、我々が損をするばかりではないか」

「そうですか」と、スンの狩人は目を細めて微笑んだ。これはたしか、新しいスンの本家と定められた家の長兄《ちょうけい》である。狩人としてはまだまだ修練を積んでいるさなかであるが、ここ数ヶ月でずいぶん立ち居振《ぶ》る舞《ま》いは堂々としてきたように見えた。

「それは確かに、その通りなのかもしれませんね。数日置きでも、ジーンやスドラの狩人に猟犬を使ってもらうことができているのですから」

「ああ。こちらも親筋のフォウ家に猟犬を与えられているが、やはり一頭しかいないとなかなか触れる機会も巡《めぐ》ってこないからな。俺もありがたいと思っているぞ」

　ライエルファム＝スドラも口をはさむと、スンの狩人は穏《おだ》やかな表情でうなずいた。

「了解《りょうかい》いたしました。それでは、今日はどうしましょう？　やはり、二組に分かれますか？」

「いや、この人数ならば、三組に分かれるのが相応であろう。ただ、ハヴィラとダナは別々の組に分けるとして、そのどちらにも猟犬の扱いを覚えさせたい」

「そうすると……時間で区切るしかないでしょうね。太陽が半分まで下がったら、どこかでいったん落ち合うことにしましょうか」

「うむ。それぐらいしか、手立てはなかろう。……くそ、この場でも猟犬が二頭は欲《ほ》しいところだな。いや、欲を言えば、三頭か」

ジーンの狩人の不満顔を、ライエルファム＝スドラは頭ひとつ分以上も低い位置から見上げた。

「その様子では、北の集落でも猟犬は重宝されているようだな」

「うむ？　それは当然のことであろう。銅貨さえあれば、何頭でも買いつけたいところだ」

ライエルファム＝スドラは、「そうか」とだけ言っておいた。猟犬は一頭で白銅貨六十五枚もするので、いかに北の集落の狩人たちがルウ家に負けない収獲《しゅうかく》をあげていたとしても、そう簡単に捻出《ねんしゅつ》できる額ではないはずであるのだ。

しかしフォウ家においては、すでに自分たちでも猟犬を買いつけたいとルウ家に願い出る算段を立てていた。フォウとその眷族はこの数ヶ月間、ファの家の仕事を手伝い、料理用の肉も売り続けてきた。さらに、干し肉と腸詰肉、現在では生の肉を町で売る仕事も受け持ち、おそらくはファとルウに次ぐ銅貨を手に入れていたのである。

生の肉を準備して、それを町で売る仕事などは、十日で白銅貨二十四枚も手に入る。それをひと月続けるだけでも、もう猟犬一頭分以上の稼《かせ》ぎとなるのだ。すでに十分に蓄《たくわ》えはあるのだから、早い段階で猟犬を買いつけたいと願うのもごく自然なことに思えた。

（しかし、家長会議が終わるまでは、ザザやベイムやラヴィッツも今の立場をくつがえすことはできんだろうからな。ここでファの家の正しさを述べたてても、反感をくらうだけだろう）

そのように考えて、ライエルファム＝スドラは口をつぐんでおくことにした。どのみち家長会議までは、あとふた月足らずであるのだ。それまでは、事を荒立《あらだ》てるべきではないはずであった。

「では、行くか。スドラは四人しかいないのだから、いつも通り二人ずつで分かれるがいい」

「了解した。……チムは、俺と来い」

伴侶を娶《めと》ったチム＝スドラはすでに分家の家長となっていたが、ライエルファム＝スドラは今さら呼び方を改めるつもりはなかった。ともに苦難を乗り越《こ》えてきた八名の家人は、これからも魂を返すまで家族であるのだ。

そうして五つの氏族から為《な》る狩人たちは、三組に分かれて森に散った。ライエルファム＝スドラとチム＝スドラの組には、ジーンとハヴィラの狩人が二名ずつと、スンの狩人が三名、そして猟犬が加わることになった。

九名の狩人が横に広がって、森の中を進んでいく。先頭を行くのは、猟犬を連れたスンの狩人だ。ライエルファム＝スドラはチム＝スドラとともに、その姿がぎりぎり見えるぐらいの距離《きょり》で、右の端を進むことにした。

（まだまだ森の恵《めぐ》みも十分に生っているな。本当に実りの豊かな場所だ）

スドラの狩《か》り場《ば》は、実に貧弱《ひんじゃく》な狩り場であった。しかし、たった四人の狩人では、そこに現れる数少ないギバを仕留めるのにも必死であったのだ。——数ヶ月前、ファの家と縁を結ぶまでは。

（スン家の狩人も、そこまで力が足りていないとは思えない。まだ全員が見習いのようなものであるのに、大したものだ）

ライエルファム＝スドラがそのように考えたとき、先頭の狩人が立ち止まって右腕《みぎうで》を上げた。目を凝《こ》らすと、猟犬が右の側——つまりはライエルファム＝スドラたちの側を向いているのがわかる。猟犬が、早くもその鋭敏《えいびん》なる耳や鼻でギバの気配を感じ取ったのだ。

ライエルファム＝スドラも足を止めて、左端《ひだりはし》に陣取《じんど》っていた狩人たちがこちら側に回り込んでくるのを待った。そのとき、猟犬が地を蹴《け》って疾走《しっそう》し始めた。こちらが陣形《じんけい》を整える前に、ギバが動いてしまったのだ。

ジーンの狩人が、猟犬の走る方向の右側を腕《うで》で指していた。そちらにギバを追い込む、という意味だ。この辺りには落とし穴の仕掛《しか》けもないので、見つけたギバは刀か弓で仕留めるしかない。ライエルファム＝スドラはチム＝スドラとともに、ジーンの狩人が示した方向へと駆《か》け出した。

他の狩人たちよりも、スドラの二名はギバに近い方角にいた。なおかつ、この中ではスドラの狩人がもっとも俊足《しゅんそく》であるので、仕留め役を任されたのだろう。走りながら、地形を読み、ライエルファム＝スドラは待ち伏《ま》《ぶ》せに相応《ふさわ》しい場所を探した。

やがて、深い茂《しげ》みに囲まれた広場のような場所を発見し、ライエルファム＝スドラは草笛を吹いた。チム＝スドラが茂みに飛び込んだので、ライエルファム＝スドラは樹木を駆けのぼり、手頃《てごろ》な枝に腰を落ち着けて、弓に矢をつがえつつ、口にくわえていた草笛をもう一度吹き鳴らした。

しばらくは、何の気配もない。しかしその内に、轟《とどろ》くような猟犬の咆哮《ほうこう》が聞こえてきた。

その声で方向の見当をつけながら、ライエルファム＝スドラは弓を引き絞《しぼ》る。やがて、猟犬の咆哮に尻《しり》を押《お》される格好で、巨大なギバが広場に飛び出してきた。

同時に、ライエルファム＝スドラは矢を放つ。

別の方向から、チム＝スドラの矢も放たれた。

ライエルファム＝スドラの矢はギバの首筋に、チム＝スドラの矢は後ろ足のつけねに命中した。ギバはびくんと痙攣《けいれん》して、地面に転倒《てんとう》する。

さらに二本、無防備な首筋に矢を撃《う》ち込んでから、ライエルファム＝スドラは短く草笛の合図をして、木から飛び降りた。

弓を肩に引っ掛《か》けて、刀を抜《ぬ》く。ギバは、ごろごろと地面をのたうち回っていた。すでに起き上がる力はないようだが、絶命する気配もない。かなりの大物で、ライエルファム＝スドラとチム＝スドラの体重を合わせたよりも重そうなぐらいであった。

「これでは近づけませんね。もっと矢を撃ち込みますか？」

茂みから出てきたチム＝スドラに、ライエルファム＝スドラは「いや」と首を振ってみせる。

「ジーンの狩人がいるのだから、矢を無駄《むだ》にすることはない。ただし、最後の力で襲《おそ》いかかってくるかもしれんから、その用心だけは怠《おこた》るな」

「わかりました」

二人は刀をかまえたまま、仲間の狩人が現れるのを待った。

やがて、ガサガサと茂みが鳴って、猟犬がひょこりと顔を出す。

「おお、仕留めたか。……いや、とどめはこれからか」

猟犬の後から、七名の狩人がぞろぞろと姿を現した。暴《あば》れ狂《くる》うギバの巨体《きょたい》を見据《みす》えたまま、ライエルファム＝スドラは「うむ」とうなずいてみせる。

「我々だけで仕留めるならば、大人しくなるまで矢を射かけるしかないが、それでは肉も毛皮も台無しだからな。できれば、とどめはそちらに任せたい」

「うむ、よかろう」

ジーンの狩人が、恐《おそ》れげもなくギバに近づいていく。手負いのギバほど恐ろしいものはないのだが、彼《かれ》らがそれを恐れないのは慢心《まんしん》ではなく自信のあらわれであった。

ギバが凄《すさ》まじい咆哮をあげて、ジーンの狩人に向きなおる。そうしてギバが最後の力を振り絞って飛びかかると、ジーンの狩人は真正面から刀を振り下ろした。

頭蓋《ずがい》の砕《くだ》ける音色が響き、ジーンの狩人は素早《すばや》く身をひるがえす。

ギバは、顔から地面に落ちた。

黒褐色《こっかっしょく》の毛皮に包まれた背中が、びくびくと震えている。

スンの三名がすかさず進み出て、ギバの巨体を横に転がした。その咽喉《のど》もとにずぶりと刀を突《つ》き入れるや、後ろ足に荒縄《あらなわ》をくくりつける。そうして荒縄の逆の先端《せんたん》を、さきほどライエルファム＝スドラが隠《かく》れていた枝の上に放りあげると、三人がかりでギバの巨体を吊《つ》り上げていった。

ギバの首からは、どくどくと血が噴《ふ》き出している。矢の刺《さ》さった首と右足の部位を除けば、肉も毛皮も無事に確保できたようだった。

「これだけ高い枝に吊るしておけば、ムントに横取りされることもあるまい。いちいち集落に戻るのも手間だから、このまま狩り場を巡るか」

ジーンの狩人の言葉に、ライエルファム＝スドラも賛同した。

すると、この一幕を見物していたハヴィラの狩人たちが進み出てきた。

「見事な手際《てぎわ》だな。違《ちが》う氏族の集まりであるというのが信じられないほどだ」

「それはまあ、金の月からこの顔ぶれで仕事を果たしているからな」

ジーンの狩人が、ぶっきらぼうに応じる。

「しかも俺たちは、得意とする技が面白《おもしろ》いぐらいに違っている。たがいの力を有効に使おうと考えたら、おのずと役割も決まってしまうのだ」

「うむ。スドラの狩人たちの足の速さには驚《おどろ》かされた。しかも、この矢は……一本が後ろ足の筋を断《た》ち、もう一本が首の急所をとらえている。あと指二本分も深く刺さっていたら、それだけでギバの生命を奪っていたかもしれんな」

すらりとした体躯《たいく》を持つハヴィラの若い狩人が、賞賛の目でライエルファム＝スドラたちを見つめていた。

「北の狩人たちが屈強《くっきょう》であることは最初から知れていたが、この手並みには驚かされた。……

しかもスドラというのは、ファの家を除けばもっとも小さな氏族であったはずだな？」

「うむ。先日にフォウから嫁を迎《むか》え入れたが、それでも全員で十名だ」

「フォウと血の縁を結ぶまでは、分家も眷族もなかったのだろう？　それでこれほどの力量を持つとは、大したものだ」

ハヴィラの狩人は愉快《ゆかい》そうに口もとをほころばせながら、ジーンの狩人へと視線を転じた。

「これほどの力を持つ氏族であれば、ザザの眷族に迎え入れるべきではなかったのか？　せっかく近在にはディンやリッドの家もあったのだから、惜《お》しいことだ」

「……しかしスドラは、家長会議でも真っ先にファの家の行いに賛同していたのだ。次の家長会議で道が定められるまでは、おたがいに道を譲《ゆず》ることもかなわぬだろう。それでは、血の縁を結ぶこともできん」

ジーンの狩人が仏頂面《ぶっちょうづら》で言い捨てると、ハヴィラの狩人は「なるほどな」と肩をすくめた。

「ファの家といいスドラの家といい、家人が少ないからといって見くびっていたことを恥《は》ずかしく思う。お前たちは、大した狩人だ」

「俺たちなど、大したものではない。ファの家とは比べるべくもあるまいよ」

ライエルファム＝スドラは、静かにそう言った。それは、掛け値《ね》なしの本心であった。

ファの家のおかげで力を取り戻すことはできたものの、自分たちなど大したものではない。いや、他の家人たちはともかく、ライエルファム＝スドラ自身はちっぽけな存在だ。誰に何を言われようとも、ライエルファム＝スドラはそのように固く信じていたのだった。

2

ライエルファム＝スドラは、もともとスドラ本家の次兄《じけい》であった。次兄であり、末弟《まってい》だ。自分の下に弟はなく、妹は幼い頃に病魔《びょうま》で魂を返してしまっていた。

しかし長兄は、力にあふれた狩人であった。本家の血筋を守るために、長兄は大事に育てられたのだ。特に、次兄のライエルファム＝スドラが身体の小さい非力な男衆であったため、余計に期待がかけられたのだろう。なかなかギバが狩れずに飢えで苦しんでいたときにも、長兄にだけはなるべくたくさんの食べ物が与えられていた。

その後、兄弟が年齢《ねんれい》を重ねても、その習わしが破られることはなかった。満足な食べ物が与えられなかったためか、ライエルファム＝スドラはいっこうに大きくなれなかったので、ますます長兄にばかり期待がかけられることになったのだ。

十五歳になってすぐ、長兄は血族でもっとも美しい女衆を娶ることになった。眷族であるミーマの、本家の長姉《ちょうし》である。長兄と同じ年齢で、すらりと背が高く、豊満な身体つきをした女衆だった。その女衆もまた血族の行く末を託されて、大事に育てられていたのだった。

スドラの血族は不幸が続き、もはや眷族もミーマしか残されていなかった。痩《や》せ細《ほそ》った血族の中で、その二人だけは輝《かがや》くような力と美しさを放っており、彼らこそが血族に新たな道を示してくれるはずだと誰もが信じていた。

だが、スドラの不幸は終わっていなかった。

ミーマの長姉が嫁に入ってから数年が過ぎても、子が産まれなかったのだ。

最初の一年は、皆も大して気にしてはいなかった。二年が過ぎると、不安の声が囁《ささや》かれることになった。そうして三年、四年と日が過ぎていくと、まず長兄が心の平穏《へいおん》を失った。どうして子を産まぬのだと、長兄は伴侶を口汚《くちぎたな》く罵《ののし》るようになった。さらには少ない蓄えを勝手に持ち出して、あびるように果実酒を飲み、暴力までふるうようになった。家長たる父親は大いに怒《おこ》って長兄をたしなめたが、しかしそれよりも深い絶望に目を曇《くも》らせるようになっていた。

そして、五年目――父親と長兄は、同じ日に魂を返すことになった。狩りの最中に飢えたギバに襲われて、呆気《あっけ》なく生命を散らすことになったのだ。分家の狩人たちと別の場所で狩りをしていたライエルファム＝スドラは生き残りの狩人からその報を聞いて、しばらくは言葉も出なかった。

母親は、数年前に亡《な》くなっていた。本家に残されたのは、ライエルファム＝スドラと長兄の嫁の二人きりであった。そして長兄の嫁もまた、伴侶の後を追うように病魔を患《わずら》って魂を返してしまった。そうしてライエルファム＝スドラは、あっという間にスドラ本家の最後の一人になってしまったのだった。

当時のライエルファム＝スドラは、十七歳。しかし背丈《せたけ》は十三歳ぐらいからまったくのびておらず、並の女衆よりも小さいぐらいだった。また、目もとは陰気《いんき》に落ちくぼみ、鼻はぐしゃっと潰《つぶ》れており、顔中に皺《しわ》が寄っている。意地悪な人間には「モルガの山の野人でも、もっと人間がましい顔をしているだろう」と言われるほどの醜貌《しゅうぼう》で、その年になっても伴侶を見つけることができていなかった。そんなライエルファム＝スドラが、本家の家長として血族を導いていかなくてはならなくなってしまったのだ。

さらに悪いことに、眷族のミーマはスドラに反感を抱くようになっていた。希望を込めてスドラの家に嫁《よめ》入りさせた本家の長姉が、伴侶によって虐《しいた》げられることになったからだ。

ライエルファム＝スドラは大いに悩《なや》んだ末、ひとつの決断をした。それを血族に伝えるために、すべての人間を本家の前に呼びつけて、ライエルファム＝スドラは宣言した。

「父と兄が魂を返したために、今後は俺がスドラとミーマを率いていくことになる。それを不満に思う人間も多いだろうが、俺が不出来な人間だからといって森辺の習わしをくつがえすわけにもいかん。無念の思いは胸に留《とど》めて、モルガの森の子として正しく生きてほしい」

その言葉を明るい表情で聞いている人間は、一人としていなかった。分家の人間たちは絶望に打ちひしがれており、ミーマの人間たちは反感もあらわに目を光らせている。そんな血族たちを前に、ライエルファム＝スドラはその言葉を語った。

「ただ、ここにひとつの約束をする。俺はこの先も伴侶を娶らず、子を生すこともない。俺の後に本家の家長となるのは、もっとも血の近い分家の家長だ。しかし、そちらの家長も狩りの仕事で手傷を負っており、その子はまだ幼い。その幼子が立派な狩人に育つまで、俺が本家の家長として皆を導きたいと思う」

血族たちは、誰もが驚いた顔をしていた。おそらく、こんな馬鹿げた話をする森辺の民は、かつて存在しなかったのだ。しかしライエルファム＝スドラは、自分にとってもっとも正しいと思える道を示しているばかりであった。

「そして俺は、父や兄たちが道を誤っていたのだということを、ここで皆に詫《わ》びさせてもらいたい。父は長兄たる兄にすべての期待を託して、他の家人よりも多くの食事を与えていた。また、それが正しいことなのだとミーマの家長を諭《さと》し、同じ道を歩ませていた。それが間違《まちが》っていたために、俺の兄と伴侶は長く苦しみ、また、血族にも同じ苦しみをもたらしてしまったのだと思う。長兄や長姉が大事だからといって、他の家人をないがしろにするのは、絶対に間違ったことなのだ」

驚きの表情で立ち尽《つ》くす血族たちに、ライエルファム＝スドラはそう言いつのってみせた。

「下の子よりも上の子を重んずるべし、分家よりも本家を重んずるべし、眷族よりも親筋を重んずるべし、というのは、森辺の習わしだ。それは正しい行いであるのだろうが、度が過ぎれば道を間違うことになる。ましてや俺たちはこれっぽっちの人数しかいないのだから、親筋だ本家だ分家だと区切りをつける甲斐《かい》もあるまい。だから、少なくとも俺が家長でいる間は、そのような習わしにとらわれすぎず、すべての血族を家族と思って慈《いつく》しんでもらいたい。……俺の指し示すこの道が間違っていたときは、きっと森の裁きによって、俺の魂も召《め》されることになるだろう。父や兄たちと同じようにな」

それで、ライエルファム＝スドラの伝えたいことはすべてであった。

そうしてライエルファム＝スドラは、十七歳の若さで血族を導いていくことになったのである。

　それからも、スドラとミーマの辿《たど》る道は険しかった。赤児《あかご》は幼いまま魂を返すことが多く、血族の数はじわじわと減じていく。他の氏族と血の縁を結ぶこともかなわず、族長筋のスン家からは弱き氏族だと蔑《さげす》まれて、毎日が泥《どろ》をすするような日々であった。

　やがて十年ほどの歳月《さいげつ》が過ぎると、次代の族長とみなされていた分家の長兄が森に出られる年齢となった。

　しかしその長兄は、森に出て半月ほどで魂を返すことになってしまった。

　その家に、他の子供はなかった。

「だったら、次に血の近い分家の子が次代の家長だ。その子が立派に育つまで、俺がスドラを守ってみせよう」

　ライエルファム＝スドラは、そのように宣言してみせた。

　その頃《ころ》にはすでに二十歳《さい》も間近な年齢になっていたが、彼は約定通り、伴侶を娶っていなかった。その甲斐もあってか、血族たちはライエルファム＝スドラの言葉を守り、慈しみの気持ちを大事にしてくれているように思えた。

　だが、いかに心正しく生きようとも、銅貨がわいて出ることはない。力のない彼らは必要な数のギバを狩ることも難しく、常に貧しかった。刀がへし折れたら弓だけでギバを狩り、病魔を患っても町で薬を買うこともできず、時にはアリアやポイタンや塩を買うことすら難しかった。ギバの肉を胴体《どうたい》まで喰《く》らい、なんとかその場の腹を満たしても、力はますます弱っていくように感じられた。

そうして、さらに七年後。十七歳であったライエルファム＝スドラが、同じ歳月を家長として生きた頃、次代の族長と見なしていた若衆《わかしゅ》が、また森に朽《く》ちることになった。

「……嘆《なげ》いていても始まらん。ならば、次に血の近い人間を次代の家長と見なすのみだ」

またすべての血族を本家の前に集めて、ライエルファム＝スドラはそのように宣言した。誰よりも悲嘆に暮れていたのはライエルファム＝スドラ自身であったが、そのような弱みを血族たちにさらすわけにはいかなかった。

「男の子供は絶えてしまったが、まだそちらには若い長姉がいたはずだな？」

ライエルファム＝スドラが問うと、一人の若い女衆が「はい」と進み出た。すらりと背の高い、美しい女衆だった。

「では、お前の婿《むこ》となる男衆が、さしあたっては次代の家長だ。さらにその子が本家の家長を受け継ぐのだから、そのつもりで婿を選び、強い子を産むがいい」

「了解いたしました。……わたしはすでに、心に決めている男衆がおります」

若くて未婚《みこん》の人間は限られていたので、それも不思議な話ではなかった。

「では早々に、その男衆と婚儀《こんぎ》を挙げるがいい。お前はすでに十五歳になっているのであろう？」

「はい。先月に十五の年となりました」

「それではいっそ、この場で婿取《むこと》りを願ったらどうだ？　お前のような女衆であれば、婚儀を断られることもあるまい」

「そうだと嬉《うれ》しいのですが、いかがなものでしょう」

そう言って、その娘《むすめ》はふわりと微笑《ほほえ》んだ。

「わたし、スドラの分家の長姉たるリィ＝スドラは、本家の家長ライエルファム＝スドラの嫁となることを望みます。……この願いをかなえていただけますか？」

「なに？」と、ライエルファム＝スドラは目を剥《む》くことになった。

「お前は何を言っているのだ。俺の話を聞いていなかったのか？」

「はい。あなたがわたしの生まれる前から、伴侶を娶らぬと誓《ちか》ったことは知っています。だけどわたしは、あなた以外の男衆を伴侶に迎える気持ちにはなれないのです」

「何を馬鹿な……」と、ライエルファム＝スドラは絶句した。

そこに、ライエルファム＝スドラと同じぐらい年をくった男衆が進み出てくる。リィ＝スドラの、父親である。

「先の月から、リィとはずっとそのことについて語り合っていた。その末に決めたことであるので、どうか了承してもらえないだろうか？」

「お、お前まで何を言っているのだ。十七年前の俺の言葉を忘れたわけではあるまい？」

「もちろん、忘れてはいない。しかしこの段に至って、お前のことを不出来な人間だと思う血族は一人として存在しないはずだ」

そうしてその男衆は、その場に集まった血族たちを見回した。

「スドラとミーマのすべての家人に問う。本家の家長ライエルファム＝スドラが伴侶を娶り、子を生すことに、反対する人間はいるか？　そして、その子供が次代の家長として我々を導いていくことを、不満に思う人間はいるか？」

反対する者は、一人としていなかった。

その結果を満足そうに見届けてから、リィ＝スドラの父親はライエルファム＝スドラに向きなおってくる。

「ご覧の通りだ。この十七年間で、お前は家長としての力を示し続けてきた。お前の父と兄は道を踏《ふ》み外《はず》したが、お前は正しい道を歩いている。血族の全員が、それを認めたのだ」

「いや、しかし……」

「俺《おれ》とお前は血が近いといっても、おたがいの祖父が兄弟であったというだけだ。それほどまでに血族の数が減ってしまったというのは、悲しい限りだが……しかし、それだけ血が遠ければ、俺の子とお前が婚儀を挙げるのに不都合はなかろう」

「…………」

「だから後は、お前の気持ち次第《しだい》だ。お前がリィを伴侶に相応しい人間だと思えるならば、どうか嫁として迎えてやってくれ」

ライエルファム＝スドラは大いに惑乱《わくらん》しながら、リィ＝スドラを振り返ることになった。

「……お前は本気で、俺などの嫁になりたいと言っているのか？」

「はい、もちろんです」

「しかし俺は、このように醜《みにく》い姿をしている」

「顔の美醜《びしゅう》など、どうでもよいことです。あなたは血族で一番の狩人ではないですか」

「しかし俺は、お前よりも身体《からだ》が小さい」

「わたしよりも小さな男衆は、他にもたくさんいます。スドラとミーマには、あまり大きな人間もいませんので」

「しかし俺は……もう三十四歳にもなるのだぞ？」

リィ＝スドラは、祈《いの》るような仕草で両手を組み合わせた。

「ライエルファム＝スドラ、わたしはあなたの魂《たましい》のありように心をひかれてしまったのです。あなたの伴侶となれなければ、この世に生まれた甲斐もありません。どうか嫁入りをお許しくださいませんでしょうか？」

それでライエルファム＝スドラは、リィ＝スドラと婚儀を挙げることになった。十九歳も年少で、頭半分以上も背が高く、そして聡明《そうめい》で美しいリィ＝スドラを、伴侶として迎えることになったのである。

それは、ふってわいたような幸福であった。これが本当に現実のことであるのかと、ライエルファム＝スドラはしばらく信じることもできないほどであった。そしてまた、すべての血族がその婚儀を祝福してくれたことが、ライエルファム＝スドラにさらなる衝撃《しょうげき》と幸福感を与えてくれた。

ライエルファム＝スドラは血族を慈しむべしと皆を導きつつ、自分の存在はその枠《わく》に入れていなかったのだ。父と兄がもたらしてしまった苦しみを少しでも取り除き、あとは次代の家長に託して、自分は孤独《こどく》に朽ちていけばいい。そのように考えていたライエルファム＝スドラの思いは、血族たちの情愛によって見事にくつがえされてしまったのだった。

だが――それでもなお、スドラの血族の苦難は終わらなかった。

おたがいを慈しみ、正しい道を歩んでいるのだと信じながら、それでもスドラの血族はゆるやかに滅びの道を辿ることになったのだ。

家人の数は、やはり減っていく一方であった。リィ＝スドラも二度ほど子を孕むことになったが、どちらも幼くして魂を返すことになった。食料に乏《とぼ》しく、満足に乳も与えることのできなかった幼子たちは、のきなみ《アムスホルンの息吹《いぶき》》によって生命の火を吹《ふ》き消されてしまうのだった。

そのときの悲しみは、いまだにライエルファム＝スドラの心を蝕《むしば》んでいる。皆に祝福されて産まれてきた幼子たちが、二度までも育つことなく魂を返してしまったのだ。ライエルファム＝スドラが声をあげて泣いたのは、この世に生を受けてからその二回だけだった。リィ＝スドラもまた、やつれた面で声もなく涙《なみだ》をこぼしていた。

そうして、リィ＝スドラと婚儀をあげてから四年後――ライエルファム＝スドラが家長となってから二十一年が過ぎて、三十八歳となった年である。ミーマの家人が極限まで減じてしまったため、ついに氏を捨てて、スドラの家と合併《がっぺい》する事態に至った。

ミーマの家人は六名で、その半数は十三歳に満たない幼子となる。それを迎えるスドラの家も、家人は分家を含《ふく》めて十二名にまで減じてしまっていた。

「これではもはや、俺たちも滅びを待つばかりだ。ミーマばかりでなく、スドラの氏もここまでと考えるべきではないだろうか」

十七名の血族を集めて、ライエルファム＝スドラはそのように言ってみせた。すると、ミーマの本家の家長であった男衆が食い入るようにライエルファム＝スドラを見つめてきた。

「家長ライエルファム、スドラの氏を捨てて、他の氏族の家人になろうというのですか？」

「それ以外に、道があるか？　このままでは、幼子たちに行く末を託すこともままならん」

「しかし……十八名もの家人を受け入れられる氏族など、スンやルウを除けば他にありますまい。かといって、力を尊ぶあやつらが我々を受け入れるとは思えませんし、受け入れられたところで、粗末《そまつ》な扱《あつか》いを受けるだけでしょう。かといって、他の小さき氏族では、これまで以上に貧しい生活を送ることになるやもしれません」

「そのようなことは、俺にだってわかっている。しかし、何も手を打たずに滅びを待つわけにもいかん」

「そうでしょうか？　我々は、誇《ほこ》りを失うぐらいであれば滅ぶべきだと考えています」

その男衆は、目に涙をためながらそう言いつのった。

「他の氏族に、あなたほど立派な家長がいるとも思えません。ミーマの氏を捨てはしても、わたしは魂を返すそのときまでスドラの血族でありたいと願います」

「しかし……」

「あなたの教えの通りに、わたしはこの場にいる人間のすべてを親や子のように慈しんでいます。どんなに貧しくとも、わたしは幸福であり、今の自分に誇りを持っています。わたしは今の喜びと誇りを打ち捨ててまで、生き永らえたいとは思いません」

他の血族たちも、並々ならぬ決意をたたえてうなずいていた。

それでライエルファム＝スドラも、心を定めることができた。

「わかった。俺が家長でいる間は、これまで通りに血族を導くと約束しよう。もしも俺が森に朽ちたなら、次の家長は血族にとってもっとも正しいと思える道を探すがいい」

それから三年の月日が過ぎて、家人の数は半分の九名にまで減じた。

しかしライエルファム＝スドラはいまだに生き永らえており、家長の座にある。

自分がこのようにしぶとく生き残ってしまっているがゆえに、スドラの家は滅んでいくことになったのではないだろうか。ライエルファム＝スドラがそのように思わぬ日は一日たりともなかった。

九名の内の四名は婚儀も挙げていない若衆であるというのに、伴侶を娶ることもできない。これほど貧しくては満足に子供を育てることもできないと考えて、家人の間で婚儀を挙げようとする者もなかったのだった。

ライエルファム＝スドラ自身も、この数年間は子を生そうとしていない。これでまた子を幼くして失ってしまったら、自分も妻も絶望に潰されてしまいそうだと思えてしまったからだ。

スドラの家はひそやかに、滅びの道を辿っていた。わずか四名の狩人でギバを狩り、細々と食いつないでいる。こんな生活も、何年とは続かないだろう。数少ない家人たちとせいいっぱい情愛を紡《つむ》ぎ、その胸に誇りを抱《いだ》きながら、彼らもうじきに母なる森へと魂を返すのだ。

そんな諦念《ていねん》の中で生きていた、その年に――彼らは、ファの家のアスタと巡りあうことになったのだった。

3

「今日の収獲は十二頭か。まずまずといったところだな」

夕暮れ時、スンの集落に戻《もど》ったジーンの狩人がそのように述べたてると、ダナの狩人が呆《あき》れた様子で目を丸くした。

「十二頭で、まずまずか？　一日でこれほどのギバを収獲することなど、俺たちの家ではありえないことだ」

「しかし今日はお前たちも加わって、人数が多かった。それを考えれば、相応の収獲だろう」

「俺たちやスンの狩人などは、見習いの若衆ていどの働きしか果たしてはいないではないか。猟犬の力もさることながら、ジーンとスドラの力は大したものだ」

そのように述べてから、ダナの狩人は考え深げな顔をした。

「いや……それでもやっぱり、スンの狩人を含めた皆《みな》が猟犬を扱うのに長《た》けているからこその結果であるのかな。ジーンとスドラの手並みが見事すぎてかすんでしまったが、これだけの数のギバを相手にしてまったく危《あや》ういことがなかったのは、やはり猟犬の力なのかもしれん」

「その通りだ。狩人の力があってこその猟犬であるし、猟犬の力があってこその収穫なのであろう」

ジーンの狩人は巨体を折り曲げて、猟犬の平たい頭を撫《な》でさすった。

「ファの家の行いに関しては、いまだにさまざまな意見がある。しかしそれでもこの猟犬に関しては、使うことをためらう狩人はおるまい。何としてでも、もっとたくさんの猟犬を手に入れたいものだな」

「ああ。今日の狩《か》りでも狩人の手が余ってしまったからな。五人の狩人に一頭の猟犬がいれば、これまで以上に安全に、かつ多くの収獲をあげることがかなうだろう」

ダナやハヴィラの狩人たちも大きくうなずき、そしてライエルファム＝スドラのほうを見やってきた。

「それではな、スドラの狩人たちよ。次の狩りでは別の男衆が加わるはずだから、しばらくは顔をあわせる機会もないだろうが……いずれどこかで、酒杯《しゅはい》でも交《か》わしたいものだ」

「ああ。そのような日がやってくることを、俺たちも楽しみにしている」

このダナやハヴィラやジーンの狩人たちも、少し前まではスン家の眷族《けんぞく》であり、スドラの家を蔑んでいたのだ。しかしそれも、家長会議でしか顔をあわせていなかった時代の話だ。ともに森に入った今日の言葉のほうが、正しい心情であるのだろう。ライエルファム＝スドラは、そのように信じることができた。

「俺たちが次にスン家を訪《おとず》れるのは、五日後だ。それまで息災にな」

ぶっきらぼうなジーンの狩人までもが、そのように声をかけてくる。それに挨拶《あいさつ》を返してから、ライエルファム＝スドラは荷車に乗り込《こ》んだ。

帰りはチム＝スドラの運転で、自分たちの家を目指す。荷台には、持参してきた木箱が山積みにされていた。自分たちには肉のほうがありがたいので、牙《きば》や角や毛皮をまるごと受け渡《わた》す代わりに、肉を多めに分配してもらったのである。この肉の半分は血抜《ちぬ》きも上手《うま》くいっているので、商売用に使えるはずであった。

「スンの家は、けっきょくファの家に肉を売ることが許されなかったのですよね。ファの家の行いに反対していたのは先代家長のズーロ＝スンであったのに、気の毒な話です」

若いほうの男衆がそのように述べたててきたので、ライエルファム＝スドラは肩《かた》をすくめてみせた。

「それでもズーロ＝スンを家長と認めていたのはあやつらなのだから、しかたあるまい。それに、新しい刀や薬が必要であれば城下町からの褒賞金《ほうしょうきん》をつかうこともできるし、今では自分たちだけでも収獲をあげられるようになっているのだから、生活に不自由はないはずだ」

「ああ。去年までの俺たちに比べれば、何倍も裕福《ゆうふく》であるだろうさ」

年を食ったほうの男衆が、そのように口をはさんだ。四十二歳となったライエルファム＝スドラと、ほとんど年齢は変わらない。ライエルファム＝スドラと同じ時代を生きて、同じ光景を見てきた男衆だ。そして、この男衆と若いほうの男衆は親子であり、かつてはミーマの血筋であった。

「しかし、この十数年に限っていえば、あやつらのほうが俺たちよりも苦しい生活を強《し》いられていたのだろうな。俺たちはどの氏族よりも貧しく、数々の悲劇に見舞《みま》われてきたが、それでも家人を思いやり、誇り高く生きることができていた。誇りを捨てて森の恵みをむさぼっていたあやつらよりも、数段は幸福であったはずだ」

そう言って、その男衆は昔を懐《なつ》かしむように目を細めた。

「俺たちの家長がズーロ＝スンではなくライエルファム＝スドラであったことを、俺は何よりも誇りに思っている。森に魂を返した血族たちも、ようやく胸を撫でおろすことができたことだろう」

「……しかしそれも、すべてはファの家と出会うことができたおかげだ」

「そのファの家と正しい縁《えん》を紡いだのも、家長ライエルファムであるのだ。お前の存在なくして、スドラの家が今の幸福をつかむことはできなかっただろう」

そんなことはない――と、ライエルファム＝スドラは胸の内でつぶやいた。ライエルファム＝スドラは、わずか八名の家人にしか幸福をもたらすことができなかったのだ。この二十年以上の間で魂を返していった血族のことを思うと、ライエルファム＝スドラは胸が痛んでやまなかった。

（そうだからこそ、こいつらにだけは正しい道を示してみせる。そうでなくては、俺のように不出来な人間が家長になった甲斐もない）

その後は若い男衆や御者台《ぎょしゃだい》のチム＝スドラも加わって、たわいもない話に興じることになった。話題となるのは、やはり目前に迫《せま》った収穫祭《しゅうかくさい》と、ランの家との婚儀についてだ。他にもスドラの女衆がフォウに嫁入りする話もあったので、話題が尽きることはなかった。

そうして辺りがいよいよ薄暗《うすぐら》くなり、スドラの家が近づいてきたとき――チム＝スドラが「おや」と声をあげた。

「俺たちの家の周囲が騒《さわ》がしいですね。あれは……フォウの女衆かな」

「うむ？　町で売る肉でも引き取りに来たのかな」

「いや、何かただ事ならぬ気配です」

ライエルファム＝スドラは、ふいに得体の知れない不安感にとらわれることになった。

心臓が、どくどくと高鳴っていく。まったくわけもわからないまま、その脳裏《のうり》には朝方の悪夢の幻影《げんえい》が走り抜けていった。

ライエルファム＝スドラは、御者台の脇《わき》から身を乗り出した。チム＝スドラの言う通り、スドラの家へと通じる脇道《わきみち》に女衆が慌《あわ》ただしく出入りをしている。明らかに、変事が生じているのだった。

「おい、いったい何があったのだ!?」

脇道から飛び出してきた女衆に、チム＝スドラが声を投げかける。

フォウの女衆は、青ざめた顔でこちらを振《ふ》り返ってきた。

「ああ、スン家からお帰りになったのですね。すぐに家までお戻りください」

「無論そうするが、いったい何があったというのだ？」

「実は……リィ＝スドラが、産気づいてしまったのです」

「なに⁉」と、ライエルファム＝スドラは打ちのめされることになった。

「馬鹿な……子が産まれるのは、半月か二十日の後と言われていたはずだ。それがどうして……」

「わかりません。今はフォウとランの女衆が集まって、リィ＝スドラの面倒《めんどう》を見ています」

ライエルファム＝スドラは荷台を飛び降りて、駆け足で家に向かうことになった。

家の前には、人だかりができている。そのほとんどは女衆であったが、バードゥ＝フォウとランの家長の姿もあった。

「バードゥ＝フォウ、いったいどういうことなのだ⁉」

ライエルファム＝スドラは、つかみかからんばかりの勢いでバードゥ＝フォウの長身に取りすがった。バードゥ＝フォウは、緊迫《きんぱく》しきった顔でライエルファム＝スドラを見下ろしてくる。

「お前たちがスン家に向かってしばらくしてから、リィ＝スドラが産気づいたらしい。俺の伴《はん》侶《りょ》やお産を知る女衆が、総出でリィ＝スドラに力を貸している」

そのとき、家の中から苦悶《くもん》の喘《あえ》ぎ声が響《ひび》いてきた。それはライエルファム＝スドラですら聞いたことのなかった、リィ＝スドラの悲鳴じみた声であった。

玄関口《げんかんぐち》に向かおうとしたライエルファム＝スドラの肩を、バードゥ＝フォウがしっかりとつかんでくる。

「子が産まれるまで、男衆は近づかぬのが習わしだ。お前の子が無事に産まれることを、この場で森に祈るがいい」

「しかし！　リィがお産でここまで苦しむことはなかった！　朝まではあのように元気であったのに、いったい何故《なぜ》なのだ⁉」

「それは、俺にもわからぬが……」

「このたびは、飢《う》えで苦しむこともなかった！　リィの腹もかつてないほど大きくなっていたし、腹の子も呆れるほど元気に動いていた！　それなのに、何故……」

ライエルファム＝スドラはバードゥ＝フォウの胸《むな》ぐらをひっつかみ、激情のままに蛮声《ばんせい》を張り上げた。

「他の女衆も、元気な子が産まれるに違いないと言っていた！　何故なのだ⁉　母なる森は、三度までも俺の子を奪《うば》おうというのか⁉」

「落ち着け、ライエルファム＝スドラ。森は決して、子たる我々を見捨てることはない」

「しかし俺たちは、これまでに何度となく森に見捨てられてきたのだ！」

ライエルファム＝スドラの膝《ひざ》が、がくがくと震《ふる》えていた。たとえようもない不安と恐怖《きょうふ》が、ライエルファム＝スドラの矮躯《わいく》を包み込んでいる。今にも死者たちがライエルファム＝スドラを取り囲み、無念の眼差《まなざ》しを向けてきそうな気配であった。

「ライエルファム＝スドラ！」と、そのとき若い男衆の声がした。バードゥ＝フォウの胸ぐらをつかんだまま、ライエルファム＝スドラはのろのろとそちらを振り返る。黄色い肌《はだ》をした若衆と、刀を下げた女狩人が、荷車を飛び降りてこちらに駆けてくるところであった。

「今、フォウの女衆から話を聞きました。リィ＝スドラが、予定よりも早く産気づいたそうですね」

それは、ファの家のアスタとアイ＝ファであった。アスタは心配でたまらぬように眉《まゆ》をひそめており、アイ＝ファは厳しく青い瞳《ひとみ》を光らせていた。

「リィ＝スドラは、きっと大丈夫《だいじょうぶ》です。おつらいでしょうが、ライエルファム＝スドラも頑張《がんば》ってください」

アスタの手が、バードゥ＝フォウの胸もとにからんだライエルファム＝スドラの手に重ねられてくる。女衆のようにほっそりとしていて、温かい指先だ。ライエルファム＝スドラはバードゥ＝フォウの胸もとから手を離《はな》し、今度はその指先をつかむことになった。

「アスタのおかげで、リィも腹の子もとても健《すこ》やかであったのだ。今度こそ、万全《ばんぜん》な状態で我《わ》が子を迎えられると思ったのに、どうしてこんな……」

「俺もお産のことはよくわかりませんが……予定より半月も早く産まれるというのは、珍《めずら》しい話なのでしょうか？」

アスタの言葉は、別の誰《だれ》かに向けられたものであった。

周りに集まっていた女衆の一人が、それに答える。

「珍しいとは言えますが、ありえない話ではありません。わたしなども、見込《みこ》みよりも十日ぐらいは早く産まれたのだと親に聞いています」

「そうですか。それなら、リィ＝スドラも大丈夫ですよ。これだけ多くの人間がその無事を祈っているのですから、母なる森だってそんな無慈悲《むじひ》な真似《まね》をするわけがありません」

ライエルファム＝スドラは、半ば無意識に周囲を見回した。バードゥ＝フォウとランの家長、フォウとランの女衆、アイ＝ファ、トゥール＝ディン、ユン＝スドラ——そして、荷車を降りたチム＝スドラたちも、それぞれ真剣《しんけん》な面持《おもも》ちでライエルファム＝スドラとアスタを取り囲んでいた。

「すみません、家長。今日はルウの家で新しい食材の吟味《ぎんみ》をしていたので、家に戻るのが遅《おそ》くなってしまいました」

どうやらアスタと同じ荷車に乗ってきたらしいユン＝スドラが、涙目《なみだめ》で進み出てきた。

「リィも腹の子も絶対に大丈夫です。今度こそ、スドラの家に元気な赤《あか》ん坊《ぼう》が産まれるのです。それを信じましょう」

「ああ……ああ、わかっている……」

ライエルファム＝スドラはアスタの指先から手を離して、バードゥ＝フォウに向きなおった。

「取り乱して済まなかった……フォウとランの力添《ちからぞ》えには、感謝している……」

「俺たちは血族であり、森辺の同胞《どうほう》であるのだ。ともにリィ＝スドラとその子の無事を祈ろう」

ライエルファム＝スドラは力なくうなずいてから、玄関《げんかん》のすぐ脇に腰《こし》を落とした。

戸板の向こうからは、ひっきりなしにリィ＝スドラの悲痛な声が聞こえてくる。たとえお産どいえども、リィ＝スドラがこれほどの苦痛に見舞われたことはかつてなかった。

（どうしてだ……このたびは、これまで以上に大きな子に育ったから、リィの苦しみも増してしまったということなのか……？）

男衆のライエルファム＝スドラには、考えても答えの見つけようはなかった。ただ、不安の念がぎゅうぎゅうと心臓を押《お》し潰してくる。気を抜《ぬ》けば、そのまま地面に這《は》いつくばってしまいそうだった。

（母なる森よ……どうか、俺の妻と子に慈悲《じひ》を！　俺の生命はここまででもいい！　これで妻と子を失ってしまったら、俺は……俺はもはや、生きる道しるべを失ってしまうのだ！）

まぶたを閉ざすと、おぞましい幻影が浮《う》かびあがった。

悪夢で見た、死者の群れだ。

この中にリィ＝スドラや新しい幼子が加わることなど、ライエルファム＝スドラに耐《た》えられるわけもなかった。

父や兄が、無念そうに立ち尽くしている。

母や妹は、悲しそうに眉を下げている。

二度までも失った幼子たちや、兄の伴侶や、分家の家人たちや、ミーマの家人たちや――この二十数年間で失ってきた人々が、青白くゆらめきながらライエルファム＝スドラを取り囲んでいる。

その中で一人だけ、血族ならぬ人間の姿があった。ライエルファム＝スドラがこの手で討《う》ち取った、大罪人の姿だ。灰色の髪《かみ》をして、虚《うつ》ろな眼差しをした、スン家の壮年《そうねん》の狩人である。

その姿が、妙《みょう》にまざまざとライエルファム＝スドラの頭に食い入ってきた。

（まさか……まさかこれは、お前の呪《のろ》いなのか……？　大罪人とはいえ森辺の同胞を手にかけた俺にも、裁きが下されるということなのか……？）

ライエルファム＝スドラは、ぎりぎりと奥歯《おくば》を噛《か》み鳴らした。

（しかし！　お前を殺さなければ、アスタが殺されていた！　アスタを見殺しにすることなど、俺にはできん！　俺に罪があるというのなら、妻や子ではなく俺を殺せ！）

死者たる狩人の瞳に、光が灯《とも》った。

それは、彼《かれ》が死の淵《ふち》で見せた、穏《おだ》やかな眼差しであった。

アスタとアイ＝ファに看取《みと》られながら、彼はそのような眼差しで息を引き取ったのだ。ライエルファム＝スドラは、それをアスタの肩ごしに見ていた。

狂《くる》った獣《けもの》のように吠《ほ》えていた彼が、最期《さいご》の瞬間《しゅんかん》は人間らしい穏やかな表情を浮かべていた。

それを目にしたばかりに、ライエルファム＝スドラはたとえようもない罪悪感を抱《かか》え込むことになったのだった。

（俺は……俺は、殺すべきでない人間を殺してしまったのか？　俺のように罪深い人間には、妻と子の幸福を願うことさえ許されないのか？）

ライエルファム＝スドラは、絶望の深淵《しんえん》に引き込まれていくような心地《ここち》であった。

すると、死者たる狩人がふっと微笑んだ。

その口が、何か言葉を紡ごうとした瞬間——闇《やみ》の向こうから、弾《はじ》ける火花のように赤児の泣き声が響きわたってきた。
「ライエルファム＝スドラ、産まれたぞ！」
強い力に、肩を揺《ゆ》さぶられる。放心状態で顔をあげると、バードゥ＝フォウが歓喜《かんき》の表情で
ライエルファム＝スドラの顔を覗《のぞ》き込んでいた。
赤児の泣き声が、頭の中で反響《はんきょう》している。これは本当に現実のものであるのか。そんな風に
思えてしまうほど、それは不自然にびりびりと反響していた。
アスタとアイ＝ファも、ライエルファム＝スドラのかたわらに屈《かが》み込んでいる。二人の面に
は、期待と不安の表情がごちゃまぜになっていた。
そんな中、家の戸板が内側から引き開けられた。
「ライエルファム＝スドラ、どうぞ。まずは父たるあなただけがお入りください」
それは、バードゥ＝フォウの伴侶である女衆であった。
バードゥ＝フォウの手に支えられて、ライエルファム＝スドラはよろよろと立ち上がる。戸
板が開かれると、赤児の泣き声はいっそう奇妙《きみょう》な風に響きわたった。
何かがおかしい、何かが普通《ふつう》でないと感じながら、ライエルファム＝スドラは夢うつつの心
地で玄関をくぐった。
広間の真ん中に、大きな敷物《しきもの》が広げられている。この日のために準備しておいた敷物だ。そ
の敷物の上で、リィ＝スドラが座していた。腰から下は大きな布で隠《かく》されており、背中はラン
の女衆に支えられている。

そしてその手に、我が子が抱かれていた。その姿を見た瞬間、ライエルファム＝スドラの胸にわだかまっていた疑念は氷解した。

リィ＝スドラの手には、小さな赤児が二人も抱きかかえられていたのである。

「珍しい双子《ふたご》のお産でしたが、無事に取り上げることができました。だからリィ＝スドラの腹は、あれほどまでに大きくなっていたのですね」

バードゥ＝フォウの伴侶が、そのように述べていた。

室内には他にも何人かの女衆がいるようだったが、ライエルファム＝スドラには上手く見て取ることができなかった。

「さあ、抱いてあげてください。赤児たちが、父に抱かれるのを待っています」

冷たい感触《かんしょく》が、手もとを伝っていく。どうやら誰かが、ライエルファム＝スドラの手を水で清めてくれたようだった。

ライエルファム＝スドラはふわふわと空中を漂《ただよ》っているような心地で歩を進めて、愛する伴侶のかたわらで膝をつく。リィ＝スドラは消耗《しょうもう》しきっていたが、しかしこれまでで一番幸福そうに微笑んでいた。

「お待たせいたしました。家長、わたしたちの子です」

白い産着《うぶぎ》にくるまれて、二人の赤児がけたたましく泣いている。そうして二人の泣き声が重なっていたので、ライエルファム＝スドラには不自然に聞こえたのだ。

ライエルファム＝スドラが震える指先を差し出すと、バードゥ＝フォウの伴侶が手伝って、まずは片方の子を抱かせてくれた。

それは、小さな小さな赤ん坊であった。これまでに産まれた赤児たちよりも小さいぐらいであったかもしれない。しかし、しわくちゃのその顔は、かつての赤児たちよりも血の色が目覚ましく、丸々と肥えているように感じられた。

「これほど元気な声で泣く赤児は初めてです。身体はいささか小さいですが、すぐに大きく育つことでしょう」

そんな風につぶやくリィ＝スドラの手から、さらにもうひと方の赤児も手渡《てわた》される。やっぱりしわくちゃで、丸々としていて、元気な声で泣く赤児であった。

「右の子が姉で、左の子が弟です。たしか、ザザの本家の姉弟《してい》も双子であったはずですね……彼らに負けないぐらい、立派な子に育てましょう」

ライエルファム＝スドラの手の中で、二人の赤児が泣いていた。

こんなに小さいのに、何よりも重く感じられる。

その愛《いと》おしくてたまらない姿が、ふいにぼやけた。ライエルファム＝スドラの瞳から、いつしか滂沱《ぼうだ》たる涙があふれていた。

（母なる森よ……あなたの慈愛《じあい》に、心よりの感謝を捧《ささ》げます）

ライエルファム＝スドラは、涙に濡《ぬ》れた顔を玄関のほうに向けた。

「アスタにアイ＝ファ、見てくれ。これが……これが、俺の子だ」

「はい。おめでとうございます、ライエルファム＝スドラ、リィ＝スドラ」

玄関口に、アスタとアイ＝ファが立っていた。きっとバードゥ＝フォウが、そのように取りはからってくれたのだろう。その心づかいにも、ライエルファム＝スドラは感謝の念を捧げた。

「アスタにアイ＝ファ、お前たちにも、この子らを抱いてほしい」

「ええ？　だけど俺たちは……その、赤ん坊の取り扱い方もよくわからないので……」

「頼《たの》む。お前たちの力なくして、この子らは産まれることもなかったのだ」

「そ、そんなことは決してないと思いますが……」

アスタとアイ＝ファは二人とも尻込《しりご》みしていたが、周囲の女衆が手を引いてこちらにまで導いてくれた。その手が清められるのを待ってから、ライエルファム＝スドラは赤児たちを差し出してみせる。

アスタの手に男児が、アイ＝ファの手に女児が受け渡された。その間も赤子たちは同じ勢いで泣き声をあげていたので、アイ＝ファなどは途方《とほう》に暮れた様子で眉尻《まゆじり》を下げることになった。

「なんという大きな泣き声だ。これなら確かに、元気に育つことは間違いないな」

「ああ。それもすべて、お前たちのおかげだ。ファの家と絆《きずな》を結べたからこそ、俺たちはこのような希望と幸福を授《さず》かることができたのだ」

「……では、もう返してもいいだろうか？　もしも落としてしまったらと考えると、私は背筋が震えてしまいそうだ」

そのように述べてからアスタのほうを振り返ったアイ＝ファは、たちまち憤慨《ふんがい》の表情になった。

「また お前は、何を泣いているのだ。心が弱いにもほどがあるぞ」

「そんなこと言ったって、これは無理だよ」

アスタは困ったように微笑みながら、ライエルファム＝スドラに負けぬほどの涙をこぼしていた。

「ライエルファム＝スドラ、リィ＝スドラ、本当におめでとうございます。お二人とこの子供たちに、心からの祝福を捧げさせていただきます」

「ええ、ありがとうございます。アスタ、それにアイ＝ファも。家長の言う通り、この日の幸福はすべてあなたがたのおかげです」

「そんなことはないですよ。スドラのみなさんが苦境にもめげずに、正しい道を歩いてきた結果です」

とめどもなく涙を流しながら、アスタはそのように答えていた。

その姿を見ているだけで、ライエルファム＝スドラも新たな涙をこぼしてしまった。

「この先もスドラの家は、ファの家とともに正しい道を進んでいきたいと願っている。俺などはいつ森に朽ちるかもわからぬ身であるが、どうかこの子らの行く末をアスタたちにも見守ってもらいたい」

「何を言っているのですか。いつだったか、この子らが立派に育つまでは死ねないと言っていたじゃないですか。どうか長生きして、ライエルファム＝スドラ自身がこの子たちの行く末を見守ってください」

その手に小さな赤児を抱き、とても温かい微笑《びしょう》を浮かべながら、アスタはそう言った。

「そうして今度は、この子たちが婚儀を挙げて、孫を産むところまで見届けるのです。そうしたらきっと、今日にも負けない幸せな気持ちを得られるはずですよ」

「うむ。ルウ家の最長老などは八十六の齢《よわい》を重ねても元気であるのだ。スドラの家を懸命《けんめい》に導いてきたお前には、それぐらいの幸福を願う資格もあるはずだぞ」

アイ＝ファも優《やさ》しげな表情で、そのように述べてくれていた。

ライエルファム＝スドラはリィ＝スドラに寄り添《そ》いながら、「ああ」とうなずいてみせる。

「すべては森の思《おぼ》し召《め》しだが……俺は一日でも長く生きて、この子らと、大事な家人たちと、そして友たるお前たちと、正しい道を歩いていきたいと願う」

「はい。これからも、どうぞ末永くよろしくお願いいたします」

アスタとアイ＝ファの手から、赤児たちが返された。リィ＝スドラの手に女児が、ライエルファム＝スドラの手に男児が抱かれる。

ライエルファム＝スドラはこの上ない幸福感に包まれながら、かつての死者たちにも祈りの言葉を捧げた。

（お前たちのことは、森に魂を返す瞬間まで忘れない。その上で、俺はこの子らと生きていく。どうか、見守っていてくれ）

もちろん、答える者はいなかった。

それでももはや、ライエルファム＝スドラが恐怖と不安に見舞われることはなかった。

二人の小さな子供たちは、同胞の情愛に満ちみちた眼差しに囲まれながら、いつまでも元気な泣き声を響かせていた。

あとがき

　このたびは本作『異世界料理道』の第二十九巻を手に取っていただき、まことにありがとうございます。

　今巻をもちまして、アスタはめでたく森辺への来訪一周年を迎えました。当時の自分がここまで作品を書きあげるのに丸三年、書籍としてお届けするのに七年強の歳月がかけられております。ここまでおつきあいいただけた読者の皆様には、あらためて厚く感謝の言葉を申し述べさせていただきたく思います。

　次巻は、ついに三十巻の大台と相成ります。自分としては、一巻から十三巻までがスン家とトゥラン伯爵家にまつわる「陰謀編」、十四巻から二十九巻までが森辺や宿場町の繁栄を目指す「発展編」というように定義しておりました。そうしてアスタの誕生日でひと区切りとして、次巻からは「動乱編」と称した新章をお届けしたく思います。

　もちろん物語の中核となるのは美味なる料理および人々との交流となりますが、それと同時進行であれこれ物語を大きく動かし、大陸アムスホルンの世界を深掘りしていく予定となっております。今後も末永くおつきあいいただけたら幸いでございます。

　あとは余談となりますが、今巻の内容の執筆当時、ウェブ版の開始から三周年ということで、キャラクターの人気投票および群像演舞の主演キャラを決めるアンケートというものを実施しておりました。十三巻および二十二巻のあとがきでも公開しておりました、アレでございますね。ちょうど今巻もあとがきのページ数にゆとりがありますので、その結果を公開させていただきたく思います。

◆人気投票
一位・アイ＝ファ　六位・シュミラル
二位・ルド＝ルウ　同率六位・ダン＝ルティム
三位・トゥール＝ディン　八位・リミ＝ルウ
四位・アスタ　九位・ガズラン＝ルティム
五位・ライエルファム＝スドラ　十位・シーラ＝ルウ

◆群像演舞の主演キャラ
一位・オディフィア
二位・シュミラル
三位・トゥール＝ディン　同率三位・ライエルファム＝スドラ

以上の結果になりました。

人気投票のアイ＝ファとルド＝ルウは三年連続のワンツーフィニッシュで、二年連続で三位であったダン＝ルティムの代わりにトゥール＝ディンがぐいっと順位を上げた格好でありますね。ちなみにアスタも、三年連続で四位という微笑ましい結果になっております。

群像演舞に関しては、今巻に収録された『城の少女と森辺の少女』がオディフィア主演、『来し方と行く末』がライエルファム＝スドラ主演、前巻に収録された『雨の日の二人』がシュミラル主演と相成ります。トゥール＝ディン主演のエピソードは、またおいおいお届けできればと思います。

以上の結果から鑑みるに、トゥール＝ディンとオディフィアのペアおよびライエルファム＝スドラがこの時期に人気をのばしていたわけでありますね。愛くるしい少女ペアはもちろん、子猿のごときライエルファム＝スドラがここまでの人気を博したというのは感慨深い限りでございます。

自分的にもライエルファム＝スドラはお気に入りのキャラでありますので、今回の群像演舞も心から楽しく書き進めることができました。数あるエピソードの中でも、かなり心に残っている一編と相成ります。皆様ともこの気持ちを分かち合えたら嬉しく思います。

なおかつ、これだけ膨大な人数の登場人物を抱える本作でありますが、お気に入りでないキャラというのはそうそう存在いたしません。人気投票でランクインしたキャラもそうでないキャラも、等しくご愛顧いただけたら喜びの限りでございます。

ではでは。本作の出版に関わって下さったすべての皆様と、そしてこの本を手に取って下さったすべての皆様に、重ねて厚く御礼を申し述べさせていただきます。
また次巻でお会いできたら幸いでございます。

二〇二一年十二月　ＥＤＡ

誕生日にアイ＝ファとの繋がりを強くしたアスタ。
そんなアスタの新たな一年は、銀色の獅子の紋章を掲げ、
軍勢を率いた王都の視察団たちによって幕を開けた。
彼らと共に戻ってきたレイトに
──忠告を受けつつも、
護衛団によってケガをした
ミラノ＝マスに代わってアスタは宿の調理を
手伝うことになってしまって──
Author EDA
Illust. こちも
異世界料理道
VOLUME 30
Cooking with wild game.

喜びの再会と新たな波乱で始まる
新章突入の第30弾！
2023年春発売予定！

HJ NOVELS
HJN04-29

異世界料理道29

2023年1月19日　初版発行

著者――EDA

発行者―松下大介
発行所―株式会社ホビージャパン

〒151-0053
東京都渋谷区代々木2-15-8
電話　03(5304)7604（編集）
　　　03(5304)9112（営業）

印刷所――大日本印刷株式会社

装丁――AFTERGLOW／株式会社エストール

ISBN978-4-7986-3000-7　C0076

ファンレター、作品のご感想お待ちしております

〒151−0053　東京都渋谷区代々木2−15−8
(株)ホビージャパン HJノベルス編集部 気付
EDA 先生／こちも先生